阅读的烦恼

张炜 著

茅盾文学奖获奖者散文丛书

江苏凤凰文艺出版社
JIANGSU PHOENIX LITERATURE AND ART PUBLISHING

图书在版编目(CIP)数据

阅读的烦恼 / 张炜著. — 南京:江苏凤凰文艺出版社,2019.1(2023.7 重印)

(茅盾文学奖获奖者散文丛书)

ISBN 978-7-5399-9492-5

Ⅰ. ①阅…　Ⅱ. ①张…　Ⅲ. ①散文集—中国—当代　Ⅳ. ①I267

中国版本图书馆 CIP 数据核字(2016)第 171189 号

阅读的烦恼

张炜　著

出 版 人　张在健
责任编辑　蔡晓妮
装帧设计　马海云
责任校对　朱铁群　于　莹
责任印制　刘　巍
出版发行　江苏凤凰文艺出版社
　　　　　南京市中央路 165 号,邮编:210009
网　　址　http://www.jswenyi.com
印　　刷　江苏凤凰新华印务集团有限公司
开　　本　880 毫米×1230 毫米　1/32
印　　张　8.875
字　　数　220 千字
版　　次　2019 年 1 月第 1 版
印　　次　2023 年 7 月第 2 次印刷
书　　号　ISBN 978-7-5399-9492-5
定　　价　58.00 元

目　录

第二辑　传统和现代

第一辑　明天的笔

明天的笔

书籍让人不安分，让人沉静，让人幻想，让人痴迷地向往未知……我读了很多杂书，其中有不少文学作品……我的中学生活过得并不愉快，但因为有了这些书，就使我心中常常充满了各种的憧憬和希望。

我用一支笔涂抹起来，写着自己的激动和感想、各种各样的梦幻。我于是懂得了没有的可以在编织中获得满足，希望可以平展展地、活蹦鲜跳地摆放在纸上。我觉得这一切是那么有趣。我因为课余时间做着这些事情，就常常有一种难以言传的兴奋和感动。这种兴奋和感动是属于自己的，我想周围的伙伴大概是没有的吧。也许就因为这个，一种窃窃的、夹带着某种私心的骄傲与得意，在胸间鼓胀着。我不断地写，一个内在的、只有自己才明了和洞彻的、绚丽灿烂的世界不断扩大。它使我非常满足，使我在现实的时光里能够忍受了，使我得到了真正的补偿。这种活动进行了很久很久，一个概念才在心中明晰起来：这就是"写作"。

有时我脑子里也涌出一些扫兴的念头。因为那个年代里让人绝望的事情太多了，无论对于一个大人或是儿童，都足够残酷无情。我想我们毕业以后，都要各自忙自己的事情，要像大人们那样"过日子"了。我隐隐地感到，将来，只是不久的将来，一定会有什么来催逼我。到了这一天，我会扔掉笔杆——这当然是被迫的。生活可不轻松，它会逼迫我将今天钟爱的笔，扔到明天的一个角落里，让它在那儿静静地蒙上一层灰尘。这真可怕。

不过我不会甘心的。我想，明天，我也轻易不会告别这样一支笔。也许沉重的劳动会把我的手指磨得僵硬，但手中的笔却不会松脱到地上。我还那么年轻，生活才刚刚开始，明天一定会更多地使用手中的笔。

当然，我那时候完全知道用笔的危险性、它的艰难与不测，况且以笔为生的人在这个世界上毕竟是极少数。可我将来无论做什么都离不开笔啊。我可以用笔给朋友写信，和远方的人交谈我的痛苦与欢乐；我可以用笔写日记，记录我的生活；如果有谁严重危害了我们，也可以用笔去控告……或许日子真的太累太累，再也没有时间去拾起它了。那时我的心将枯死。我不会甘心的，是的，人生来就要畅想、幻想、追逐一个又一个梦境。我将描绘出美丽而神奇的自然，寥寥数笔勾勒出一个栩栩如生的人来，那是多么好啊！那是多么重要啊！

就这样，我常常想象着明天的笔，结束了我的童年。

这种想象，给了我无限的激励。我在这特异的兴奋中迎送着日子，企盼和等待明天。明天像是没有尽头的。这支笔为了明天、寻找了明天，记录了“明天”之前的一刻。这支笔永远有明天在等待它——我的和别人的明天。这就使我懂得了，一支笔有多么神圣。它重若千斤。它真沉。

每一支笔都不过是在记录“明天”之前的一刻。

“明天”会证明它、考验它、鉴别它、质询它。这支笔既属于现在，更属于明天。

1985 年 4 月

羞涩和温柔

不知道人们心目中的作家该有怎样的气质、怎样的形象。因为关于他们的一些想象包含了某种很浪漫的成分，是一种理想主义。我也有过类似的想象和期待。我期望作家们无比纯洁、英俊而且挺拔。他不应该有品质方面的大毛病，只有一点点属于个性化了的东西。他站立在人群中应该让凡眼一下就辨认出来，虽然他衣着朴素。

实际中的情形倒是另外一回事。我认识的、了解的作家不尽是那样或完全不是那样。这让我失望了吗？开始有点，后来就习惯了。有人会通达地说一句，说作家是一种职业，这个职业中必然也包括了形形色色的人。这个说法好像是成立的，但也有不好解释的地方。比如从大家都理解的“职业”的角度去看待作家，就可以商榷。

不是职业，又是什么？

源于生命和心灵的一种创造活动，一种沉思和神游，深入到一个辉煌绚丽的想象世界中去的，仅仅是一种职业吗？不，当然不够。作家是一个崇高的称号，它始终都具有超行当、超职业的意味。

既然这样，那么作家们——我指那些真正的作家——就一定会有某些共通的特质，会有一种特别的印记，不管这一切存在于他身体的哪一部分。

我看到的作家有沉默的也有开朗的，有的风流倜傥，有的甚至有些猥琐。不过他们的内心世界呢？他们蕴藏起来的那一部分呢？让我们窥视一下吧。我渐渐发现了一部分人没有来由的羞涩。尽管岁月中的一切似乎已经从外部把这些改变了、磨光了，我还是感到了那种时时流露的羞涩。由于羞涩，又促进了一个人的自尊。

另外我还发现了温柔。不管一个人的阳刚之气多么足，他都有类似女性的温柔心地。他在以自己的薄薄身躯温暖着什么。这当然是一种爱心演化出来的，是一种天性。这种温柔有时是以相反的形式表现出来的，不过敏锐的人仍会察觉。他偶尔的暴躁与他一个时期的特别心境有关，你倒很难忘记了他的柔软心肠，他的宽容和体贴外物的悲凉心情。

这只是一种观察和体验，可能偏执得很。不过我的确看到它是存在的，因为我没有看到有什么例外的艺术家。一个艺术家甚至在脱离这些特征的同时，也在悄悄脱离他的艺术生涯。这难道还不让人深深地惊讶吗？

如果生硬地、粗暴地对待周围这个世界，就不是作家的方式。他总试图找到一种达成谅解的途径，时刻想寻找友谊。他总是感到自己孤立无援，所以他有常人难以理解的一片热情。他太热情了，总有点过分。有人不止一次告诉我，说那里有一个大作家，真大，他总是冷峻地思索着，总是在突然间指出一个真理。我总是怀疑。我觉得那是一种表演。谁不思索？咱就不思索吗？不过你的思索不要老让别人看出来才好。他离开了一个真实的人的质朴，那种行为就近乎粗暴。这哪里还像一个艺术家？

我认识一个作家，他又黑又瘦，不善言辞，动不动就脸红，可是他的文章真好极了，犀利，一针见血。有个上年纪的好朋友去看过他，背后断言说：他可能有些才华，不过不"横溢"。当然我的这位老朋友错了。那个人的确是一个才华横溢的人。我的朋友犯的是以貌取人的错误，走进了俗见。因为社会生活中有些相当固定的见解，这些见解对人的制约特别大。可惜这些见解虽然十有八九是错误的或肤浅的，但你很难挣脱它。我听过那位作家的讲演，也是在大学里。那时他的反应就敏锐了，妙语如珠，因为他进入了一个艺术境界，已经真的激动了。

我的学生时期充满了对于艺术及艺术家的误解。这大大妨碍了我的进步。等我明白过来之后，一切都晚了。我不知道内向性往往是所有艺术的特质，而是往相反的方向去理解。好的艺术家，一般都是内向的。不内向的，总是个别的，总是一个人的某个时刻。我当时的心沉不下去，幻想又多又乱，好高骛远。我还远远没有学会从劳动的角度去看问题。

一个劳动者也可以是一个好的作家。他具有真正的劳动者的精神和气质：干起活来任劳任怨，一声不吭，力求把手中的活儿干好、干得别具一格。劳动是要花费力气的，是不能偷懒的，要从一点一滴做起，并且忍受长长的孤寂。你从其中获得的快乐别人不知道，你只有自己默默咀嚼一遍。那些浪漫气十足的艺术家也要经历这些劳动的全过程——他的艺术是浪漫的，可他的劳动一点也不浪漫，他的汗水从来都不少流。

艺术可以让人热血沸腾，可以使人狂热，可是制造这种艺术的人看起来倒比较冷静。他或许抽着烟斗，用一个黑乎乎的茶杯喝茶，捏紧笔杆一画一画写下去，半天才填满一篇格子。

一个人不是无缘无故地选择了艺术。当然，他有先天的素质，俗话说他有这个天才。不过你考察起一个人的经历，发现他们往往曲折，本身就像是一部书。生活常常把他们逼进困境，让他尴尬异常。这样的生活慢慢煎熬他，把他弄成一个特别自尊、特别能忍受、特别怯懦又特别勇敢的矛盾体。看起来，他反应迟钝，有时老长时间说不出一句要害的、一语中的的话来。其实这只是一方面。这是表示他的联想能力强，一瞬间想起了很多与眼前的题目有关的事物，他需要在头脑深处飞快地选择和权衡。这差不多成了习惯。所以从外部看上去，就有点像反应迟钝。而那些反应敏捷的人，往往只有一副简单的头脑，蛇走一条线，不会联想，不够丰富，遇到一个问号，答案脱口而出。他是一个机敏的人，也是一个机械的人。

考察一个人究竟怎样渐渐趋于内向是特别有意思的。有的原因很简单，还有些好笑。但不管怎样，也还是值得研究。这其中当然有遗传的因素，不过也有其他的原因。

我发现一个人在逆境中可以变得沉默寡言，可以变得深邃。外界的不可抗拒的压力使他不断地向内收缩，结果把一切都缩到了内心世界中去。而一般人就不是这样，他可以放松地将其溢在外表。一般人是无所顾忌的，一张口就是明白通畅的语言，像他的经历一样直爽。另外一种人就不是了，他要时刻准备应付挑剔和斥责——即便这些挑剔和斥责不存在了的时候，他仍要提防。这成了一种习惯。他哪怕说出的是明白无误的真理，也觉得会随时受到有力的诘难而不断地张望。好像他是个涉世不深的少年，像个少年一样怕羞，小心翼翼。他一点也不像个经多见广的人。

内向的人有时不善于做一呼百应的工作。他特别适合放到一个独立完成工作的岗位上，特别适合做个自由职业者。当然，他的世界同样是阔大的，不过不在外部，而只限定在内部。

你看，这一切特征不是正好属于一个艺术家吗？所以我说我一开始不理解艺术，主要是因为我不理解艺术家。

也有超出这种现象的，那就是一个人在经过长久的修养、漫长的生活之路以后，也可以极有力地克服掉一些心理障碍，回到一般人的外部状态。他可以强力地抑制掉一些不利于他面向外部生活的部分，坚强起来洒脱起来。如果到了这一阶段，那就要重新去看了。你会发现遇到了生活中一个真正的超人，一个强有力的人物，他可能是一个社会活动家，一个群众公认的领袖和智者。

不过即便在这个时候，你如果细心观察，仍可以看到他的强硬外表遮掩下的一丝羞怯，看到他的悲天悯人的心怀。没有办法，他走进了一个世界，一生都努力走出来，结果一生也做不到。这就是艺术的魔力，是血统也是命。你必须从客观世界强加给一个人的屈辱和不幸、从人类生活当中的不公平去开始理解一个人，那会是最有用的、最实在的……

理解了作者再去理解作品，那就容易多了。你到最后总会弄明白，一部作品为什么可以写成这样而不写成那样，你会弄明白它的晦涩和繁琐来自哪里。一般讲一个作家的全部作品，包括他的书信和论文，所有的文字，都表现出惊人的一致性。他的作品构筑成一个无比宏大的世界，你走进去，才会发现它有无限的曲折。那是他的思想和情感挡起的屏障。他充满了自身矛盾，他的一致性之中恰恰也表现了这种矛盾。

读作品一目十行，那等于白费工夫。因为你想捕捉一个人思维的痕迹，进入他的想象的空间，所以不可能那么轻松，它甚至一开始让你觉得不知所云，觉得烦腻。这些文字往往不是明快畅晓的，而是处处表现了一种小心翼翼的回避，使你一次次地糊涂起来。

他会多情地谈论他所感到的、看到的一切，所以他不可能一掠而过地跳进你所需要的情节。他对所有事物都细心地观察过了、揣摩过了，情感介入很深。他的叙述细致入微。这与一般的不简洁不凝练毫不相干。你初读它会感到不能忍受，但总会忍受下来。

他因为要回避很多东西，所以你在阅读中常常觉得不能尽兴，其中当然也包含了禁忌。他不乐于谈论事物的有些方面，起码是不愿以别人惯用的口吻和方式。作品中一再地表现出一种吞吞吐吐、欲言又止的意味，这就是回避的结果。这种回避的价值，就是展示了一个人的内心世界，体现了一种独特的性格魅力。他的拘谨是显而易见的，他丝毫也不打算遮掩这一点。他的全部作品，不论哪一章哪一节有多么泼辣，总体上看也还是像作家本人一样。这里面没有矫情，没有牵强附会，而是一个真实有力的生命的自然而然。

有些作品写得明朗而空洞，一层力量都浮在了表面，有的甚至有些声嘶力竭。这样的作品不让人喜欢。因为它无论如何构不成一个艺术世界，不具有那种内向性。这是很多作品的共同特点。至于那些情节作品、故意催人泪下的作品，都常常会是粗疏的。因为它们没有隐隐的不安和娓娓道来的叙说意味，没有一种艺术的幽然色彩。

这种作品的气质恰恰与我们所理解的艺术家的气质相异。如果我们确立了一个大致的原则，我们就不会满足那种作品。带着这种有色眼镜去看作品也许是危险的、粗暴的、不近人情的，但你纵观文学史，纵观人类艺术史，就不能不承认它大致还是有益的、准确的，近乎一个常识。

有一次我读了一部作品，第一遍喜欢一点，回味了一会儿才觉得有些扫兴。再读第二遍，简直有些讨厌它。我觉得它太自以为是、太肯定、太武断，什么都被它简化了、疏漏了——我由这本书又自然而然地想到了作者本人，那个我素不相识的异国人。我想他是一个骄傲的人、自大的人、一个愿意先入为主的人，而他又有一定的才华、艺术的修养，能把这些相对粗浅的东西运用艺术技能连贯起来。所以这部作品一开始也容易打动人，好接触。因为它的外壳太薄。

读作品必然想到作者，每部作品的背后都有一个面孔。

我们看到，现在有才能的人太多了，而真正运用才能做出成功事业的人倒越来越少了。这好像是矛盾的，其实这又合乎情理。看上去的才能都是浮在表面的，而真正的才能总是沉在深层的。所以看上去有才能的人越来越多，这就不是好兆头。

一个人只要记住了一些书本理论，并且又毫无遮拦地说出来，看上去就有条理、有才华。书本理论比起你脚踏的土壤，再复杂也是简单的。一个人被沉重的生活折腾过来折腾过去，他就不会是一个善于背诵书本的人。他的疑虑重重让你感到厌烦，但你得承认他有深度也有力量。

我认识一个博学的人。他在青年时期出口成章——人家都这样对我说。他在人多的场合具有极大的演讲能力，而且声音洪亮。可是他现在却没有多少言辞，吞吞吐吐。总之他是个相当拙讷的人，他甚至有点不好意思。我如果不是听人讲过他的历史，还会以为他从来就这样呢！看来他这些年背向着外部世界，大踏步地前进了。他进入的内心世界越广大，他看上去也就越笨拙和迟钝了。当然，他是一个作家，他的作品我十分喜欢。我亲眼见过他多么脆弱地生活着，他的脆弱与极大的名声有些不相称……他真的脆弱吗？你稍稍深入研究一下，就会发现他具有真正的勇敢。你怎么理解他？他的柔软的性情，小心翼翼的举止，这一切都是怎么变成的？他经历了什么可怕的事情？这都需要从头问起。有一点是可以肯定的，他是一个好人，一个不折不扣的好人。他热爱小动物，与植物也互通心语，显而易见，他将老成一个可爱的善良的老人。

相反，一些没有做出什么贡献、小有得手的人，在生活中倒处处表现得刚勇泼辣，好像什么都不在话下，喘气都是硬的。不用说，这是有知之前的无知，是不足为训的。生活有可能接下去教会他们什么，也许永远也教不会了。因为你还得想到人本来就该是各种各样的，想到人性中不屈从于教化和诱导的那一部分。

比较起来，这种人更少一些同情心，很难商量事情。他们装成了信心十足的样子，很少怀疑自己，生硬而且冷漠。他们欣赏指挥士兵的将军，幻想着所向披靡的机会。有时他们真的让人感到是果决而有才华的人。可惜你观察下去，就会发现他们的真面目：一个毫无创造能力的循规蹈矩的平庸的人。那一切只是一种外部色彩，是伪装。他们远不是真切质朴的人，不愿意面对真实的客观世界——一个人对于一个世界总是微不足道的，人的迷惘和恐惧有时是必然的，不由自主的。

一个人有了复杂的阅历，才会更多地认识世界，而认识了世界，才会真正地看到自己的渺小。他怀着弱小的孤立无援的真实无误的感觉走向未来的生活，是完全正常的。所以他懂得了生命之间互相维护的重要，对一草一木、对一切的动物，都充满了爱怜之心。他常常把深深的情感寄托到周围的事物上，为一株艳丽的花，一棵挺拔的树而激动。多么好，多么值得珍惜，因为这是生命，是这个世界上最宝贵也最容易摧折的东西。他觉得自己也需要关怀和维护。他知道一个人的力量是微不足道的，所以想团结所有的人，所有的生命。

他仇视那些粗暴和残忍的东西。他知道什么是敌人，什么给人以屈辱。他自觉地站在了一个立场上。假使世界上所有的人都妥协了，只剩下了一个，那么这个人就会是他。他经历过，他爱过，他深深地知道要做些什么。只有这时候你才能看到他的满脸冷峻，看到激烈的情绪使其双手颤抖。可是谁也别想让他盲目跟从。他像一个孤儿来到了人间，衣衫上扑满了秋风。

你可以看到很多没有选择艺术的艺术家。而真正的艺术家，只一眼你就可以看到那个显眼的徽章。那就是他的多情和善良，他的内在的恬静和热烈。尽管他很可能在捡拾羊粪，放牧牛羊，可他品质上是一个诗人。他没有一行一行写下诗句，可他却带领着一群一群洁白的小羊。小羊围着他，与之紧紧相依。你跟随他走遍草原，他可以给你讲一个催人泪下的关于母亲和儿子的故事。他的脸被风吹糙了，可那也遮不住腼腆。他为什么害羞？一个过惯了辛苦，接触过无数生人的老汉为什么还要不好意思？这一类人何曾相识！

我不知见过多少这样的人。我从来都把他们视为艺术家的同类。

反过来，你也可以发现很多根本不是什么诗人的人，安然地在白纸上涂来涂去。他们精明得很，很懂得利害关系，一心想着乞来的荣誉。他们有同情心吗？是一副软心肠吗？他们真的为大自然激动过吗？他们曾经产生过怜悯吗？我永远表示怀疑。因为做不成其他事情才来涂纸，这是最无聊的。而诗人首先是个好的劳动者，他可以去做一切方式的劳动而不至厌恶。艺术家必然是勤劳的人，他生活的中心内容只有一个劳动。而那些伪艺术家一旦获得了什么，就再也不愿过多地流汗水了。他觉得劳动是下等人的事情，是耻辱。他根本不理解劳动才是永恒的诗意。

你大概经常遇到被繁重的劳动弄得十分瘦削的人，他们已经没有工夫说俏皮话了。这些人头上蒙着灰尘，皮肤粗黑，由于常年埋在一种事情里而显得缺少见识。他们没有时间东跑西窜，听不到什么新奇的事情。他们干起活来十分专注，尤其不是夸夸其谈的人。说起关于劳动的事情，也有些经验之谈，但用语极其朴实。他们说得缓慢而琐碎，甚至不够条理。不过你慢慢倾听下去，总会听出真正的道理。

好像他们已被这种劳动弄得迟钝了似的。其实他们是沿着一个方向走得太远，已经不能四下里张望了。你只要沿着他前进的方向去询问，就会发现他是这个世界上最博学的人。他的心都用在一处，他的目光都聚在一方，看上去也就有些愚蠢。当然这是地地道道的误解，因为劳动者没有愚蠢的。

任何劳动都连结着一个广阔的世界，一个人如果可以深刻地阐述一种劳动，那么他就阐述了整个世界。与此相反的是，有些人总想分析和描述整个世界，到头来却没有准确地道出一种事物。这真是让人警醒的事情。

那些活络机灵的眼睛和光亮的面庞，都是没经历长久劳动的缘故。那不是天生丽质。可是在现实生活中，人们很容易就被一种表面现象所迷惑。人们就像误解一般的劳动者一样，一次又一次地去误解艺术家。他们不理解艺术，其实首先是从不理解艺术家开始的。那些把自己的一生贡献给文学的作家们，他们正是因为长久地沉迷于一种劳动而变得少言寡语。这里虽然也不排斥另一类型的作家，但实际上的另一种类型又在哪里？他们又怎么会始终地开朗活泼，面无愧色呢？这个谜由谁来解呢？他们是心安理得的艺术家，是在自己的世界里痴迷忘返的艺术家吗？我不知道。

我太熟悉在艺术之途上走了一辈子，到后来慢慢衰老也慢慢沉静下来的可敬的老人了。他们后来已经十分坦然与和善了，真正地与世无争。他们的骨节僵硬的手还是让人感到温暖和柔软，还是那么善于安抚别人。他们没有进入尾声的怨艾和急躁，而是微笑着看待一切。这就是一个成熟的、真正的、纯洁的艺术家的结局。这难道不是像镜子一样清晰地映照着一个人生吗？这是不能掺假的。

我想，这个老人在特别年轻的时候失去了欢蹦跳跃的机会和权力，以至于深深地伤害了他。后来他成熟了，一种性格开始稳定也开始完美，生活的奥秘向他不断展示，他已经不必像个孩子那样把喜怒哀乐挂在脸上了。至于到了晚年，他早已把心中积存的各种压抑尽情地宣泄了，早已痛痛快快地驰骋过了，这时候带来的是身心的放松，是无私无欲的怡然心境。

至此我们可以对比一下不同的人接近生命终点的情景。这会非常有意思。种种差异是特别明显的。或微笑地迎接，或力不从心。有的嫉妒，有的宽容。有的愈加狂躁，有的趋于平静。一个勤劳的人知道一生能做些什么、已经做成了什么，尽了自己的职分，于是也就感到了安慰。与此相反的是掠夺和索取，是蒙骗和乞求，他最后绝对不会安宁。私欲越多越不容易满足，必然不会善罢甘休。

我们研究一个作家，过去很少从劳动的角度去进行。其实日复一日的，不间断的劳动的确可以改变一个人的秉性。只要这种劳动不是强加于人的，不是超负荷高强度的，那么它就可以使人健康。真正健康的人总是淳朴的。他给人的感觉是持重、谨慎，很能容忍。这一切特征难道不是一个好的作家也应该具备的吗？

童年对人的一生影响很大。那时候外部世界对他的刺激，常常在心灵里留下永不磨灭的痕迹。差不多所有成功的艺术家，都在童年有过曲折的经历，很早就走入了充满磨难的人生之途。这一切让他咀嚼不完。无论他将来发生了什么，无论这一段经历在他全部的生活中占据多么微小的比例，总也难以忘怀。童年真正塑造了一个人的灵魂，染上了永不褪脱的颜色。

你能从中外艺术家中举出无数例子，在此完全可以省略了。不过你不可忘记那些例子，而要从中不断思索，多少体味一下一个人在那种境况下的感觉。一个人如果念念不忘那种感觉，就会设法去安慰所有的人——他有个不大不小的误解，认为所有人都是值得爱抚和照料的。当然他也很快醒悟过来，知道不需要这样，可那种误解是深深连在童年的根上，所以他一时也摆脱不掉。

昨天的呵斥还记忆犹新，他再也不会去粗暴地对待别人，不会损伤一个无辜的人。他特别容易将心比心，推己及人，懂得体贴那些陌生的人。他动不动就会想到过去，想到他曾经耳闻目睹的场景。他往往长久地、不由自主地处于思索的状态。所以放声言说的时间也就相对减少。一旦把自己想过的东西说出来，他会觉得不及想过的广度和深度的十分之一，于是他为自己的表达能力而深感愧疚。久而久之，他倒不愿意轻易将所思所想表述出来，因为这往往歪曲和误解了自己。自尊心越来越强，任何歪曲都不能容忍。但生活总需要他公开一些什么，总需要他的表达，于是他就一再地呈现出一种羞涩不安的情状。他自觉地分担了很多人的责任，以至于属于人类的共同弱点和不幸，都可以引起他的自责。这种种奇怪的迹象，都可以从童年找到根据。所有这样的人，都具有艺术家的特质，无论他从事什么。

当然，也许有人虽有上述特征，却没有那样的童年。我想，那一切特征只是外部世界对一个人的童年构成刺激，反射到内部世界才形成的。也许看上去一个人的童年经历平平常常，但他自己却有永生不忘的感触。比如那些不为人知的细枝末节，比如仅仅是一个场景甚或不经意地一瞥，都有可能造成长久的后果。这些也许十分偶然地发生了，但对于有的人却极其重要。它不一定从哪一方面刺中了他，他自己清清楚楚地记住他受伤了。接下去是对伤口的悉心照料，或欣喜或恐惧或耿耿于怀。所以，我们不能仅仅从外部去查看一个人的经历。

有人天生就易于体察外物，比常人敏感。童年的东西，一开始就在他的心灵上被放大了。不管周围的人多么小心地爱护着一个儿童，这个儿童心中到底留下了什么印象，你还是不得而知。

把一种事物搞颠倒了是经常发生的。比如我们就常常把健康视为不健康，把荒谬视为真理。在艺术领域里，对于艺术家和艺术品的理解也同样是这样。庸常的作品往往更容易被认可，而博大精深的、真正有内容的东西却长久地被忽略。一部作品的背后站立着一个人，作品与人总是一致的。好作品无论有怎样激昂的章节，整个地看也还是谦逊的、不动声色的。它好像根本就没有想过被误解的尴尬，好像一个与世隔绝的人在口念手写，旁若无人。这样的作品所洋溢出的精神气质，是我深深赞许的。

有的作品尽管也曾激励过我，但那里面隐含着的粗暴成分同时也伤害了我。有人可能说它的粗暴又不是针对你的。可我要说的是，所有的粗暴都可以认为是针对我和你的。他没有理由这样，因为他是一个艺术家。他应该和善，应该充满同情，因为所有花费时间来读你的书的人，十有八九需要这些。

至于那些流露着伪善和狂妄的作品，这里就更不值一提了……从作品到人，再从人到作品，我们就是这样地分析问题，这样地寻找感觉，汇合着经验，确立着原则。

当然，我们并不轻易指出哪些算是伪作，但我们却可以经常地赞叹，向那些终其一生为艺术倾尽心力的人表示我们由衷的景仰。我们更多的时候不发一言，可是我们内心里知道该服从什么、钦敬什么。一切都可以在默默之间去完成，让其永远伴随着我们的劳动。创作事业的甘苦得失是难以言说的，这也正好留给了不善言说的人去经营。这个工作对于他们来说，不存在什么失败。因为只要不停止，就是一种愉快，就是一种目的。

我认为要从事艺术，不如首先确立你的原则。要寻找艺术，不如先寻找为艺术的那种人生。我为什么要一再地谈论这个？因为我所看到的往往都是相反的做法，并且早已对理解艺术和传播艺术构成了危害。如果社会上一种积习太久，慢慢俗化，形成了风气，比什么都可怕。

人人都有理解和选择的自由，但是你必须说出最真实的感觉。我这里只是说了我对艺术和艺术家的理解——这都是时常袭上心头的。我觉得在我们这个世界上，那些由于各种原因忍受着创痛，维护着人类健康的人，是最为尊贵的。他们有自己的生活方式和习惯，正像他们有自己的才华和勇气一样。我们应该理解他们，并进而指出他们这种方式的意义。如果一个人总要寻找同类的话，那么我希望我和我的朋友们都能走进他们的行列。在这个队伍中，你会始终听到互相关切的问候的声音，看到彼此伸出的扶助之手。他们行动多于言辞，善于理解，也善于创造。他们更多的时间沉浸于一种创造和幻想的激动之中。由于怕打扰了别人，有时说话十分轻微，有时只是做个手势。但他们从不出卖原则，也从不放弃自尊。

归入了这一类，不一定就是个艺术家；但不归于这一类，就永远也不会是个艺术家。

水　手

一

一个作家当过水手，让人羡慕。他在大海上漂泊了多年，去过好多国家，见过的东西也多。生活对他这样的人好像就显得简单一些。他过日子大概不难，整天乐呵呵的。他多少有点流浪汉的气派，谁也唬不住他。他也不唬别人，并不整天谈外国。他的作品总写到外国，外国的人。一个人老实本分，当了作家也还是原来那样，只是不停地劳作。所以作家之中出一个水手都很高兴。他自己也轻松愉快，风度翩翩，似乎从来没有累过。人需要这样的朋友，文人需要这样的文友。整天忙，搞事业，思前想后，日子过得有些糊涂。跟这样的朋友谈生活，胸襟格外开阔。他把人的思绪领到海上，什么烦恼都被海浪冲洗得一干二净。他人走了，不由得就要去读一读他的小说。看看这些关于海的故事，一篇篇都新鲜有趣。人们夸奖农村题材的作品常说透着泥土的香味，今天读他的作品一定要说嗅到了海的腥咸。一个没有搏击过风浪的人无论如何也写不出这样的东西。那么质朴，那么真切，又那么惊心动魄。战胜风暴、船入台风眼、寻找尊严、美妙的海上月夜、迷人的异国恋情，什么都写到了。色彩斑斓，摇曳多姿，比一般的小说到底好看些。读过了他的东西想一想，他就是告诉了人们一些新奇的、新鲜的故事吗？好像远远不是，远远不止。读得多了，咀嚼品味，会觉得沉甸甸的。他原来也有忧虑，也有苦难。他也在思索。他把这一切编织到故事中。他当水手那么多年，到过几十个国家，去过著名的城市如休斯敦、新奥尔良、纽约、费城、汉堡、阿姆斯特丹、安特卫普、康斯坦萨等，穿行过巴拿马运河、苏伊士运河，这样的人什么酸甜苦辣没有尝过。与他放开谈，会丰富和加深原来的一些印象。他说世界就是一面镜子。在一条由很多国家的水手组成的大船上，要发现不同民族的特点和弱点容易多了。他在那样的船上工作过，每月挣七百个美金。这个民族的水手都挣这么多。而当时世界上雇佣水手的工资一般要一千个美金以上。全新的生活，全新的世界，他谈起来就激动了，来了义愤，来了自尊，来了英雄气概。他的话是可信的，可以窥见一片赤子之心。他在思索，为人的不幸感到屈辱，为人的聪慧感到骄傲。更多的是焦灼不安，是一个好男儿的急切之情。这一切于是化为一层厚重的底色，铺展在他的全部作品之中。这才是他的海小说真正动人之处。缺了这些，也许就什么都没有了。缺了这些，他就真的变成一个唬人的人了。作家的可爱之处也许就是那么一丁点真诚，连这个也没有，必定会发出酸气。他坦荡、诚实，水手的气味很浓。他能喝酒、能抽烟，豪气十足。可是一切都比较自然，不给人夸张之感。这也如他的作品，写大风暴、大欢闹，都很自然。可能是太熟悉了就不好鉴定作品了吧，总觉得他写海写得好。他写外国人写得也好，蓝眼睛白皮肤，楚楚动人，就如同站在面前一样。他经历过真正的风暴，到过好望角。这些经历他有过，不知心里看重到何等程度？大多数作家一辈子也没有这样的机会，也不愿去寻找这样的机会。他是多么幸运。怕就怕草草地写一遍。但就目前看用不着这样担心。潦草的时候也有，但不多。他是个豪爽人，但不是个潦草人。有特色的生活写出来当然好，但不能被这样的生活引入歧途。为写新而求新，愿道闻所未闻的故事，结果就成了故事大王。严肃的，并非虚张声势的海小说正在这个水手的笔下出现。水手应该写出好的海上生活的小说，小说也应该让人想象出一个水手的不凡经历。如今的人越来越聪明，文坛上的作品那么多。写作当然要用脑，但更应该用心。用心写作的人好像不那么多了。观察那些用心写作的人，他们衰老得都很快，但他们又永葆青春。那富有情味的一瞥，那极其特别的一个玩笑，多像个孩子。执着地探索下去，这样一生，要紧的大概不是一直写海，而是一直用心去写。写什么都行，天南海北，知难而进。

1986 年 1 月 7 日

二

真正的作家天生应该是个水手。这使我们想到了写出《白鲸》的梅尔维尔，还有搏击在密西西比河上的马克·吐温，以及那个硬汉杰克·伦敦……他们都有过水手生涯，一生都在生活的激流中搏斗。

长长的流浪，无边的海洋或漫漫的大河，水声，涛涌，遇险与生还。这一切都与文学的壮丽、传奇的声响交融在一起，难分难解。

作家是思想者，记录者，也是个浪漫的儿子。他天生应该是长于行动的人，而不仅是思想，是精神的漫游；即便躯体也要在这无边无际的世界上流荡才好，让冰凉的水流冲洗他，直到拍击冲刷出那难忍的欢乐和痛苦的歌声。

真正有个水手名分的总是极少数。可是他们要有水手的实质，有那样的情怀和向往。不然，即便真的吃过甲板上的饭水，也不过是个乘船的人，改变不了骨子里的平庸气、小地方人的褊狭嫉恨。人一生下来就脚踏着一块甲板，区别是有人能迎着风浪始终站立；而有人不得不趴下，四肢并用。

这块陆地眼下已是从未有过的颠簸和摇动，随时都会在击打挤压下碎裂。人哪，甲板上的人哪，不要因恐惧而逃遁，不要呻吟和出卖，不要背叛，不要放弃。同舟共济吧，生存着、互助着、同情着、英勇着。

水手啊，人类的水手。

水手护住了女人和儿童，护住了所有的母亲和未来的母亲。他们为孩子揩去泪痕，为老人披上寒衣。这艘拥挤的船已不堪重负，龙骨发出了咯咯响声。水手坚持着、准备着。他们默默自勉，那一刻来临时，他们将奋不顾身。

是的，那些险奇的经历也许常常是止于幻想。这样也热血奔流。到遥远的地平线的那一端，把挚爱的生命系到纤若发丝的什么上，让其颤抖和惊惧。生命在这一刻变得光焰四射、璀璨绚烂了。疯狂的浪涛拍过来吧，拍到胸膛上脸上，把桅杆打折吧。

世界变大的一刻，人就变小了。不再为一己的荣耀而惴惴，不再为眼前的虚幻而激越。真实的存在、揪心的痛楚，这些都要伸手抓住。要有勇气面对它。它们是我们自己，是我们的。我们也会化为它们。从这一刻开始就学会了藐视，学会了嘲笑，学会了安定。

在浩渺的水波面前，人还剩下了什么？

剩下了知性和自尊。那就紧紧地拥有它吧。

人如果失去了它，就将一无所有。无限的大对无限的小，无限的沉默对无限的喧哗。这种尴尬让一个人感到了，他才能开始告别童稚状态。

作家处于童稚状态是可怕的，也很可惜。这种“童稚”绝没有真正儿童的可爱。这是不堪一击的软弱和浅薄无知，是人类甲板上的多余人。

被腥风苦雨洗刷过，踏上岸，大地也在摇动。真正的水手四处张望，寻觅自己的故园。到处都是一片汹涌，是呼叫和啸动，是未知的深度和难测的定数。

人的命运之核，曲折之水。人能够感知的有多少？目击的有多少？真实记录的又有多少？作家，像水手一样的作家啊，他们手中握住的不是一支笔，而是命运的桅杆。

桅杆被打碎的那一天，会化为屑沫飘动。但总有一支迎着潮涌挺立的桅，它将驶向地平线，在永恒的太阳下闪出金色。人的光荣凝聚在上边，人的尊严也凝聚在上边。

水手啊，人类的水手。

三

当过水手的人不一定能完成那个向往：一位作家。而真正的作家的确会拥有水手的兴致。在这个狂想和梦呓交织的嘈杂世界上，各种垃圾正铺天盖地地堆积。

可是水流仍旧像世纪之初或更遥远的记忆中的时世一样，滔滔不绝。水流就这样平淡无奇地冲去了垃圾。水是洁净的、温柔的，也是无情的。在这世纪之水的分扯之下，什么都分崩离析了，只留下了一个个属于水手的岛屿。

它们孤零零地立在那儿。天上的浮云与之对应。

水手啊，人类的水手。

1995 年 4 月 22 日

寂寞营建

我不信过去的智者们在运笔之初曾计划过征服。因为那样他最终也难逃浅陋。可以信赖的只是昼夜不舍的劳作，是银匠似的打磨精神。创造物上遗留了指纹摩擦的光亮，有着心的刻度。日复一日，寂寞营建，从不指望有过多的收获。

我怀疑今天那些堆积如山的纸页中是否真的掺过了一滴心血。破烂不堪的印刷品像夹了虫卵的枯叶一样覆盖大地，反而遮去了自然的绿色。有多少人在匆匆的时光里自忖自愧，笔墨吝啬。不负责任地倾倒和排泄已经使这个世界垃圾成灾。

你如果想看到一篇有真性情的文章，有时真比发现一颗崭新的星体还要困难。这是个不能过多地渴念奇迹的年代。好像人类的精神生活史上，一个世纪过去了，接下来的寻觅将漫漫无期。

我每逢看到自己或别人的一本新书即将面世，心中就涌过类似的念头。这绝对不是苛求——我知道长久沉迷于一个艺术世界的人会理解此刻的心境，并给予他的宽容。怀疑精神与创造精神从来都是并存的。一点怯怯的欢欣、一丝淡淡的惆怅，像云雾一样在案头缭绕。在与心灵记录告别的一瞬，一个负担道义的人会出奇地拘谨。

再也没有更好的机会来审视自己了。亲手扳动闸门，让墨汁流向陌土，最需要勇气和果决。因为这一切很快就将变为昨日星辰，你需要迎接的只是明天的阳光。行程遥远，举步匆促，可以用来徘徊的时间太少了。

有什么可以依赖和可以信托的呢？有什么能够稍稍弥补必将来临的遗憾呢？只有真诚——一种生命本色的力量。除此而外，我们还会幻想什么？借助什么？在这块本来应该是极为圣洁的土地上，在一次比常人远为艰难的生活中，不会再有别的选择了。

堂皇印出的谎话和轻浮之言随处可见，以至于使劳动者的书斋变馊。它对于文坛和世风的戕害无可挽回。一个在这样的情形之下勤勉为文的人有多么艰辛。他的执拗和刻苦，他的势必造就的业绩难以磨灭。谁向着这个方向跋涉，谁就心怀了使命。这种考验才真正称得上严峻和冷酷。

当我在书林中漫步、遥望漫漫文路的时候，总想把如上的话写给那些善良的、长存奢望的读者。我知道在如此芜繁如此聒噪的世界上，他们甚至失去了独自苛刻的权力。

但人们还是希望看到始终如一的坚持和诚笃。没有比那里再沉寂无援，再冷清淡泊的了。甘于忍受的人才会编出美丽传奇，默默无声的人才有锦绣文章。

不过那样的境界谁能够进入呢？谁能够抛却世俗呢？谁能把无法言说的困苦和忧烦磨碎呢？

1988 年 10 月 22 日

人生麦茬地

多么熟悉的情景，动人心弦。我只是轻轻一瞥，那图片就在心中化作了永恒。雪白的、强烈无比的阳光灼伤了我的双目，让我再也不要触动这一幕吧，尽快把它忘却。

可是这能够吗？

一个从无垠的原野上走来的人生，忘得掉炎炎夏日里，那一片接一片的银亮麦茬，像电光一样闪烁的麦茬？土地焦干烫人，没有一丝水汽，如果有人划一根火柴，麦茬地就会一直燃烧到天边。土地烘烤出人的汗水，给自己解渴。人的脸像土地一个颜色，汗水还是不停地流出来。肌肉干贴在骨骼上，生命之汁已经剩下不多了。夏天，多么漫长。在这个滚烫的季节里，老人无声无息地劳作，一天接一天坐在地里。他们要熬过什么，或者，他们在期待什么？

母亲生下了健壮的儿子，儿子穿上小背心到更远的地方去了。她亲手播下种子，看着稚嫩的青苗破土、长旺，看着它挣扎出寒冷而枯燥的冬天。儿子回来吧，回来吧，这个世界怎么总要把儿子引诱到远处去？一想到儿子，她就联想到返青之后的麦苗。这个世界的年轻人不知忧愁地跳跳跃跃，那都是让血脉顶的。年轻人的世界火火爆爆，老年人的日子死寂无声。人老了，知道前边的日月是什么样子；人年轻，就不晓得以后的岁月是什么光景。其实一茬麦子与另一茬麦子总是差不多——麦茬的颜色一样，也同样在夏日里闪亮耀眼……儿子啊，在外面奔忙的儿子啊。

日当正午的时候我还不愿回去。我也没有寻找一片树荫。这片土地太大太大了，我僵硬的双腿不愿挪来挪去。丈夫没有了，他埋在这片土里——很多的男人女人都埋在这片养活了他们的土里。谁将来也是一样。麦茬哟，像针一样刺我的手和脚，我的长了厚茧的皮肤都受不住了。我把散在垄里的穗子捡起来。这麦秸在阳光下刺眼亮，我不得不眯起双目。饱含了盐的汗水顺着深皱流进眼窝里，我一遍一遍去擦……远处有个百灵鸟，它不歇声地叫，它有了什么好事了？

一个女人到了八十多岁会想些什么？年轻人永远也不明白。他们会以为她对一切都无心无绪了；或者相反，像个孩童一样易喜易怒。他们错了。母亲老了的时候简直丰富质朴到了极点。她越来越离不开土地，与泥土紧紧相挨，仿佛随时都要与之合而为一。她举手投足间都流动着天然纯洁的韵律。一双手挨到麦茬上，像抚摸婴孩的毛发。这时候她的眼睛已经昏花，能够准确无误地拿到麦穗，大半是依靠一辈子积累的物感。一个乐手去触动弦上的音阶，哪里还需要依赖视觉呢。

这是生在泥土上的女人。

生在另一些地方的女人是另一种母亲。她们的手虽然苍老却依然柔软，食指常常充做奶嘴儿让婴孩吸吮，慈祥的脸上溢满欢欣。如果她看到一位同等年龄的老人坐在麦茬地里，就带几分天真蹲下来询问。她们之间简直无法交谈，各自揣着自己的人生沉默下来。分离时，柔软的手攥住粗硬的手，泪水在眶里旋动……远处的百灵鸟一连声地叫，这个炎热的夏天，你有了什么喜事？

麦茬间的另一种颜色，是绿色的小玉米苗儿。一茬让给了另一茬。庄稼，这就是庄稼。谁熟悉农事？谁为之心动？谁在这旷阔无边的大野上耕作终生却又敏悟常思？苍穹下多少生命，多少搏动不停的角落，生生息息，没有尽头。可是土地再辽阔、她离我再渺远，我还是能把正午里坐在麦茬地里的母亲一眼辨认出来！她的雪白的头发啊，她的蓝布大襟衣服啊，我没有开口呼喊，夏日的白光已经灼伤了我的双目……

我的母亲，我的母亲。

我的兄弟呢？我的姊妹呢？我的可爱的朋友乡邻亲友，你们哪去了！你们也来看看我的母亲。我跪下来，双手托起她的胳膊，把微微颤动的拐肘捂在掌中。我为她按摩舒展硬硬的手指骨节。母亲已经不像过去那样爱说爱笑了，脸上木木的，看我像看一个陌生人。我伸手梳理她稀疏的白发，为她摘掉沾上的一根麦草。“孩儿孩儿，我的孩儿！”她嘴里一迭声呼叫。

正午的阳光把原野晒出了紫烟。母亲的后背贴紧了汗湿的衣服。我问她什么时候来到麦茬地里？已经坐了多长时间？……她不作声，像没有听懂。停了一会儿，她从那个盛满了麦穗的柳条篮子底下，翻出了一块焦干的锅饼。锅饼按在我的嘴上，它像石块一样坚硬。“孩儿孩儿，我的孩儿！”我张大嘴巴咬住了锅饼。

母亲笑了。

我的儿子从天边上飞来了。好孩子，你看脚底下的粗壮麦茬，就知道这是个好夏天。你再也不用担心春天的事情了——那时节花开草绿，渠水噜噜响！你爸离开时是个春天，那样的春天再也不会有了。我嚼了榆树叶儿往他嘴巴里抹，一下一下他都咽了。他的眼神亮晶晶，我想他会好好陪伴我。谁料到第二天早上叫他不应，他去了！我的好孩儿，你妈硬是让这眼神给骗了——他去时我连个准备都没有。

你走到高山上、大海边上，走上千里万里，也不会找到这么肥的一片土地。这里值得你做一辈子，值得你安下心生个娃儿。你走了，走得无影无踪，连小木板门都没有关严。我的孩儿，你长大了，大腿像屋梁那么粗。可我就觉得你才刚刚摘掉奶头，唇上沾了奶水。人都是这片泥土的孩儿，他们说到底都是趴在那儿喘息、吭哧吭哧咽下吃食。人不能吃饱了肚子，一抹嘴巴就跑开。

她在儿子手腕上惊讶地发现了一块表。儿子告诉她到了正午。她疑惑地盯着指针——指针没有指向太阳，怎么就是正午？可见这是块骗人的表。她往前挪蹭，去寻找麦穗。麦穗无一遗漏地给逮到了篮里。灿烂的、浓香四溢的收获激动人心！要知道它原来准备藏在土里，像黄金那样一直藏着。可是一个精细的女人来了，来把它们取走。

百灵鸟叫着，它为什么欢乐？

它的小小慧目能透过时空的栅栏，望到几十年前蓖麻林里的少女吗？那时候她穿了火红的衣服，引逗一个百灵，又折了蓖麻做成一支绿笛，呜啊呜啊吹不停。她的头发上插了支美人蕉花儿。百灵想把花儿啄下来，她就歪头一下一下躲闪。

有个长腿汉子气喘吁吁地站在林子边上。他透过林隙盯着她的眼睛，咬紧牙关。百灵把花儿趁机啄下，交到男子手里。百灵笑了，脆脆的声音响彻云天。

他们一起坐在了麦子地里……麦子熟了，他们的头发和麦秸一块儿白了。唰唰割掉麦子，留下一片无边的麦茬。她坐在阳光下，让头发与麦茬一齐闪耀出光亮。

儿子与母亲分吃一块锅饼。后来，儿子取水去了。“渴啊！多么渴啊！”百灵用粗嗓子喊了一句，飞走了。

老人又一次撩起青布衣襟去擦脸。她的脸被遮住了，像为自己的突然衰老感到羞愧似的。

——我只是瞥了一眼，再也没有转过脸去，就像脚踏着锋芒向上的麦茬一样，我小心地、一声不吭地离开了。但我一辈子也忘不掉这一幕。我在心中默念着：麦茬地！

1989 年 2 月 8 日

关于乡土

每个地方都理应有自己的文学。真正的艺术总是超出世俗而更具时间意义。如果说岩石也在流逝的岁月中剥蚀，那么熔铸了心汁的墨页则可以永葆芳香。

我们走在一片独特的土地上，总不免有些悠思遥想。不用说十九世纪，也不说二十世纪初，起码在近代长达五十几年的一段时间里，人们或可期待每一片土地都孕育出更为绚烂的文学之花。

这不是苛求。对土地不能苛求。

我说的只是一种乡土式的企盼，一种希望。当今天的人们谈论“乡土文学”的时候，你会感到真正的尴尬。或者是对土地和生命的深深隔膜，或者是对艺术天生的褊狭无知。

我们真的有过自己的“乡土文学”吗？

没有对一片土地痛苦真切的感知和参悟，没有作为一个大地之子的幻想和浪漫，就永远不会产生那种文学。人们在今天极少关于土地这个概念的理解，就像极少关于生命、文化之类概念的深切理解一样。一切都萎缩了、俗化了，想象的触角被一点点磨钝。

不错，乡土观念包括对于传统的固守，对于昔日事物的留恋，对于一种文明的断断续续的追溯和衔连，显而易见，它同时也包括了久长思之的、小心翼翼地甄别。乡土作家一般指生于斯长于斯、对土地同时也对整个家族血脉饱蕴深情的人。牵动他的是责任和良知，是早已存在了的使命。

诗人应该坚立于故土与尘风，这里有他需要的一切。他今天诚然不必足不出户，但沉着于自己的生活仍旧是完全必要的。一方水土可以长成一个人的血肉，也同样可以养大一个人的灵魂。真正的智者是纯粹的，在纷乱动荡中仍保从容的人。他的关于乡土的温情和执拗一起滋生成长，以至于永不消逝。

一谈到乡土文化，人们就会想到俚俗，想到那些时髦的关于故地风物的描摹，想到流畅但却平直的创作。乡土作家似乎不必理会人类有史以来发生过哪些重要思想，不必关心历史演变和时代进程——带有嘲讽意味的，恰恰也正是这一类作家更早失去自己的"乡土"。

不言而喻，我们要求他是一个独创境界、心气高远又极端质朴的人。他的不间断的辛劳被一种平凡色彩包裹了，但他的人生却正因此而变得神奇，化为了不朽。

从某种意义上讲，乡土文学才是真正的文学。艺术家的求索如果不是背倚乡土，也就失去了文化根柢。也正因为如此，所以任何对于它的狭隘规范，都是令人不能容忍的。

我们呼唤真正的乡土文学。

1989 年 4 月 23 日

望海手记

上　篇

小　路

一连几天都在这条林中小路上徘徊。

这条连接着昨天的小路，一生看不到尽头……它起始于那座小茅屋，穿越了密匝匝的灌木，攀上沙冈，又一直走向大海。它永远不会磨灭——它是一条活着的、颤抖不停的、会拧动的路。

在这条小路上消失的不仅是L，还有另一个人……他们都一样，他们再也不能归来。

那个少年！你为什么在灌木丛中、在这条小路上久久徘徊？你怀抱着那么多鲜花，红的、紫的、绿的、黄的……你要把它们献给谁？

我在此流连，不愿碰上任何人，不管他是生人还是熟人。

他们都以为我在这儿遗失了什么——也许他们是对的。可我真的能够找到吗？它又是什么？它藏在了哪儿？它是在这条小路上慢慢滋生出来的，还没等成熟就被一只无形的手摘取并埋葬了。我大概想把它们重新挖掘出来。

我在这条小路上徘徊时，心中哀伤难忍。我不知在对他，还是对刚刚离去的L，一次次追念和悲悼。我没法用别的方式来寄托轸念，正像当年的那个少年没法把他怀抱的斑斓献给一个人一样。

少年的鲜花永远藏在了背囊里。

少年跨过了高山峻岭，钻入大山旮旯、大山褶缝。让我拨开一层层云雾……不顾层峦叠嶂，荆棘丛生。搜遍每一块顽石，辨认你的踪迹。

没有任何人像你隐藏得这么深。你消失之处平坦如坂，完美无缺。你带着屈辱而去，可是你不该舍下一个少年。

你带走的是他的全部依恋和希冀。

叹 息

丁香树。有什么在隐隐逼近。我终于对你提出：再不愿看到那个拉小提琴的家伙在你们家门口走来走去。你总是用温柔一笑搪塞。那个小子头发稀疏、肚子像锅，压根就没有打好主意。他是你的同学，小提琴拉得好——“可他早晚还会做点别的什么。”你难堪地瞥我一眼。我相信那只握弓的手还扯过你的手和……你已经稍稍有点变化。我也揪住了你。我揪住你，我揪你一下。

你伏在了我的肩头。

“那个小子说不定害过疝气，还有狐臭。”

“对，”你说，“诅咒他吧。”

“他除了有这些病，还害着眼病，一天到晚睁不开眼睛，看不见琴谱，去捏琴弓，捏在……真惨。从此他就蔫了。后来乐团把他开除了。事情闹得沸沸扬扬，半个城都知道了。他无地自容，没人理他。”

“有一次他去游泳，一直游到了防鲨网跟前；这样反复多次，许多次；后来腿抽筋了，就再也没有上来——你看是这样吗？”

“这样太残酷了，也有点儿荒唐——不能编这样的故事……”

你盯着我的眼睛：“你应该跟我讲讲别的，讲讲木槿花的故事。你知道你欠了我一个故事。”

荒原上有无数故事，别说欠你一个，就是欠你一千一万，就是给你讲上十天十夜，荒原都不会干涸。

你嘲弄地（幸福地）看着我。

“不过你要整天整夜待在我身边，我才会给你讲那么多故事。你愿在我身边这样吗？”

你点点头。

我不认为这是玩笑。我们扯着手向前走去。你的父亲迎面走来。我松开你的手。

你的父亲叼着烟斗，穿着黄色军裤，看看我和你，轻轻咳一声。我迎着他点点头，就走开了。

那个夜晚我在窗前久久呆立。我想看到一个熟悉的身影走过来。很多人从窗下走过，接着是熄灯的铃声。很多窗户都黑下来。林荫路上静悄悄，丁香花的香气一阵比一阵浓烈。我总想丁香树下会出现你的身影。后来我发现已经是午夜两点了。我叹息了一声。

……

野椿与丁香

“你为什么不愿离开茅屋？你还没受够吗？你不害怕吗？”

“妈妈，妈妈，让我留在这儿吧，我离不开你，离不开外祖母……”

我这样说的时候，脑中出现的却是她的身影。我实际上在说离不开她。多么可怕啊，这时候让我一个人到南山去。再也见不到她的微笑，再也听不到她的声音……我差不多被折磨病了。那个黄瘦的男人——他冷冷的目光射向我，使人无法抗拒。我知道早晚得被这目光逼得连连后退，一直退到那座大山里——从此大山就会把我吞没。我会失去一切。

那天我在小路上，又一次遇到了她——我告诉她真的要走了。奇怪的是她一点儿也不惊讶。

“你愿让我走吗？”

“当然不……”

可她说这话的时候我却做出了一个判断：她并不怎么留恋我。

我不止一次听说，她正和那个剃了短发的家伙在丛林里出没。有人还给他们编了一首奇怪的歌谣。

这些传闻、是这些歌刺痛了我。我问过她，她说：“你要信这些话就别来找我好了。”

我强迫自己怀疑那些传闻。我只能这样。

——可在我向她作最后告别的时候，我似乎相信了什么……不过这一切怨谁呢？她是个坏孩子吗？我无论如何不能同意，也无论如何不能割舍……我想起了在海边上的那个夜晚——那一天无论他们怎么喊我们都不吭一声。我们藏在一个鱼铺的渔帆下面，紧紧相依。一边是火把，是喧嚷的打鱼人。谁也想不到在一边的鱼铺旁，我和她躲在渔帆下边。

那一天我经受了怎样的考验。也许全部的不幸就是从那一天开始的。

今天我真的要与她告别了，我要到南山去。我就要离开这条林中小路了……

野椿树——丁香树！很久以后在大学校园里，当我回忆往事的时候，似乎才明白了一点点……我走出校园，走进了那个像蜂巢一样的城市；不久，我又一个人在这片土地上走来走去了。我越来越明白：人是各种各样的，那些火热灼人的故事也是各种各样的。谁能够否认那些故事：炙心烫肺的，沉思追念的，腾腾燃烧的……

那些滚烫的生命往往从很早以前就显现出它独特的性质。当然这要有一份敏感才能捕捉。人人都想拥有改造另一个生命的神奇力量，就像用一支彩笔沾染了另一个人的灵魂，一开始这颜色是顺着毛孔渗进去的，到后来无论用碱水、盐水，用热水和冰水，都不能使它的色泽褪去。这就是我在一路上想到的。我想到了她，还有L.M.。他们都在这条路上奔走。那些异常灼热的旋流啊，是怎样烘烧着一个个少年？它们又如何使一个个人徘徊一生，再无安宁？一个生命一旦开始燃烧就不会终止，太阳就会把燃料给他们不断充填。他们将剧烈燃烧，燃上一生；巨大的灼热将使其不能支持，使他们在冰凉的泥土上急急奔走。

野椿树，我已经苍老！当我重新踏上这条路时，我最怀念的还是你的微笑——今天再到哪里去寻找你的微笑？原来人的一生只可以遭逢一次。我愿意把你遗忘，可我遗忘的仅是一个蜕变的生命。

每个生命都不断蜕变，当它蜕变之后，就再也不属于原来。我今天努力回忆，追溯，只想让自己回到一次次蜕变之前，回到那个原来……

我常常执着的，就是这样的追忆。只可惜这太难太难了。

我想很少有人能够做到……人们总是自觉地、习惯于把一个人看成是静止不变的。他们往往让一个人去为他的一切负责，所以一个人的背囊总是非常沉重，非常沉重。他们不愿承认昨天和今天是完全不同的，是两段时光。他们不愿承认昨天那么稚嫩、新奇、鲜烈，而今天这么苍老、迟钝；敏感没有了，鲜花没有了，百合花正被人连根揪起……

……

……你吻着我，询问我的激动。我怎么描述这一切经历？

你那颤抖不停的身躯与我紧紧相挨……你是上天派来的一个精灵，一朵蓝色的花，一只无花果——一个把鲜花藏起、在五月里就开始成熟的果实……你让我攀到高高的树上，从高处看这一地绿色，一地鲜花，看这小路上偷偷行走的小鸟……

老渔眼

我发现：在这片海滩上，最权威的人物并不是海上老大，不是这个长了红胡子的粗家伙，而是另一个人。当我发现他的时候，觉得一切都那么神秘……

那一天我发现红胡子急急地朝鱼铺那儿跑去，跑到那儿就蹭蹭蹬上了一个木梯。原来这高高的木梯上边还安放了一把大椅子呢，那上面坐着一个穿了黑缎子衣服的老人。这个老人须发皆白，手里端着一杆一尺多长的烟斗，正坐在那儿，迎着海风抽烟。他不停地抽烟，抽一锅，就把烟末磕下来；烟末雪花一样从高处撒下，迷住了红胡子的眼。海上老大就一边揉眼睛一边往上爬，离那个老人不远了，老大开始询问。老人的烟锅儿朝大海比画几下，老大就恭恭敬敬嗯嗯几声，退下来。

坐在木梯顶端椅子上的那个老人与所有人都不同：不笑不怨，从来都穿得整整齐齐，大热天也不脱衣服。他的裤子是丝绸做的，还穿了黑布鞋、白线袜。

有一天我终于忍不住，问看鱼铺的人：

“那个在木梯顶上坐着的人是谁？”

“你连这个也不知道？那是‘老渔眼’！”

“老渔眼！”

这让我觉得神奇。他接上告诉：那是专门看鱼的人——“他看见海里有鱼才让老大下网；没有鱼，下了网不是白搭吗？”

我似乎有点明白了。我转过脸看看大海，只见滔滔海浪，什么也没有——要知道那些鱼只有在岸边蹿跳起来才能看得见哪……不可思议！

有一次我悄悄蹬上木梯，从高处望着大海——什么也看不出，还是海水，汪汪的海水。

那个老人是个神人。

有一次，我真的听见海上老大问老人有没有鱼？老人指着大海说：“快下网，快下网……”

老渔眼这一回自己也从木梯上噔噔跑下来，咋咋呼呼大叫了。

人们赶紧往小船上抬网……

当他们都注视着小船的时候，我就蹬上了木梯的椅子。我望着大海，当然什么也没有看到，只是滔滔海浪……

可正这会儿有谁发现了我，用手一指骂起来。他骂着，简直要把我揪下来撕碎。我吓得一缩，赶紧溜下了木梯。我往一边躲闪，可他骂了几句就转身去看海里的船了。

拉网的人又开始活动。红胡子的渔号子又喊起来，“嗨哉！嗨哉”的粗吼终于让我亢奋起来——我等待着一个结果。

大网一丝一丝挪近，它终于被我盼到了。

这是一次空前的收获……

约　会

十几年之后，当我面临着一生中第二次约会的时候，我首先想起的就是第一次约会，想它的全部细节。

当时我对自己感到了深深的惊讶：竟然不像预料中的那么激动！……好像早在第一次约会时就把身上一切可以燃烧的东西全部耗尽了，以至于在未来的约会中能够那么平静坦然。我自己对这种情状感到了恐惧。那种忐忑和羞怯、颤颤的不可思议的焦躁心情……没有，一点儿都没有。

那是一个中秋节。月亮下，我们待在一个大宣传栏下。我先一步来到，一个人期待着。只感到被一种平静的，一种温柔和安怡的情绪所包容。后来我们又默默往前。来到了雪松下，她倚在雪松的一个枝丫上。她好像要听我说什么，或者……我记得只是抚摸了她的头发。我什么也没有想，只是觉得幸福。在那个安静的时刻里，我什么也不想讲。

后来我们又走到了一棵丁香树下——是这种让人永生难忘的树让我们紧紧挨在了一块儿。我终于流下了热泪。那是长久的、毫不停歇地奔波之后迟迟来临的一次歇息；那是在冰雪旅途中遇到的一堆炭火。她说：你的话这么少，你把什么都装在心里。我点点头，抚摸代替了语言。说什么？什么能比得上一只苍老有力的大手？我仿佛听到了她的赞许。

是的，那时我真是一个挺棒的男子汉。我的那只手，到处都是老茧，这让她感到多么惊奇多么陌生。这就是她刚刚开始认识的那个我，一个怪人，一个周身晒得乌黑乌黑、头发硬而倔的野人……

很久以前播下的激动之籽已经霉烂。以后发出的叶芽已经不是原来的那一株。它悄悄地改变了性质和颜色。一粒种子刚刚从壳里蜕出时放着光泽、带着香味儿，稚嫩而又活鲜；如果这粒种子已经在岁月的谷仓里埋了几十年，那么它就成了一粒苍老的种子。你还能指望这样的种子喷出叶片、展开花蕾、吐放出自己的花蕊吗？至于那些考古发掘出来的种子，你得把它小心翼翼地保存，稍有一点儿不慎就会弄伤了它。这是一粒被时光保存了上千年的种子，它太老了。

它期待着焕发青春，期待着一次鲜花怒放。

可是你千万要记住：它是一粒苍老的种子。

妈妈·父与子

他站在那儿倾听。后来他慢慢呆住了。他在看妈妈翻动那本书的食指——他看着这手指一丝一丝抚过去。

父亲看了妈妈一眼。她停止了朗诵。

他把妈妈那只手指抓起，翻来覆去地看。看了一会儿，他在妈妈锃亮的手指甲上吻了一下……

妈妈眼里似乎渗出了眼泪。

父亲说："孩子，你想让妈妈抱抱吗？"

他不吱声，面孔冷峻。后来，他用警觉的目光盯住了父亲，一动不动。

妈妈说："好孩子，你不要用这种眼光看爸爸，他害怕……"

"是我害怕，妈妈……"他嘴里咕哝着，两手抱住了头颅。

妈妈慌了，手中的书掉在了地上。

就在这时他的两手从耳朵上拿开，然后胡乱在空中抓挠了两下……他一转脸又看到了地上的书，就扑到了地上。他把这本书紧紧抱在怀里，翻看着，急急地往下读……他读了些什么谁也听不明白。

父亲大失所望。他看着妻子。他们对视着，泪水哗哗流下。她差一点儿歪倒，是父亲伸手把她搀住了。

“坚强一些，坚强一些……你不要这样，你……”

他吻着爱人的额头。

目击者

所有人都一块儿诅咒那个地方，一块儿追究。多么可怕，竟然见死不救，竟然这么随便就葬送了一个孩子。多么残忍，多么残忍。如果一个没有见过那孩子的人也许会减轻一点儿愤怒，因为那个地方遇到的危急会很多很多，他们偶有疏失也仍可原谅；但你如果是一个与他朝夕相处的人，亲历了他死亡的全部过程，你就会痛不欲生，会因此而绝望的。

怎么来形容那个孩子？她觉得除了与他没有血缘关系，在任何方面他几乎都和自己的孩子一样。他常常到这里来，与自己的孩子一块儿在院里做游戏，亲密无间。他们真像一对兄弟，他真像自己的孩子。他带走了自己的孩子半个灵魂，也带走了这个小家庭里幸福和欢乐。她那天一声连一声呼唤丈夫，说不出一句完整的话。她只会呼唤丈夫的名字。他只是痴呆呆看着爱人。没有任何办法，没有任何办法去挽回什么，无论你多么需要，无论他连着你的心脉筋肉和……那一天他们欲哭无泪，待在孩子的屋子里，看着他蜷在那儿。他们来不及去安慰自己的孩子，只是朦朦胧胧觉得孩子在渐渐走入更大的危险……

她坐在那儿，双手捂脸。忽然听到他屋里有了一点声音，接着门开了。

他摇摇晃晃从里面走出。

“我的孩子，你怎么起来了？”她赶紧跑过去。

她想抱住孩子,可他伸开手把她推开了。

他径直向他们的屋子走来,看了看母亲,最后又把目光落在安睡的爸爸身上。他站在那儿,一动不动。

这样看了一会儿,他就坐在父亲旁边;再后来,他又像父亲那样侧身躺了下来。他把头抵在父亲宽宽的后背上。

她一直看着,不知说什么才好。她给父子两人掖一下被角,坐在旁边。多么好啊,他们睡在一块儿。丈夫以为是妻子躺在身边吧,伸出手来在他头上拍打几下,依旧睡着。他嘴里发出了咕咕哝哝的声音。他后来真的在爸爸身边睡着了,两人都发出了轻微的鼾声。

她从未这样高兴过。她一直在一旁看着,最后竟然也在椅子上睡着了。

不知过了多久,她觉得屋里有走动的声音;睁开眼睛,见丈夫正牵着儿子的手在屋里溜达;他们走到了窗前。

小妖精

所有的牌都摆在干净的沙土上,让我们围成一圈游戏。我们大家围成一圈儿。这种玩法真有意思。后来就玩起了那种赌博,输掉四个三角,其中有一个还是“健牌”。“他妈的,真霉气!”“他妈的”三个字骂起来很帅气,连她听了都笑。

“一个漂亮的小妖精。”他在心里说。

L 和她走路时不知不觉就挨近了。他把这个发现告诉身边的人,他对她可没有多少好感。他们说她无非就是学习委员呗,小脑瓜鼓鼓着;那个小脑瓜就欠弹了,砰的弹一下,一定很好……他笑了。

赢得的彩色三角连接起来可以做成一个奇怪的船形帽。给小猫戴上这种帽子，小猫神气得很，那时给它拍一张照片多棒；它戴这种彩色帽子的模样一定会把老鼠吓死。老鼠见了猫来不及告饶。她是老鼠还是猫？L是老鼠还是猫？L这小子肯定是个老鼠，他跟在她身边，再不就是她跟在他身边。

他们又围坐在沙滩上凑成一个圆圈，中间还是那些彩色三角。还玩原来的游戏。“有人做鬼。”“是她做鬼吗？”

“不是她做鬼，反正你手里有假。假冒商品，整个儿都是假冒。”

“别这样刺人好不好？”

“你得了一百分，其实那一百分也是作假。”

“侮辱人就得决斗！”

“决斗就决斗，来吧，每人一把剑……”

像剑一般长的树条：一寸也不能长一寸也不能短。离开脸，如果捅到眼上就坏了。真想捅到你的眼上。他妈的谁让我们是好朋友。绝对不能往好朋友的眼上捅。架势倒不错，就不知能不能把我刺中。宰了你，好。看，中剑了，这就应该算赢了……

为什么决斗？书上都是为了女人。我们也为女人决斗。多有趣，多棒，谁也不知道我们玩得多么棒。

玩累了到河里游泳。这河流太好了。下水谁也不能穿短裤，穿短裤怪难看的。都分开，让她一个人在那片水里，其他人都在这一边。可是由谁保护她？由我？由L？由他？最好还是谁也不去的好……游了一会儿都水淋淋地站起来。那家伙不停地看她，他应该吃一顿耳光才是。站在水里看，他长得像个女孩子一样匀称：小屁股，小腿溜直，一张脸圆圆的红红的，真不愧是个……！我们叫他的外号好了，来，一齐叫，一、二、三：……L一点反应也没有。大概他不觉得这是一个外号，要是外号也好极了。你看他还笑。这家伙真有风度，他就是用这个风度征服了那个小人儿。被他征服的人不是一个傻蛋，就是一个多少有点儿犯贱的人……天哪，用这种词儿来咒她，倒霉的只会是自己……让我们一块儿唱歌吧，唱歌吧。我们都是多么好的朋友，彩色三角都掉到河里，也不能没有这种友谊。友谊万岁，万岁万岁。如果我们都做不到亲密无间，妈的，那就该和那个人亲密无间了——那个人坏到了极点，他故意把头发剪得很短，这样打仗就可以用头撞人。有一次他一家伙撞在一个同学身上，那个同学差点鼻口出血，摇晃着栽倒了，半天没爬起来。打那以后谁还敢惹那个家伙。可是就有那么一个人，抿着小嘴儿看他两眼，就把他看得往后倒退。那是个小人儿，还是别说出名字来好；"也许那个小人儿该揍了，揍完了再抱抱她。"他在心里说过这样的话。他也学坏了。

洗完澡再接着玩彩色三角。"我们应该讨论一下作业了。""你就忘不了作业。""你忘得了吗？你忘得了为什么还要上学？"这个讨厌的学习委员，讨厌极了，讨厌到了极点。不过物极必反，讨厌到了极点也就可爱到了极点。我怎么不让她讨厌到了极点啊。"L，你说那个小家伙是不是讨厌到了极点儿？"L 嗫嚅着。"瞧啊，"有人拍着手，"瞧啊，人家就是不说就是不说，"他的脸笑眯眯的，一对眼睛挤到了一块儿去。L 脸红了，后来他胡乱把手里的两个最棒的彩色三角输掉了。嗯，那个"健牌"又回来了。"讲故事吧。"她玩腻了，这样提议说。讲故事那可没有别人插话的机会了。他本来那天会讲一些挺棒的故事，可是不知有什么在心里作怪，讲了没有几句，故事就从脑子里溜走了……

我该到苇丛后面去保护她游泳吗？她没保护人怎么行？出了事呢？不堪设想！算了，反正什么都过去了。

他讲不下去，又一次提议玩彩色三角。他真想把所有的彩色三角都输掉，输给 L。你拿着这么多彩色三角去迷惑她吧，你这个要命的家伙……

谋　杀

“这不是疯话！断掉的缝衣针是真的……”

妈妈长长叹气，“哪儿搞的缝衣针？”

“从缝纫机左面小抽屉里，从那团黑线上拔走的。”

妈妈赶紧到缝纫机那儿去了，一会儿她取来一个光光的黑色线团。

“你看，看见了吧？爸爸，上面没有缝衣针了！”

爸爸把线团取到手里，又捏了捏，说：“不过谁又能证明你拿走的缝纫针做了什么？你不是说弯过钓鱼钩吗？我也记起来了，过去你曾说，你们要自己做钓鱼钩到河边钓鱼——是不是做了钓鱼钩？”

他眨了眨眼：“当然做了钓鱼钩。”

妈妈脸色和缓下来：“那就对了孩子。做了钓鱼钩。你怎么能说那么可怕的事啊，我的孩子！你知道它有多么可怕吗？”

“我知道，可这是真的，我不能说谎……它太可怕了，妈妈，妈妈，L一定恨我，他知道是我和别人一块儿害死了他，妈妈妈妈……”

爸爸站起又坐下，全身灼热；最后他解开了衣扣，把衣服狠狠抛在床上。他抚摸着胸口，渐渐安静了。他走过来，问：

“孩子，你们钓了多少鱼？怎么没有一条拿回来？你不是说钓了鱼喂我们的猫吗？”

孩子瞪起了大眼，这时这双眼睛多么清澈明亮：“我本来要带回来，是L要走了。他说他家有两只猫，下一次钓了鱼再给我。当时我想这些鱼怪腥的，都是些小鱼，算了吧。就这样他带回家了。”

“那么下一次你钓的鱼呢？”

“下一次鱼饵不好，是蚯蚓做成的，它们都不上钩。好不容易钓了几条，那个‘小妖精’说还是给L算了，他家有两只猫呢。你看，她总是偏向他……”

爸爸笑了：“她不是偏向他，她是偏向他家里的猫。”

“猫就是L，L就是猫。他最喜欢猫，天天抱着猫玩，有时还叫她到他们家去玩猫呢。她一到学校就伸出两只手给我看，那上面有猫爪子的印痕。我心想活该，你老到L那儿去玩，都忘了到我们家弹琴。”

妈妈说：“你多叫她到我们家来玩吧。”

“她会来的，她一定会来哭鼻子，她再也不会笑了。”

“为什么？”

“L没有了，她哭，我们大家一块儿哭。我们只会不停地哭。我们只会不停地哭……”

“时间长了会好一点，你们不会老这样的。事情总要过去。爸爸比你们还要难受，知道吗？L是最好的一个同学，他的死要怨那个医院，他们会受到惩罚。”

“他们如果及时把他肚子里的针取出来就没事了……”

爸爸使劲摇动儿子的肩头：“你弄错了，他肚子里没有针，什么也没有。”

“会有的。只不过那时没有解剖。学校要求解剖的，你知道吧爸爸？我们都吓死了。他爸他妈不同意解剖。他们都可怜L。L就这样，像睡着了似的。他们觉得这样好，像睡着了似的。”

孩子哇哇大哭，哭声越来越大，越来越大。

彩色三角

“健牌是我的。”他喊。

父子俩把彩色三角拣到一块儿。

他说：“玩彩色三角时，她赢了很多，那是有人暗中帮她。对吗？”

爸爸打断孩子的话："嗯，你能给我讲一下玩这些三角的规则吗？怎么才算赢呢？"

"这还不简单吗？"他说，"你看，把它摆在那里，然后你用手上的去拍打，拍三下，如果第三下三角还不能被拍翻，你就算输了，你的彩色三角就得归对方。"

"是这样。让我们试一试好吗？"

"试就试。"

他高兴地蹲下，把那个"健牌"放到地上，然后用另一只三角去拍打，一拍二拍三拍，"健牌"一动不动。

"爸爸，我输掉了。"

"是啊，你输掉了。这个'健牌'归我了。"

"好的，不过爸爸，那可是珍贵的一个牌子啊。"

"爸爸明白，来吧。"

他又取了一个"三九牌"，又拍了三下，"三九牌"颤动一会儿，还是没有翻过去。

"爸爸，我又输掉了。"

爸爸就把那个彩色三角再一次取起来。

"我运气不好。"他说。

"谁的运气好，爸爸吗？"

"那当然啦，我们过去在一块儿玩时，总是L的运气好。不过那时我知道好多人都偏向他。我们在一块儿玩彩色三角，我想：我可一定要战胜他。"

他流下了眼泪。父亲一怔，跌坐在地上。

"L，L！"他呼唤着。

他一边喊一边把那些彩色三角胡乱扬到空中，看着它们飘飘落下，落在床上、地板上。他伏在地上，衣服全弄脏了。妈妈把他叫过去，在他的耳边小声说了几句什么。

爸爸妈妈一块儿扶着他。

她说：“孩子，我们晚上一块儿去看电影吧？”

他不哭了，望着他们。不过他摇头拒绝。

“为什么不？特别好的电影。”妈妈说。

父亲说：“电影可棒了，你去看看就知道，不看会后悔的。”

“我不看，我不看。”

“你一个人在家多闷哪。”

“我和爸爸妈妈一块儿玩彩色三角！”

“我们不能天天玩呀，我们还有事情。”

“有事情，”他站起来，“谁没有事情？我想出去找人，找他们……”

“找谁？”

“我想出去找他们，找 L。”

“你尽说傻话，”妈妈说。

“他们再凶我也不怕。我想告诉别人那个人在哪儿……”

“孩子，你该让同学来家里玩，让他们听你弹琴。你能不能为他们弹一支曲子？”

他摇头。

妈妈进一步鼓励他。他点点头，接着就向琴房走去了。

他坐在钢琴旁，仰头看看贝多芬和莫扎特的像。看了一会儿，微笑一下，就弹起来。

爸爸妈妈从来也没有听到过这么奇怪的琴声。它芜杂、急促，乱成一团；但你听下去又会捕捉到什么……他在使劲敲击，用上了全身力气。

“你弹得很好，”妈妈说，“能再弹一支缓慢的曲子吗？”

他点点头。

控　告

老师代表学校。我们的老师哭了，他们哭了，她也——

我也哭了。当然，他哭得最厉害。所有人都哭了——对，强调所有的人。我要把“所有的人”底下全部加上着重号，“哭了”后边加上感叹号。我还要写上跑回去取押金的老伯伯，他跑得全身都是泥巴。跑啊跑啊，跑到医院，跑到L眼前，手上握着那一卷脏脏的钱，不，一卷救命的钱……“救救我的孩子，救救我的孩子！”他这样不停地喊，喊。可是没人去扶他一把。医院的人抄着手站着。有个穿白衣服的，就是那个女大夫，给L听诊。什么时候了她还慢慢腾腾。他们拿来的盐水瓶子用不上了。到处都乱糟糟的，来不及了。那时我记得屋里一片通明，突然到处耀眼地亮。有什么发出了吱吱声。好像所有眼睛都盯过来。越来越亮，越来越亮，最后有什么嘎啦一声，停了。L闭上了眼。他爸爸倒在地上。谁的怀里抱着L。他再也睁不开眼睛了，这样抱着他。我光知道哭喊，我真是个没用的……女孩子……到最后都没能把你抱起来。我害臊又难过。L！我们正起草一份上告信，串连同学，几次在一块儿讨论。每个人都出了一些点子。我们要把这封信寄到省里或者更远的地方。你不能白白死去，我们一定要控告他们——那些狠心人、那个医院。如果那些人不受到惩罚，我们就不答应，也不准备上课了。上课也没有意思。在一个见死不救的地方，天天上课又有什么用？这太可怕了，同学们都吓坏了。我们没法坐在那儿好好上课了。只要一安静下来，就能听见一片呼救……“救救，救救他！救救他！”这声音搅得人不能睡眠，也不能坐在教室里……L……

天上的果园

我是死者的小学老师，他过去的班主任。我觉得有责任在这里说几句。L的同学讲了，L是一个品学兼优的好学生。她说得不错，我可以作证。L大部分学校生活是我亲眼看着过来的，因为他才刚刚升入初中一年级。他是个什么孩子，在座的可能有的不知道，我就是说给那些没见过这个孩子的人。他十三周岁，比同龄孩子要高一点，皮肤白皙，头发乌黑乌黑，长了一对大双眼，水灵灵的。他聪明过人，会讲很多故事；他的自尊心很强；当他做了错事，就会深深地自责，以后再也不会重复同样的错误。他乐于助人，爱劳动，常常是第一个打扫教室的同学……他走过那片灌木丛中的小路时，常采来一些五颜六色的野花给我。我一直不知怎样感谢他才好。我说你不要为我采这些鲜花了，不要了，你要花多少时间才能采这么多……他走在大街上，所有人见了都会看他，没有一个人会忽略他。他长得太好了……也许我不该说这些，也许你们不愿听。我是想告诉你们：他从内心到外表都是绝对不平凡的一个孩子！他聪明过人又漂亮，那么纯洁那么天真——也许就因为他太完美了，这个世界才挽留不住。我常常这样想，这个孩子因为太好了，所以就留不下他……也许我们这儿太糟了，我们不配养活这么好的孩子！请原谅，我这是心里话。我开始难过得不行，可后来终于挺过来——因为我想明白了：他不该是我们人世间的孩子，他走了，到天上的苹果园里去了……

同学·失眠之母

他玩彩色三角精明得很，谁也不能赢他。我老输，他就以为我在故意让他。其实根本没有。我和他的误解就为这样一些小事。课堂上，因为我是学习委员，发作业本时在L那儿站得时间久了，他们就用目光盯住我。我那会儿实在找不到他的那一本，顺序号放错了，只是这样。到后来我不得不越过他。我觉得他们把我盯疼了。最后我才把那份作业本交给他。另一个人在他旁边，故意不看我们。

"这个小酸妞，看我怎么收拾她。小酸妞发痒了。你们看她穿的那个短袖花衣服了？小酸妞都穿短袖花衣服，还穿裙子。有一天我非把她的裙子撩起来不可。我们村里的那些小酸妞一个一个都被我整过，她们都怕我。有一天我把一个小酸妞的裙子撩开，找一个癞蛤蟆给她扔了进去。以后她见了我老远就跑，一边跑还一边喊哩。想法整整咱们的小酸妞吧。"全班最坏的那个家伙一说话就引起大伙儿哄堂大笑。都是些男同学。没人敢去告诉老师，都怕遭到报复。

那个坏孩子在海上拣了一个浑身是刺的圆贝壳，就是海胆壳，在它中间的空洞镶了一根木条，握在手里。老师来了，他就用手指勾一勾，把它缩在袖筒里，装出很老实的样子。老师走了，他就悄悄把它从袖口里滑出来，用它打人。打一下太痛了，我有时真想扑过去，想用牙齿咬他。我是军人的后代呀，爷爷用枪打死过敌人。爷爷还教我怎样当一个女兵。L总保护着我，他站在我的旁边，我觉得心里热乎乎的。坏家伙终于没敢再对我伸出他那个打人的凶器。他只骂我："小酸妞，穷酸臭美。"他总是吐着唾沫，有气就往L身上撒，叫他的外号，还往他的桌子里放了一只死麻雀。L从来不流泪。他很坚强。我们在一块儿的时候，我把爷爷讲的一些故事也给他讲过。他就讲灌木丛和果园的故事。他的故事都是从爸爸妈妈，还有到他们家歇脚的猎人那儿听来的。那些故事都好极了，和爷爷的故事完全不一样。L的故事都是大海滩上的鱼精啊，龟精啊，河湾里跑出来的野人啦。我只觉得有趣。有时候我们到河湾、到芦苇丛中，真像去寻找那些故事似的。

有一天，L约我和他一块儿等在路口上，他说要教训一下那个坏家伙。他得到消息，那个家伙这一天要到海上去。我们在通海的那条小路上等他，等了整整一天，他没出现。也许这是好事。我们都知道那个家伙身上带着刀子，他不止一次说："我非得给你们当中的一个放放血。"他比画着骂我们，样子凶极了。

L穿了一件海魂衫，就是那种蓝杠的。我觉得真漂亮，圆圆的小领口，多么好看，就让妈妈给我也买了一件。可想不到这一天来到教室，有人立刻起哄，说看哪看哪，他们连衣服都一样呢。那个坏蛋喊得最起劲。让我气愤的是几个男同学，他们也都附和着那个坏蛋。那一天我们走在一块儿，我故意不理他们。一个说："你们穿的衣服一样，难道不对吗？"我说："你不要跟着起哄。"他不作声了。

我知道了什么叫嫉妒。我们几个在一块儿玩时，我和L说话多了，别人就故意疏远我们。我跟另一些人在一块儿玩久了，有人也不高兴。只有L是完全不同的人，只有他不会嫉妒。我观察过，所有的同学中只有他一个人不会嫉妒。这真奇怪，我怎么都不明白：为什么还有一个不会嫉妒的人。他总是和我们一起玩。

记得更小的时候，有一天我到他家，他爸爸妈妈不在，他找出了好多好玩的东西给我。中午我就在那儿吃饭，饭后又一块儿到果园北面的沙岗上去……我们从很早就成了最好的朋友，一天不见就觉得无事可做。那时我们干什么都要在一块儿。他认识很多植物，他告诉我哪种植物的花是甜的，哪一种植物的根可以吃。有一次我们挖出一种生了小绿叶的植物块根，就点火烧熟了。那种块根很好吃，有点像土豆，但比土豆更有滋味。我们吃东西吃得嘴上乌黑，像长了胡子。我喜欢他，我只是喜欢他。有时候我困了，就躺在那儿睡过去。我一睡也引出了他的瞌睡虫，他也在旁边睡着了。有一回爸爸正好看到了,他逗我们,把我们俩的胳膊用红色的毛线拴在了一块儿。他先醒来,一动就把我拉醒了……这多好玩。直到今天,我老觉得胳膊上还绑着那红色的线绳,我一动就会把他扯醒。所以我常常一动不动地躺在那儿,想象着,想象身边有一个L——我差不多听见了喘气的声音……

夜里,妈妈有时到我屋来,我故意眯着眼睛。我想你不要以为我不知道,我正醒着呢。父亲不在,妈妈一个人晚上睡不好,常常半夜到我的床边来。她就在那里站上一会儿。她站在床边看我好长时间。我知道妈妈喜欢我,疼我。爸爸和妈妈只有我一个孩子。我知道妈妈有时想把我搂在怀里,只是我大了,她不好意思。我是一个大孩子了,应该像一个大人那样。爸爸回来时,妈妈到我屋里来的次数就少了。我想爸爸和妈妈,更小的时候,爸爸的大手一下就能把我举起来。他问:"小家伙,想爸爸了吧?"我说不想。"一点不想吗?""一点不想。"他用胡子扎我的脑瓜。爸爸回城时总要跟我握手,他伸出那双大手,做出握手的样子。我知道这是假的,当我伸出手的时候,他会就势一下把我抱起来。"跟爸爸再见吧,告诉我,这个星期你会过得挺恣。"他走了。接他的车子刚刚发动,我心里就开始想念爸爸,于是就盼着下一个周末快来。

半夜妈妈睡不着在屋里走动,尽管弄出的声音很小,我还是能听见。我从床上爬起来,走到妈妈跟前,妈妈用手挽住我。"你也睡不着吗?""嗯。"她扯着我的手到院里来了。这样的夜晚月亮很亮,月亮太亮了妈妈就睡不着。

我知道妈妈常常失眠。我听说失眠的人很快就要衰老了,可是只有妈妈一点也不是这样,她总是容光焕发。

思　念

妈妈在想爸爸，这我看得出来。我告诉妈妈我也想一个人，所以我也睡不着。妈妈问你想谁——我想 L……“噢，你想 L。”妈妈打量我。L 的生日比我大一点儿，他应该是我的哥哥。L 如果生在我们家该多好啊，那样我们就可以天天在一块儿。有一段我觉得离开他好孤单，就像现在一样。我常常跑到那个小果园里。他爸爸妈妈待我像亲人一样。可更多的是他到我们家……L 家婶婶说：“我们孩子一天到晚在你们家，我算是替你爸和你妈生了个儿郎。”小时候妈妈让我和 L 一块儿洗澡——我们家里有一个很大的木澡盆，我们俩都站在木盆里，妈妈给我们搓洗。再后来都大一点了，L 还要脱了衣服和我一块儿跳进大木盆里。妈妈阻止我们：“你们不能这样不能这样。”再后来我们看一眼木盆，脸就红起来。那个木盆现在已经破了半边，可妈妈没有把它扔掉。我就把那个木盆藏起来，把它藏在我们家小厢房的角落里，用一些报纸把它盖住了。不知为什么，我一看到那个木盆，就想起一条小船……

听妈妈讲，很早以前有一个海岛，它荒无人烟，只有一对年老的夫妇住在上面。后来他们生了一对娃娃，再后来又有了第二个第三个人；他们的孩子长大了，孩子又生了孩子。就这样，岛上有了很多人，那里简直变成了一个很大的村庄。

妈妈大概在讲岛上人的来历。我想那对年老的夫妇从年轻时就住在岛上，多么孤单又多么幸福。我曾把这个故事告诉了 L。我们总有一天也要一块儿跑走，跑到一个岛上去。但谁也没有说出来。我只是想着这个故事，睡不着的时候就想。我做梦都梦见和 L 一块儿乘着一个小船到岛上去了。那个岛上有很多野兽，它们不敢伤害我们，而且还跟我们结成了朋友。我们盖起了自己的小茅屋，再后来小茅屋里热热闹闹。不知怎么来了这么多孩子，大家在荒岛上相聚，打鱼，盖房子，真的建起了一个崭新的小村庄。我们把一个风铃系在树上，听它在风中叮叮当当……

站在海边上就可以看见那个岛。一看到它的影子，我就想：总有一天我们要去……只要海上没有雾，它的轮廓就清清楚楚。那是一个很小的岛，岛上没有一户人家。听打鱼的老爷爷讲，他们遇上坏天气就到那个岛上避风，岛上有很多树，很深的草，草里有很多小蜥蜴，还有野猫。沿水边有一些破木板，可能是风浪把打散的船板推拥过去的。总之那是一个没有人烟的岛。我们听了高兴极了，暗暗传递这个消息。我想，那个岛肯定是为我们准备的，我们总有一天要到那儿去。那时候要好好保密，也许一块儿从父母身边逃走，在那里偷偷地长大，长高。当有一天我们都长成了大人，就会突然地站在爸爸妈妈面前，告诉他们驾船到大海里去吧，去看看我们自己弄出的一个小村……那时我就想了这样一些奇奇怪怪的事情。

上初中以后，我们突然就长大了。大家见了面连一句亲热的话都没有。只是大家在一块儿玩的时候才能像过去一样。我不常到 L 家里去，L 也很少到我们家里来。不过我老想踏上那条小路，有时不由自主就走到了那棵大野椿树下。再往前走就能看到小果园里那棵大李子树梢了。我只在那儿走来走去，不知要干点什么。有一次 L 站在了沙冈上，这样他看到了我，我也看到了他，我摆一下手，他也摆一下手。我们互相看着，可是并不往前。我的脸滚烫烫。我转过身去，他还站在那儿。我站住了，犹豫着，后来终于鼓起勇气跑过去。

那一天我们玩得真好。L 家婶婶给我们做了野菜饼。老叔从外面回来，手里提了一只野鸡。那只野鸡长了多么漂亮的彩色尾巴，可惜它被打死了。它闭着眼睛，永远也不会睁开了。L想要它立起来，让它站着，可做不到。他的手一松，那个彩色的大鸟就倒下了。婶婶看看男人，又看看我们。L把野鸡翅膀下面的一点血迹用蘸湿了的棉花擦去了，又把它弄乱了的羽毛顺好。他小心地动它，怕它会痛。

那个星期天，我们约了几个同学到海上玩。这事不知怎么让那个坏家伙知道了，他非要尾随我们不可。开始我们不知道，走了一会儿，后面有沙啦沙啦的声音，我们就停下了。藏在灌木后面看了一会儿，发现了那个家伙。他鬼头鬼脑不知要做什么。他见我们藏起来了，就蹲在那儿不动。不能总是藏在灌木后面。L说："我们走。"就大大方方站起来。我们继续往前。坏蛋又尾随我们走了一段。有个同学说："我们跑吧，把他抛开。"我们向北跑起来。跑了一会儿，总算看不见那个影子了。我记得那个坏家伙穿了很宽的一条白裤子，穿了个奇怪的花格衣服。他被我们抛掉，大家都很高兴。可是停了一会儿，他又在我们的左前方出现了，嘻嘻笑着，还提了一条蛇。

为了绕开他，我们决定不到海上去玩了。有人说："我们到河湾游泳去。"就到河湾去了。我们沿着紫穗槐棵子猫着腰跑。大约一口气跑了几公里远，相信这一回他被我们甩掉了。到了河湾那儿，大家都脱下衣服去游泳。我穿的游泳衣是深红色的，上面有漂亮的皱褶，肩膀上的两个带子是浅黄色的。都说漂亮极了，还有人用手去揪那个带子。L和我站在一块儿，他穿了一个浅绿色的短裤。我们跳下水去。一个人在那边喊，说谁谁应该受到保护，不该让她一个人在河那边游。说着就和其他两个人游过来。L游得最好，他会潜水，可以在水里睁着眼睛，河底下有什么都看得清。我们问他有什么？他说有鱼和螺，还看到了甲鱼，甲鱼正昂头看他呢。别人学他一样潜水，耳朵灌进了水，跳到岸上用一只脚不断地跺地。

游了一会儿，我们上岸，故意让满身沾了白沙，躺着晒太阳。晒了一会儿大家又说饿了，去采果子吃。酸枣不熟，咬一口很苦。有的同学不知从哪搞到了一些野桃子，它们刚刚半熟。

河岸·医院

大概到了正午十一点多钟，我看几个男同学从靠近河岸的苇丛里捉鱼。突然河岸上有人嘻嘻笑。有人说："这个坏小子又从哪里钻出来了。"我们一看，那个坏家伙正提起我脱下的裙子套在自己身上。"……下流胚。"L 骂他。那个家伙就在岸上说："你这小子馋了，该给你套在头上。"L 扎个猛子，从水下摸出一个鹅卵石抛过去。坏蛋把裙子扔在一棵刺槐的梢头上，让它在风中像旗子一样吹拂。他在其他衣服里扒拉着，说要捡出更美妙一点的东西。这个该死的坏蛋。

我们在下面骂他，可没有一个人上岸，他们都像怕羞一样，藏在水里。坏蛋说："看见啦，看见啦，清清楚楚。"大家再也不能忍受。后来 L 第一个上岸。他不是那个人的对手，可是他最勇敢。

坏蛋向他扑过去，把他按在河岸上。他们俩滚动着，沙土都扬起来了。几个同学这才跳上去，我也上岸了。这时他们已经滚得很远。我听见 L 尖叫了两声，接着又是一阵扑打声。

我们跑过去时那个坏家伙已经逃走了。L 的肩膀、胳膊、肚子，好几个地方都渗出血来。L 说："这个混蛋，他咬我，还用针扎我。"血不断渗出，身上的水还没有干，血就像从毛孔里流出的一样。我想他快疼哭了，可他看看我，还笑呢。"他用什么针扎了你？"一个同学问。L 摇头："不知道，也可能是我们抱着滚时，他衣兜里的钓鱼钩把我扎了。"

这多危险，幸亏没有扎到眼上。为什么他要尾随我们？都不知道。

有人说很可能他就在暗处盯着我们。这真可怕。我知道那个坏蛋常常联合村里和矿区的一些坏孩子，专门和我们园艺场子弟小学的人作对。他说我们当中最坏的就是L和我。跟我叫"小酸妞"，跟L也从来不叫名字。

那一天晚上我去看L。我想L是为我受伤的。

他不在家，老叔刚刚吃完饭，他说L出去了，到哪儿去了他也不知道。我就在小果园里一边玩一边等他。月亮升起来，我听见有唰唰的响声，刚开始还以为是L回来了，后来才看到一只像狗那么大的野兽，可能是一只草獾。它在果园里唰唰跑。果树下面有一株小香瓜，它咯吱咯吱吃起来。我在暗中看着，不吱一声。我一直看着它把那只小瓜吃完了，伸出通红的小舌头舔一舔，高兴地走开了。

我一个人在园里踱步，走到那棵高大的李子树下才停住。天啊，这是一棵多么大的李子树呀，我每一次看到都忍不住站下来。它的树桩粗极了，我们曾经试过，三个人扯起手来还不能把它的树干抱拢。我正看着，突然听到树上有什么声音。大概又是一个动物在上面。后来一个细小的声音在喊："喂，上来……"我一下听出是L。

我爬了上去。大李子树的枝丫伸出来，像一个个摇篮床。原来L就在其中的一个上面仰躺着。我们俩躺在同一个"小摇篮床"上，它颤颤悠悠的。我们那天晚上玩到很晚，一块儿看天上的星星，嗅着李子树奇怪的药香味儿……这个夜晚就像在眼前一样。

想不到就在那个夜晚不久，就发生了……那个事。一开始他趴下了，我还以为他肚子痛。我拿来一点药水，他痛得满脸是汗喝不下。我一直听到他喊我，或许是我听错了。我应答着，抱住了他。他痛得打滚，我们就抬上他跑，再后来找了一辆自行车推着他跑啊跑啊。那一天我们一辈子也忘不了。飞快地跑啊，跑啊。穿过一片高粱地、花生田，荆棘扎在脚上，谁都没有察觉。L好几次要从车上跌下来，一个人就抱住他，另外几个人推着车子跑。他一路上不停地喊。我把嘴贴在他耳朵上，不记得一路上安慰了他什么话。我只是不停地说。他喊着，他的喊声就像对我的回答。就这样我们跑到了医院。

我们从来没有到市医院去，不知里面是那样。有那么多人，那么多气味。哭声，喊声，乱成了一团。要往前挪动，就得不断从地上躺着的人身上跨过去，挤过去。找啊找啊，找急诊室。那一天我们求了多少人，求急诊室里的一男一女，求那个漂漂亮亮的女大夫，又求那个短胖的院长。

我们差不多要给他们跪下了，真的，反正我们不是站直了求他们的。走廊上的人都围过来。有的不吭声，有的木木地看。也有人替我们说话，说请大夫快救救孩子吧。“多小的一个娃呀！”他们跟 L 叫“娃”。好不容易 L 家来人了，是他爸！他刚来又一刻不停地跑回去拿押金了。我一辈子都忘不了是该死的押金毁了 L。我们把他搬到了车子上，往手术室里推。我们都看到戴着蓝色手术帽的大夫了。有人过来给他量血压。什么东西搬在车上，他们往他身上放什么管子。

L 哭过了，滚过了，大概力气用尽了。也可能是大夫们的管子起了作用，反正他安静了一小会儿。后来他又是喊，两腿不停地抖，手也抖。腿和手都使劲往胸口那儿缩，眼瞅着缩成一个球。大家都吓得一齐哭喊。什么都晚了。我总能听见他在喊我，真的，他最后还在喊我……那会儿他的嘴唇发青，眼睛越瞪越大，后来连眨也不眨，就一直这么盯着我。

大概他要说什么，我觉得他的嘴唇在动。听不见声音，我把耳朵贴在他的嘴那儿。我渴望听到什么。只过了一会儿，他的腿和手又慢慢舒展开来，舒展开来……

有人喊了一声什么，把他紧紧地抱在了怀里。我们大声喊叫。L 被抱在怀里。谁在哇哇哭，跪在了地上。

他的怀里是 L，L 已经不会呼吸了……

下　篇

哀　伤

这段日子里，我花费了好多时间在外祖母、妈妈和父亲的三个坟堆前面徘徊，小茅屋没有了，这儿安眠着我的所有的亲人。

有一天，在黄昏的光色里，我看着父亲的坟突然想到：他和不久前那个孩子的死竟然相同！他们都疼得在地上滚动，直到最后死去；而且他们都是“心口痛”。他们经历不同，一个老人一个少年，在两个不同的年代，却以同样的方式告别了人世。我的嘴巴久久没有合拢，直盯盯地看着越来越大的夕阳……

那天我站在一片枯草旁，一抬头看到了老叔和L家婶婶相扶着，向这儿走来。他们目光僵直，差不多快到眼前了还没有看到我。他们哭了。后来老叔又数叨：

“L他叔呀，我们对不起你，我们得了你一座房子，还有你们家藏在地下的东西。我们不该偷着去告发你们。我们是有罪的人哪。可是L他叔，我们有罪，神灵也该把气撒到我们两口子身上，不该找寻到L身上啊，他是个好孩子，没做一点坏事儿。他那个死法太惨了，不过我们没有说给别人听——俺心里明白，那是神灵怪下来了。神灵故意要这样，好让我们明白俺的罪过。神灵啊，这就是你的过错了，你让我们两口子立刻死了吧，让孩子再转活过来——你要真能那样，我们就给你跪下了，变驴变马报答你了，我们给你跪下磕头了……”

他们真的向着西边跪下来。

我再也看不下去，赶紧把他们扶起来。

他们看着我，那目光阴冷冷的。

我不知该怎样……我只让他们节哀，好好保重自己——尽快把L的事情忘掉吧……

“大兄弟啊，俺两口子就这么一根独苗，他是多么好的一个孩子啊！”

“我知道，我明白。可是，老叔，L家婶婶，咬咬牙挺直腰杆吧，过日子就是这样儿，有时候就是……”我说不下去。我只得让他们不要太难过，也不要太内疚——“你们已经把过去做的事情都跟我父亲说了。你们也跟我说过。我什么都明白，我早原谅了你们。父亲要在世也会原谅你们的。那些年我在山里，爸爸妈妈都得到你们的照应。是你们帮助了我们。我要感激你们，没有你们我们也许会更惨……妈妈后来无依无靠，亏了你们的照料。我永远也忘不了母亲那一次……那一次是老叔催促我去请医生，L家老婶婶守在母亲旁边，我忘不了……老叔，L家婶婶，你们不要难过。快把那些事忘了吧，我现在心里剩下的只有感激了。真的，我会经常回到平原上来看你们。我会尽我所能帮你们……”

老叔和L家婶婶一下扯起了我的手。他们泣不成声，全身颤抖：“好兄弟，好孩子，你真是有肚量的好孩子啊，我们做梦也想不到有这么好的一个大兄弟。大兄弟呀，看在我们做邻居的份上，你千万在爸妈坟前多替我们说几句好的……”

我向他们保证：“我一定做到，一定。”

这样说时，我又盯住了被晚霞烧红的坟头。我想起了另一个事情。我在想妈妈那些年哀求的声音：让我忘掉对父亲的恨。

我今天做到了吗？岁月无情地流逝，我从山里走到一座城市，又从千里之外赶来祭奠。我站在这个坟前自问：我做到了吗？

我想大约是做到了。

歌　声

老叔两口子走了，我还坐在那儿。我在看这晚霞普照的平原景色。它真是美极了。它与我昨天的印象决然不同。我不记得在小的时候见过这么好的落日黄昏……仿佛听到有人在歌唱。歌声时刻正在海滨回荡——那是谁在歌唱？

歌声里，我看到远远的野地上急匆匆走着两个人。他们走着，好不容易才把步子放缓——两个影子一高一矮，原来是一个中年人领着一个少年。那个少年走急了，中年人就要跟上去……

他们的身影何等熟悉。我看出，那是他们父子两个。

孩子往这边走来，他爸爸扯着小手。

歌声在林子里面回荡，这孩子是迎着歌声走去，还是迎着我走来？我站起来，迎着他们招手。

他爸爸看到了我，招呼了一声。孩子高兴了，突然跳了一下。他跑过来。

我迎上一步把他抱住。

“孩子，怎么样，好些了吧？”

“好些了。”

“今天过得愉快吗？”

“不。”

我看看他旁边的父亲。

焦躁的父亲告诉：“我们一直在屋子里，天快黑了，他妈妈催促我们出来走一走。孩子急着往外跑。”

孩子站了一会儿，突然把目光转到了一边的坟尖上。他立刻跑到那个新坟跟前。他的脸色变了——坏了，那是L的坟。

我走过去，想挡住他的视线。我手指着远处的野花和浆果……

孩子固执地站在那儿。他背诵一般吟道："L是那个坏家伙和我……我们一块儿害死的……叔叔，叔叔……"

"孩子，是你弄错了，完全弄错了……"

"你让我说谎吗？"

"不，我让你说真话，真实的事情并不是这样——我什么都知道，你不该骗叔叔。"

孩子气愤地跺脚，背过身去。

他爸爸抓住了我的手："你一定设法使他相信，使他明白过来吧，啊！他如果再这样下去，事情就糟透了。我们不得不负法律责任，也许还要更糟。你知道，那一家，还有那个村上的头儿，是惹不起的。他们才不管孩子神经错乱呢，他们压根就不管这些……这孩子在把全家、把他自己往火坑里推呀……"

我找不到一个方式安慰他。

晚霞把大地涂得一片金红。我在心里默念：一切都会过去——我们还有一点时间，时间会把一切都弄个明白。

我们或许还有一点时间……

根须相接

我从未遇到像眼前这一家子这么难讲话的。那个不幸的孩子，他的一家，可真是遇到了难缠的主儿。怎么办？难道真要那一对夫妇亲自到这里赔礼吗？难道这一家要的真是这点奇怪的自尊吗？我觉得也不尽然，因为眼前这个人不止一次说过要"实打实"，说不能牵连自己"吃官司”。官司他们不会吃，可是如果有关部门再询问几次，他们就会觉得大祸临头了。那样那个孩子的一家就要吃尽苦头……这真是棘手的一件事。我觉得进退两难，但我一定要为那一家人做点什么。这真好像是命定的。站在这个土院里，我愈加觉得与那一家人心心相印，血脉相通。死去的L，还有他们，以及我们所有的人都紧紧地连在一起，根须相接，就像一个特殊的家族……我面对一个无言，咀嚼着留在心底的那个领悟。我踏上了平原，回到了故地，牵上了兄妹，心灵和热望一块儿找到了着落。让我迎接和承担吧，让我忍受并沉默地背负吧。

面对着无所畏惧的另一家，我无法解释自己的使命。我只能回到无言……这一家人是如此的贫穷，又如此充满信心；他们认定“村上头儿”至高无上。“村上头儿”替他们做主，一切也就有了希望。这样我的指望也在“村上头儿”身上了，我想他至少还能够弄明白我所表达的意思、我的良好意愿吧。

活　着

那天我带去的消息不知会让他们喜还是忧——我详细讲述了见到失踪孩子的情形。当我看到他们夫妇那种欣喜若狂的、不能自持的样子，真不知该怎样说下去。我告诉他们：孩子的身体很好，他不仅活着，而且能跑那么快，这证明他非常健康……我没有仔细描述孩子的神色，他尖利僵直的目光——我只说他跑得飞快，他矫捷的步伐和身影……

她忘记了一切，差不多扑到了我的身上，紧紧抱住了我的一只胳臂，摇动不停。他也紧紧地拥着我：“啊，你是第一个看到这孩子的人，你让我们一块石头落了地——我们还以为他早不在人世了。”

我安慰他们：“怎么会，他的自理能力很强，他也许只是在错觉的支配下去找L,找不到就会返回的。”

“他会返回吗?”他郑重地追问一句,好像我的话就是最终的判决。

一起歌唱

L的手和腿都蜷起来,离嘴那么近。他的手握成了拳头,像要塞进嘴里。好像有什么东西硌了他的牙齿。这使我想到他真的吞下了什么——我吓得大气也不敢出。天哪,我想起来了,想起来了……

那一天我们在一起唱歌,在林子边上玩得热火朝天,什么烦恼都忘了。L平时可不像这一天这么高兴。今天他唱起来就不能停歇,一直唱,唱到芦青河湾,唱到小船上……

红色粉色的野花瓣儿像雪一样飘起来,飘起来。F把满满一把花瓣儿从上面扬下来。有人像结婚似的,头发上沾满了花瓣儿。沾得最多的就是L。有人手里拿着苹果。每个苹果里都有一个核儿,里面藏了东西……我知道这是谁做的,谁在里面搞了个小把戏。那个坏家伙在一边笑——他把苹果掰开了,又做成原来的样子,把什么藏在里面——看上去就像一个完整的苹果一样。

花瓣儿像雪一样落下。她搀着L的手……“有人结婚了,结婚了,”他们喊着。我想他们还没有走到桥头的时候,有人就会把那个苹果递给他,他要把那个苹果吞下去。里面藏的东西会顺着他的食道灵巧地滑到肠胃里去。通常果核儿被挖空了,里面藏下个活的小虫什么的……真棒啊,做得这样天衣无缝。

她笑着,一笑两个酒窝,多么好的小新娘。小新娘,让我们在草地上跳舞吧,举行婚礼怎么能不跳舞?跳吧,跳吧。L是个小新郎,跳得多么带劲。天黑了,大家点上一堆篝火围着跳舞,跳舞,还要喝酒。多么好的酒啊，是葡萄酒，红色的葡萄酒。L太高兴了，他喝得太多了，醉了，倒下来——我看见他在篝火旁蜷着身子——那是他吃过苹果之后不久。火苗儿映得他的脸红红的。他那么漂亮，小脸蛋像奶油做成的。可是他父亲脸上黑苍苍的；还有他妈妈，脸上也有那么多皱纹。他真有福气，他让人嫉妒，这一点我敢肯定。瞧她坐得离他有多么近。

篝火烧起来，一会儿就熄灭了。炭火发着粉红色的光，到后来我们用沙子把它盖上。那个家伙睡着了，我们把他背起来。嗬，他睡得好香。失败了，天哪，我们失败了。有人对我使个眼色。他的意思是那个小虫虫没有在L的肚子里爬，L没有什么反应，这很不来劲儿。

我们跨过柳木桥，过河就要走回家了。最好在月亮爬上柳树梢的时候，我们也正好走到柳木桥的正中，那里的水最深。我知道有人也许想轻轻推他一下，搞点什么恶作剧。L喝了那么多酒，再说他也没有那么好的水性。

走到柳木桥当中了，月亮被柳树遮住了，一阵黑……真的有人轻轻推了他一下。她尖叫一声，她旁边的人一仰身跌在了一片银花花的水里。无数的大鱼游过来，它们围着在水中挣扎的人旋转。水像漏斗一样旋成一个大涡。她也想扑进那个旋涡里。可是她做不到——有人把她抱住了。他们抱住她往桥头跑去。来不及救人，大家一齐往前跑，跑。当我们离开河桥时，才听见河水发出咕咕的声音……他大概顺着河湾流到海里去了，就像漂走了一只苹果……我们只抱着那个小新娘。我们把她抢走了，重新回到丛林里去了……

也许这个恶作剧太过分了一点。我是他最好的朋友，可是我并没有阻止他们。我当时什么都明白，什么都料到了。可是我并没有阻止。我也不知道自己是多么坏的人。

我们重新点了一堆篝火。大家又玩起了结婚的把戏。有人扯住她身上的带子往前走，沿着篝火跨过去。大家都装成喝过酒的样子，摇摇晃晃……多好的月亮啊，多好的月亮，这月亮永远不落才好。到处都是呼喊我们的声音。后来我们怀疑有什么从四处八方把我们包围起来，他们举着火把……

我们把那个小新娘用衣服裹起来，抬起来。大家跑，跑啊，跑啊。火把从四处向我们聚拢。怎么办？正在这时我们听到了水的声音——原来我们不知不觉又挨近了河边。小桥底下黑乎乎的影子是什么？那是一条废弃的船。我们跳进船里，哗哗地划水，向大海那儿划去。

我们迎着那个一闪一闪的灯塔划去，就可以到达那个岛了。那时谁也找不到我们，什么也找不到。

有一些大鱼围着船旋转，后来我看清了，这是一些海豚。海豚救人的事儿大家听到不少。这一回它们故伎重演，把一个人给我们活生生地抬上来，他就是那个小新郎！真倒霉，我们不敢拒绝，怕这些海豚把我们的小船掀翻。我们只得把他接上船来。

划呀，划呀，船上有了一个淹不死的小新郎。可是有人说他吃了一枚苹果，等着瞧吧。说这话的人阴着脸，恶狠狠的。我们都给搞懵了。

我们差不多闹腾了一个通宵。太阳升起了；太阳西斜了；有个同学手腕上画的手表快指到三点了。一直沉默的L肚子开始痛了，他呻吟起来了。这一来大家有些扫兴，走吧。他绞拧起来，都知道有点虚张声势。可是小新娘哭成了泪人。她哭啊哭啊——我们不该玩那个把戏，现在什么都搞不清，乱七八糟，什么都搞不清……

在等待手术的那一会儿，我老想那一次海边游戏。我吓得全身发抖。

"救救我吧，救救我吧！"我哭着喊，我吓懵了，我应该喊"救救他"。谁来救他？谁来救他？谁来救我？救救我们？他在床上绞拧，比我们自己绞拧还要难过，还要痛。

我看见那个值班医生眼里有泪花闪了一下，可这泪花很快就干了。

天哪，天哪，L 抽搐起来，他的手脚又并到一块儿去了。

“他肚子里有一根针！”

“谁说的？”那个医生猛一转身。

“真的有一根针，一根针！”

“一根针？”

“那针藏在苹果里，他吃下去了。”

“这不可能！”

“真的，那是一根缝衣针，针尖儿藏在苹果里，被他吃下去了。”

“这不可能。”

“有人就曾经玩一支大头针，玩着玩着，一不小心吞进了肚里。”我哭着说。

那个医生白了我一眼走出去。一会儿又来了好几个人，他们都是穿白大褂的，围住我问这问那。

“一个苹果，藏了一根针，他吃下去了……”

“多长时间？”

“一天一夜了。”

“胡说八道！”

太阳的嘶叫

哭声像海浪一样。我们的老师张大了嘴巴哇哇哭。L 非死不可了，老师一哭我什么都明白了，他非死不可了。有一个人在手上套着什么，站在门口招呼一声。我看见戴着蓝色手术帽的人向这边看。一切真的开始了。我看见L肠胃里的血喷涌着。他的脸这会儿真的像纸一样白。那个老叔还在路上猛蹬自行车,怀里揣了押金……我差不多能看见他蹬,蹬,又扑通一声跌进沟里。他全身是土,哭着跑着,重新上了自行车。用力蹬,蹬,蹬,咔啦一声,自行车的链子断了。他才赶了一半路程呢。他扔了自行车,跑,跑。

L在床上球成了一团。“叔叔!叔叔!叔叔!”

“真丧气。”有人一边把走廊的人扒拉着一边往这边走。又推来一个吱吱叫的车子。有人把L扶上车子。他把我们都赶开。还是没有进手术室……

那个老叔穿过高粱地,抄着最近的一条小路往城里跑啊,跑啊跑啊,满身都是湿泥巴。跑啊跑啊,上气不接下气……

她尖叫一声扑到了车子上:

“他不会呼吸了!你看他肚子不动了!”

他的肚子真的不动了。“L,L!”

我们的老师又哭起来。这吓人的哭声把走廊上的病人和医生全都引了过来。有人提着盐水瓶子往这边跑,一边跑一边喊。一个人在L的手臂上缠什么东西——后来我才明白那是量他的血压。

“你看他睁开了眼睛。”她止住了哭声。

真的,L睁开了眼睛——我最后一次见他睁开了眼睛。那眼睛还像平常一样亮,又大又亮。他看看我,看看同学,看看周围的人,最后目光落在了她的脸上。

她哭着:“L哥,L哥,很快就手术了。”

L没有点头,好像什么都听得明白。他嘴角带着微笑。这时我听见有什么在响,我觉得就像太阳在响……真的,到处都是太阳的声音,就在这奇怪的声音里,我看见一个人把走廊里七倒八歪的人撞翻了。一个浑身泥水的老汉出现了——我认出他是老叔！老叔什么也不顾，啪一下挣开了上衣，从口袋里把那个鼓鼓囊囊的纸包撕开来，一下塞到一个穿白衣服的人手里，那个大夫正量血压，吓得往旁一闪。

“押金来了！押金来了！”

量血压的人还没有量出结果来，车子就被我们往前推了。

“快呀，快呀。”老师哭着，到处乱成了一团。有人把走廊上的病床往一边推着。

她尖叫一声——L这会儿又闭上了眼睛。“L，L。”我扑到车子上抱住了他。我发现他的身子正飞快地往一块儿抽。“L，L，L。”我紧紧地抱着他。我看见了“手术室”三个红色的大字。L抽着，抽着。我真的听见了太阳的嘶叫……我看见有什么碎裂了。

老叔一下跪在车子前边……

……

环形街道

那个少年从那条小路上、从那棵野椿树下，拾取了他永生的纪念。当然，他后来不得不走开，远远地走开，走到凄长的苦地，走到陌生的大山和平原，又走到大大小小的城市——最后才走到了一所大学校园——当他从这儿再次走出的时候，胡茬开始变硬，目光变得更为忧郁了。

直到踏上中年的旅途，他仍在寻找那条小路，小路上的野椿树。

是的，长长的旅程，一端是野椿树，另一端还是野椿树。

在那所大学校园，当我第一次与你接吻的一刻，唇边竟然飘过了一股木槿花的气味。那种黏稠的、带着一股清香的木槿花蕊触及双唇。我把手搭在你的肩头。你后颈上柔软的毫发使我惶悚。你询问我的过去，让我讲一个幼年的故事，我于是就提到了那片丛林，与我朝夕相伴的欢快的动物。我还提到了一个久久徘徊的少年、一条灌木丛中的小路。你成熟的身躯充满了诱惑的气息，你深沉而隐晦的话语，一切都让我不知所措。它们叠放在一块儿，让我一时陷入深深的惊惧和惶惑，我不知该接近还是该逃离。我安静下来窥视自己的时候，会发现那团金色的隐秘——它在我心中就像一棵百合花一样绽放，我一刻也未能将其忘却。它连结着一个沾血带肉的故事。我怎敢将其遗忘。

而在大学花坛的这株丁香树下，我却眼看着一只纤细的手把一枝百合花连根拔起——你想彻头彻尾地拥有，可是你不该把它连根拔起……

一晃十几年过去了，亲爱的，甜蜜而庸俗的称谓——我们昨天所有的话语都记下了，并且把它撒在昨天的小路上，用陈旧温煦的海滨砂土将其埋葬。你再不要对我说什么，不要对我无休无止地讲述。我只在遥遥的归期里，望着你窗户上那遥远的一线灯光，注视和倾听，捕捉声音、冷冷的声音。这是那座城市的声音，你呼吸吐纳的，是它污浊而浓烈的气息。在这座城市冷硬的青石砌成的环形街道上，再没有我与你同行的脚步。多情的我却把无形的回音也深深珍藏。你的微笑如同往昔；你用灰色的时代之丝将自己缠裹，你的目光渐渐被分割与扎束，形成一条纤细的情感之缆……

我从这条小路上走开，我长大了；我渴望战胜所有的邪恶，我渴望走向朴素和纯洁，走向当年的那个童年……那件红方格长裙总是引我抚摸，可是你莫测高深的目光又阻止了我。你在我眼里是一个迷人的长颈姑娘，说话含混不清，动作孟浪生硬。你像连珠炮一样的话语，直把我搅得无心无绪又充满了感激。我坚守着一个中年人的自尊，不愿追逐你的脚步，不愿腰弓腿颤像个小人。再说我已疲惫。我更愿像一个多余人一样，去人海里跌跌撞撞。没有意思，没法忘记。给你拨一个电话，继续这冷漠的诉说——电话接通了总是兴味索然。四十岁的人开始有了苍凉心境，这肯定是一种真实，也肯定不是一个好兆。

有一次我病得快死了，在死亡的威胁下我倒想起了过去的故事。奇怪的是那时候——在病榻上呻吟的时候，我反而变得无比热烈。

不知道她今日何在——在长达二十多年的时间里，她杳无音信。我没有惊讶也没有失望。好像一切都应该如此。我长期以来几乎从来没有弄懂的是：她和我心爱的老师究竟谁更让我揪心！

我第一眼看到她时，她在老师和琴的旁边；她跟老师学琴；那把琴啊，二十年来不断敲击的，是我的心弦。

树与花

现在离天黑还有一段时间，让我们到海边上、丛林里去吧，我们一起走吧……让我们看看这片林子；那是你们经常去的地方……让那里的风把眼泪擦干吧。走吧，过去你总是和 L 在一块儿，我们就到那儿去吧……

是的，你们应该和这片海滩上的植物动物做伴，因为这里的一切都健康向上。你看一片片野花还没有凋谢，浆果又开始生长了；夏天，这里的槐花差不多把枝条都压弯了，芦苇长得黑乌乌，里面藏满各种野鸟。这儿是我们的出生地，我们就该弄清它的由来，亲它爱它们。

这里是一片冲积平原，很早以前，河水将南部的丘陵切割出一道道谷地，将砂石和土末推拥到下游；当时这儿水系复杂，近百年才慢慢形成现在的几条河流。这里原来是冲积的砾石滩，沙滩上长着茂密的柳树，那是旱柳，三蕊柳。到现在我们仍可以看到那个时候留下来的独特的植物群落……

那种开小黄花的是黄紫槿，它们可以长得很高；爬在柳条上的、长着深裂的心形叶子的，是裂瓜。翻过不远的那座小山包，可以看到两条河就在山包附近汇流——是那个山包阻碍了它们，所以河床才不像这儿这么宽阔，四周的岩石限制了河道。那个小山包由玄武岩构成，如果走近了就可以看到它的流纹构造、看到像叶片一样形状的枕状节理。山包下面的那片树木是松树、白杨，还有漆树、赤杨，夹杂了一些黑樱桃、山刺梅、狗奶子；山包上则长了不少野葡萄，旁边有五味子，它爬蔓……应该养成采集标本的习惯，这很容易。看到生疏的东西就应该搞懂它的名字：开白花的是虎耳草，旁边的是迷迭香、水松、薄荷……你看它们的名字都很美，也容易记住。那个长得又高又细、开粉红花的，就是普通的缬草。百日草多漂亮啊！到了七月，美丽的萱草花就要开了。萱草属于百合科，如果掘开它的根部，就会看到像蒜瓣一样的球根。大蒜也属于百合科……

走开了

从我的藏书中可以找到教授的任何一本著作，包括他主编的多卷哲学史。有一次我商量一位挚友：我想把这些书抱到教授那儿，请老人给签个名以资纪念。他笑笑没有回答。我知道他并不赞赏。现在教授走开了，我长久地站在他的书橱前，感到了深深的遗憾。抚摸这些著作，精装的、平装的……其中一些著作曾给了我多大滋养。

她也一直看着那排书籍，这时说："他以前的书橱上从不摆自己的著作，后来才改变了这个做法。有人可能误解，认为那是一种炫耀。我知道他在不断提醒自己做过了什么，还要做些什么。有时候他打开这些书，对一些地方极不满意。他感到羞愧，说：'那个时候，我怎么能这样写呢?’这些著作有的是从讲义中整理出来的,有些观点讲了十几年、几十年,他自认为这里面已没有多少自己的东西。什么陆九渊,主观唯心主义;古代的庄周,搞唯心主义和相对主义……他说讲了几十年了,讲腻了,讲得自己都烦了。像那个大厚本印得多漂亮,烫了金,他说这里面只有‘周敦颐’这章还算满意。他分析‘无极而太极’的本体论,‘物则不通、神妙万物’的动静观,都有独到见解。他如果继续做下去,还会从‘周敦颐’这一章里延伸开去,写出很多崭新的见解,甚至可以独立成书。可惜这一切已经过去了,他大概回不到书桌前了……”

会仇恨

我捏拢了拳头又松开,真想一拳把什么捣碎。一时不想回里屋去了,我好像失去了某种耐心。想找一些具体的东西去仇恨——我想起一位了不起的艺术家说过的一句话,“那个人会仇恨。”——是的,会仇恨。在人世间,“会仇恨”的人有多少?他们“仇恨”什么?他们找到了多少具体的、切实的东西去“仇恨”?没有,他们除了为一己的私利去仇恨,其他什么也找不到。但这会儿我却清清楚楚感到自己需要仇恨点什么……此刻我好像又闻到了那棵巨大的李子树的气味,它播散出的阵阵药香。我闭上眼睛,想象它的身影,它慈祥的、俯视一切的目光。久违了,大李子树!

在东部平原,我的母亲、外祖母,还有在梦中频频出现的海边号子、赤身裸体的拉鱼人、照得海岸一片通明的巨大火把、闪亮的渔帆、在海浪下颤抖的陈旧鱼铺……拉鱼的号子一阵响似一阵,正透过无边的夜色传递过来。

露滴降下,秋天的星斗啊,照亮了一片高原。在那高原上伫立着一个少女，她齐耳短发，高高的额头，蓝色背带裙子、火红火红的上衣；她那对黑白分明的眼睛，她的目光正透过时空穿射过来……我畏惧这目光，依恋这目光，它隐含了声声呼唤……人们难以拒绝，又难以走近。那片红色高原啊！梦中的高原！你正与东部平原遥遥相对。那个高原少女已经屹立了一千年。可是你永远怀着青春、怀着美丽、怀着温柔，睁大一双充满希望的，生气勃勃的眼睛……

马兰花

头一天晚上，我想到了小时候在路旁看到的那一丛丛马兰花。紫色的马兰花，长长的叶片碧绿碧绿，就像翡翠。马兰开花时，正是阳光明媚的春天，阳光照耀下的泥土散发出热烈而芬芳的气息。可惜那只有一个少年和童年的鼻孔才嗅得见。

离我们小茅屋不远有一排枫树，秋天总飘落如晚霞般红艳的枫叶。这枫树下走过一个人，她使我一颗心怦怦直跳。我抬起眼睛，用目光去寻找；透过窗户，我望到的是在阳光下疯长的葡萄藤蔓……

城市地理

秋叶落尽，早晨有了严霜。她约我："他想在这个周末一块儿登山，在外面野餐。如果大家同意，可以带上帐篷、炊具，就在南郊山上过夜，第二天再返回，不骑自行车，步行……"

我心里明白，他们要出发了，这一次不过是一场演练式的辞别。我问都哪些人参加？"他和她，他——还约了一个小姑娘。""是写歌子的那个吧？"她摇头。我想那就是打他耳光的人了，那个志大才疏的所谓"未来的艺术家”。我决定和另一个人一块儿去。

她非常高兴。

一大早,我们几个人带着炊具和饮料,还带着尼龙帐篷走了。他们也带了这样的帐篷,还把裤脚扎了一下。

离市区不到十公里,就开始入山。近郊的这座平顶山也属于那个有名的山脉,再往南就开始进入丘陵区——一座连一座的峰头,一直排到险峻的山口。有一条河发源于南部,它流经这座城市;尽管这条河很窄,源头却很好。它一开始向西北流去,然后直接向北,纵穿了这座城市。近十几年河水常常干涸,南部山区的树木越来越稀,加上几次发生火灾,山上的树木已减了大半,河水于是变得污浊。现在只有从上游才能看到透明的河水,水底洁白的沙子……

随着地势的增高,离山岭越近,河水越清。我们一直傍着这条河往南走。

一路上,他一直走在前边,她一直抱怨。小姑娘果然来了,她胖胖的、黑黑的,腿上还套了彩色护膝。我们走到哪儿她跟到哪儿,小嘴翘着,咕咕哝哝。她的一双眼睛纯洁可爱,仅有的一丝拗气却是装出来的。

翻过两道山岭。我们即将登上的那座山叫“鞍子山”,它的走向先是东北,后来又拐向北向东。在这里,鞍子山形成了明显的断层、地垒,有许多地方可见反复发生过山崩。坍塌下来的山土后面积聚着水,形成一片片水洼。鞍子山的北坡非常陡,在此可以发现那条纵向流淌的小河是由许多细小的水流汇成的,它们把地表切割得很厉害。山的北坡树木茂密,使人想不到一翻过分水岭,眼前看到的竟会是光秃秃一片,就连灌木也很少。山阴最多的是油松和侧柏,松树稀疏的地方是杨槐树和毛白杨,偶尔还能看见一些旱柳,几棵糙叶树和壳斗科树木,像抱栎。钻天杨在这儿长不高,河柳也很矮。一些巨大的岩石旁边生着一些常绿灌木,像胶东卫矛、扶芳藤和光果田麻等。

随着往前，河谷分岔越来越多，河床越来越窄，河谷开始变得狭窄。河谷旁的山地受到了严重侵蚀，岩屑堆很多。灰色的岩屑在绿色植物的映衬下，显得格外醒目。

我们在太阳转到正南方的时候登上了鞍子山前的一个小山包。站在这儿可以清楚地看到四周景色。眼前的鞍子山遮住了其他山岭，脚下这条弯弯的山谷向南延伸，消失在群山丛中。鞍子山附近的山都不高，正有浓浓的山雾使它们轮廓模糊。鞍子山由灰色花岗岩、石英斑岩、砂岩和绿色碧石构成。这一带还曾发现过铁矿，但并未开采。

在这个小山包上喘息了一会儿。每个人都汗津津的。大家坐下来，很少说话，因为全部力气已经用来走路了。她喘得很厉害，衣服差不多被汗水湿透，他把她身上的挎包、水壶什么的全接过来，她仍然唉声叹气。小姑娘坐在一边，她和一个小伙子总是离开我们一段距离。很显然，两人已经进入了情况。一个人小声告诉说：小姑娘画得很差，真不知她是怎么考入油画系的；不过，她将来肯定是个贤惠的小媳妇……另一个姑娘一直在我旁边，她说话不多，但她今天很愉快。成天在拥挤的城市里，很少有时间走出来。而眼下我们面前是一个多么清新远阔的天地。城里人都很少走这么远，他们平时顶多到近郊的小山上去玩。

吃了一点食物，由他带头，开始攀登鞍子山顶。登到山的半腰，我们发现了很多遗留的工事：一些水泥铸件，还有石头垒成的东西。很显然，这是战争年代遗留下来的，不过它们大部分没有损坏。石砌的枪眼、地堡的入口，都基本完好。好像没有人动过它们，好像那场激烈的战斗并不遥远。它在提醒我们：几十年前争夺这座城市时，这座山有多么重要。关于那场战斗，我们只能从记载中略知一二。为争夺这个山头，差不多死了四千人。这里除一些工事之外什么也没有了。我们很明白，足踏的每一寸土地都可能染过鲜血；但眼下这儿全是一些腐草、落叶和草本植物。

太阳落到树梢时，我们恰好登上了鞍子山顶。大家一阵欢呼。有人跳了一下。山顶光秃秃的，大雨的冲刷下，大石裸露，好大的一片地方一点土都没有。风显然大起来。她喊了一声。顺着她的手势看去，原来我们的城市离这儿是那样近。它就在我们胸前，上面笼着一层浓浓的烟雾，像是为它遮了一层厚幔。原来我们每天就在这厚幔下生活！浓浓的雾障底下，这座城市往东西北三个方向延伸了很远很远，简直看不见边际。这是一座水泥和钢筋砌成的丛林或迷宫。它还像一座神秘的蜂巢。在我们右侧，在鞍子山凸起的一块大岩石上，耸着一座木头支架，那是航标。

接下去就该找一个搭帐篷的地方了。他领我们往鞍子山西侧走去，因为那儿有一个山口。走下山口，我们看到了一条山洪切割的窄谷，在它的打弯处，有一片可爱的山落水，水旁是一片细细的白沙。这儿不但取水方便，而且背风，景色甚好。大家高兴得喊了起来。

我们几个男子动手搭帐篷，她们几个就忙着到旁边去找柴草，又揪来一些野菜。山里厚厚的草屑下面有寒霜洗不掉的绿色，她们把它采了来，又捡来石块砌成灶坑。

太阳将落时，三座帐篷搭起来——一座红的，一座绿的，一座土黄色的。篝火燃起，太阳落尽，老野鸡在旁边一声声啼叫。

她捡起一个石片，往这一片蓝水里投去。一个漂亮的水漂。接着几个人都动手打起了水漂。背后的女人们在那儿奔忙，一会儿涌出了饭菜的香味。

她想起什么，回到帐篷找了一会儿，大嚷起来：“你们看！”

我们回过头，都看到她手里举着一瓶白酒。“烈性酒，瓜干酒！想得到吗?”

有人跑过去,从她手中夺下酒瓶。

大家围在篝火边。四周陷入一片黑暗。篝火燃烧的噼啪声越来越响,灰屑不断飞到空中。星星一片,多亮的星星!我们一年里也见不到一次这样的星空……各种各样的野物的叫声传过来,大概不知有多少只眼睛在四周盯视。都喝了一点酒,然后又登上鞍子山顶,往北望自己的城市。

我们的城市变成了一片灯火海洋。它在燃烧,巨大的躯体上,无数孔眼都喷吐出通红的炭火。如果有风吹去,它就会熊熊燃起,更剧烈地燃烧……

青　蛙

那天的座谈会快结束时,那孩子跑进去喊了一番话。我问她怎么看?

“他那是疯话,你千万不要信,叔叔。”

“不光是座谈会上,他还跟我讲过几次。他说这是他和那个坏孩子的一个阴谋。因为他参与了这个事情……”

她瞪大了眼睛:

“叔叔,他这是疯话,绝对不是真的。你千万不要信啊!”

“是不是那个坏家伙要做什么,他知道了,没有告诉你们,后来感到了自责?”

“不会。那人很坏,可就是他也做不出这样的事。”

“可他说过苹果掰成两半的事。他说中间放了什么,交给了 L。你记得起来吗?”

她极力回忆。

“那一天我们在L家玩，正玩着，那个坏蛋去了。他手里拿着苹果，衣兜里装着苹果。L的爸爸就问他从哪搞来的苹果？是不是从树上偷的？他说没有，是从家里带来的。L爸不信，就翻他的衣服，把所有苹果都翻出来。有一个苹果掉在地上，奇怪的是那个苹果是用小竹条插起来的。苹果的中间挖了一个圆洞，里面包了一个杏子，他大概是想搞个恶作剧，故意让我们吃惊。就是这样一件事。当时我们看了都觉得很可笑。”

“杏子和苹果不是一个季节成熟，他怎么能包上一个杏子？”

“不，有一些早熟的苹果。有一种上面长满了红丝的那种，它和杏子差不多一块儿成熟。”

“那个坏蛋用针捉弄过青蛙吗？”

“我没见过。我是听L说的。他告诉我，说那个坏蛋坏极了。那么多青蛙在紫穗槐棵子里蹦啊，蹦啊，那个坏蛋就弄断一根针，放在小飞蛾的肚子里。小飞蛾疼得扑动翅膀，青蛙见了就一口吞下去。它们不知道把断掉的针也吞到肚里去了，用不了多久，那些青蛙就会死去，死得很惨……”

多可怕！

她继续说：“他对L，对我和同学都好极了。我们到他家里玩，听他弹琴。他会弹好几首曲子。他懂得比我们都多，他和L形影不离。是L的死对他刺激太大了，因为他俩太好了。他现在已经不正常了，他的话没法当真。那天座谈会上，我真想捂住他的嘴。”

我点点头：“有人就要利用这个做文章呢。那些参加座谈会的人，其中有的听了他的话就想节外生枝。有人已经提出要重新调查，还要给L搞解剖。”

她一声不吭。泪水划过了她的脸庞。我安慰她,她只是无声地哭。

我想尽快离开这个话题,可她全身颤抖,她一副哀求的样子。

“叔叔,让L好好睡吧,叔叔!……”

我明白。我从来也没有这样难受过。我想告诉她:这本来是完全做得到的,因为这要尊重死者家属的意见。可现在如果演化成一个案件,就会有人出来硬性干预……“他真不该闯进会场,他真不该。”

“不能责怪他,他病了,他真的病了。”

“是的,他真的该去精神病院了。”

她又哭起来。我后悔说了这句话。她大概想到了自己从精神病院逃走的伯父。直到现在她那个疯伯父还在野地上到处奔走,不知靠什么活下来。我由此还想到了她的爷爷,想象着他遥遥注视那个赤足奔跑的儿子时难以按捺的心情。他们都在默默忍受……我拍拍孩子的肩膀:

“走吧,我们一块儿去看他。”

她同意了。

毒　蛇

他攥紧了一个小布包飞跑。

孩子,你等等我,等等我。这段跑,这么远,这么远。它在我脚下像一条毒蛇一样,想把我缠住。它跳动,又拐来拐去,它在我脚下打滑。它一点也不像一条路,它真像一条毒蛇。看这条毒蛇穿过花棵,穿过高粱地,一转眼又钻到苇丛里去了。没办法,我只有揪住这条毒蛇的尾巴才成!这条毒蛇的尾巴让我揪到了。我钻进芦苇棵,又钻进杂树林子里。天,我看见蛇头拱进了那个镇子里,穿进胡同里啦,拐进墙旮旯里啦!

你跑不掉,你这条抖动的长虫,你在我脚下打滑,我就踏着你的脊背往前跑。跑啊跑，我的孩子，你等等我，我正在捉拿一条毒蛇，我把它扯住了，它的尾巴被我按住了。它今生也别想跑掉。我很快就飞到你那里去了，双手捧上救命的押金！

我亲生的儿子在哪儿？他在滚动，滚动。我的老伴呀，你这个“L家婶婶”啊，你像怀了孕的笨婆，跑也跑不动，咱的儿子快没了，你还在那儿鼓捣。我等不得了，我不能扯着你的手往前跑了……

1991年6月

夜　思

让我来告诉你，也请你来告诉我。这是一场互相诉说。这会使我们真的弄懂绝望和希望，弄懂什么是幻觉，什么是奢望，而什么才是结结实实的泥地。

……

又一次走进了午夜。漫漫长夜，无论醒着还是睡着，我都在倾听自己的呼吸，将围拢来的赶开，又追逐飘逝的……

一

……只有你才能听到我的心音。我有时想，世上的一切都非常简单，它并不玄奥，也不复杂。所有的纠缠、烦琐，长长的过程，都不过为了结出一个果子。

因为它才有四季，才去经受。也因为它，才把人鼓舞得浑身灼热，有打发不完的激动。

凝视着你，不停地叙说，却在自己的语气中轻轻战栗；无声的黑夜中，借温暖的追忆安慰自己，却使一片心情更加冰凉。春天的丁香，初秋的玫瑰，一切美好和温馨都在提醒……我接着想那片平原，平原上一切的生灵，无边的丛林，月光下的海浪。

我今夜特别思念你。

二

我想领你走开，到很远很远的地方去。真的要离开这片平原了，开始跋涉——看到那一溜黛色山影了吧？要向南，一直向南。我会把糙食留给自己，把剩下的一点精粮交给你。旅途太长了，你要接着走。到了那一天，我倒下了，你将继续往前，并且想念着我。这世界上有几个人真正配得上怀念？我因此也该深感欣慰了。

行前只是舍不得孩子。夜里，抚摸着孩子鼓鼓的小手指甲、软软的小巴掌，就得用力忍住什么。

三

我曾盼望有一所小房子，简朴得像土地。我们住在里面，种菜养殖读书……彻头彻尾的老路子，也是唯一健康和医治的好路子。我们将同时感知和回避，也借此来一个总结；更重要的是，我们会看住飞快流逝的生命。

看住它，即看看它是怎样渐渐变得老旧、一点点地抽走——像抽丝一样？我不想让频频的侵犯把它的形迹遮住，而需要一个冷清之地，于是就想到了那样一所小房子。

——难道就此退却吗？退却又是不是背叛？如果是，那么它大概也是所有罪愆中最轻的一种了。

我背向了一片平原。但我将从此守住什么，一刻也不松懈——这样行吗？

这样又失去了“目击”的可能。很久以来我就渴望做个记录者、目击者，因为这是最起码的。可是我被逼到了一个小屋中。这其中的悲哀谁说得清。这样一种感觉长时间压抑着我，使我不停地迟疑。风雨敲打在屋顶上，从此将是山地的风雨。我闭上眼睛会梦见妖魔，我在小小庭院中栽下花卉，却要迎接严霜之后的凋零。我在两难的状态中徘徊，已经很久了。眼看着有什么最可宝贵的东西被耗干了，没留一点声息痕迹。

四

你的鼓励我会深深地记住，永远地感谢你。你要跟随我去那个小屋，去种植、迎接一生的冷淡和艰辛。我们甚至讨论了怎样采蘑菇和黄花菜，怎样包装销售的细节，还有栽培养殖的关键技术问题……未来怎么办？我们问这片平原。我们都知道它没有太多的未来。如果说我们的未来还有一座小屋的话，那么这片平原连座小屋也不会留下。一切都会荡然无存。

我们互相注视着。

五

你真实地哺育我、饲喂我。我一生都将牢记我承受的、我享用的、我拥有的。我相信当初有神灵轻轻地推了一下，我们才抬起了眼睛。淳朴得像土上的一株艾草，清香久远。不认得艾草的人永远也不认识原野，觉悟不到土地的存在。

我跟随着你像跟随真理。我的忠诚经受了检验。一个当代人怎样才算经过了洗礼？我不知道，但我算是这其中之一。我面对着原野，没有茫然失措。很亲切，很本色，我们相互体贴。你哺育我、饲喂我，你不朽的青春光芒四射。

由于那个不幸的童年和少年时代，我变得沉默寡言。可是你打开了我心的闸门。也由于类似的原因，我不会泣哭。当面对同一个场景，众人号啕之时，我却是木然。但面对你的温厚和无私，我却难以忍住。脸上没有滴落，心中泪如泉涌。你的手挽住了我，我们向前走去，直到溶解在天际。那一片橘红色的云不是被太阳点燃的，而是一个奇怪的预兆。你哺育着我。世上再也没有比你更善良的人了。

你的手挽住我。诅咒和颂赞轻得像一片鸿毛。去哪里？向南，一直向南。

六

有时我也于心不忍，真想说一句：走开吧，走向你自己的来路吧。我不敢再让你陪伴。我深知这有多么危险。这是一种可怕的牺牲，虽然并非不值。我不久就需要一个拐杖，因为不想让人搀扶，只想自己走下去。没有人比我更喜欢玫瑰，可是我只能面向荒芜。这是我的命。

你是新来的，走开吧，离开吧，趁着还有一点食物和水。不要再往前了，不要在乎别的行人，因为他们都心怀一个理由。他们有一种血脉一个经历，拗得像战士，不，比战士还要顽强。

仅仅用战士来比喻这些人是不够的。战士有时是中性的、单薄的。而他们是殉道者加战士，是金属中最硬的合金。你在了解了这一切之后仍然愿意往前，不再犹豫地迈出了一步又一步。可因为我是个兄长，还是要对你说一句：离开吧，离开我吧。

七

人的心中该有一颗种子，它埋下了，在温湿中胀大萌发。它留在了心底，人就会坐卧不安。人与人的命不一样，有人就是被播下了一粒种子。这一种子埋得好深好深，它绝不会风干，也不会腐变发霉。随着它的胀大，将在心里压得沉沉的。

我不知该怎样对待给我播下种子的人和岁月。我只是有了无尽的遥想。那个人远去了，像任何无望而热烈的人一样，走得如此简单，差不多连送行的人也没有。

如今我一眼就可以把大街上的人分辨出来：谁心里有个种子，而谁没有。世界靠没有种子的人去充填，但世界却不会由他们创造。种子长成了那天，他开始有力量，他让它在世上缓缓开放，吐露芬芳；最后是结出果子，赠给一个个张开的口。种子也会在心中变质吗？当然会。那一天才是非常可怕的。

八

我听到有人讥讽和谩骂他自己不幸的父亲，心上立刻一紧。我警惕地看着，觉得陌生而神秘。只是后来想想原因也很简单：那时这样对待父亲是一种时髦。

我却由此而倍加怀念自己的亲人，无论他是有幸还是不幸。当然他只能不幸。我不记得很早时他的模样，也不记得他的声音。因为我们相识已经很晚了。乌黑乌黑的一个晚上他回来了，瘦骨嶙峋。他没有力气，没有声息，刚躺下歇息又被人揪起。他不会做当地的活儿，于是被赶到海上，从此就伏在了长长的网绠上，随着拉网号子移动、移动。

我像被吸到了海边，一天到晚卧在沙滩上看。号子声，叫骂声，海上老大的呵斥，还有挥动棍子的嗖嗖声。海浪为什么不能将一切淹没？那个人，那个与我不能分剥的人，这时正在用力地拽着死沉的网绠，双手流血。

一网一网的鱼上岸了。有一种皮肤粗韧的鱼，有人就剥下皮来，用来蒙鼓。从此我和伙伴们敲起了鱼皮鼓，不停地敲。那又闷又沉的鼓声密集痴狂，撒在了浪尖上。旁边的人又叫又跳地敲，只有我一声不吭。我只敲给一个人听。

九

无论是睡着还是醒着，有一点永远不会改变，就是对那片原野的留恋。我对它寄托了全部热情。我一生的跋涉，只为了它。这也是能够证明能够接近的具体事物。我常常幻想着这世上还有一种力量能够把它复制出来。尽管它今天已不复存在，也因此造成了我深深的忧愤、我的恨。它的昨日如同梦境，一闪而过。

那片原野连接着大海。它的最南端是一溜黛色山影，西部和北部都是茂密的丛林。丛林深处的一些村落甚至以树命名。那都是引人遐想的美丽名字。就因为这样一片原野，我有时竟要奇怪地发出感谢，感谢那些强加给先辈的苦难——没有这些苦难，我今生就无缘结识这样一片原野。它拥抱了我，使我真正领略了什么才是永恒不灭的美。

我喜爱那里所有的季节，包括最寒冷的冬天。那是真实无误的冬天，不像现在，在隆冬季节突然下起了毛毛雨；那里的冬天冰封河渠，甚至是一大片海滩。雪岭一道道像长城一样，都是罕见的大风搅成的。一个人想顺利地踏过雪岭是绝无可能的。冬夜，所有的农家、林场工人、牧者，都不忘准备一把铁锹放在门侧，以防一夜袭来的大雪堵住屋门。

那时的冬天是真正严肃的日子。我们在岁月中不能少了严肃。一年四季的不冷不热是歉收和疾病蔓延的原因之一。正因为有那样的日子，原野上的人才备柴、狩猎、制厚重的棉衣皮帽，还造出矮小温暖的土屋，造出火热烤人的大炕。窗上结满冰花，用嘴呵出一块光亮，望外面的雪枝悬冰、银山银冈、冻得飞跑的雪狐。对春天的怀念何等强烈，这种怀念像火一样炙人。岁月在冷与热、忙碌与消闲的巨大反差中变得多情多趣，也耐过得多。它绝不像今天，一晃就是一年。岁月的消耗把生命磨钝了，磨得庸常麻木了。那时迎接一个春天多么隆重，不要说人，不要说一些大动物，就是小小的沙地蜥蜴也要一蹦三跳，就是那些麻雀也要连唱三夜。河冰裂了，渠水响了，小狗跑到雪岭后面小心地侦察季节，兴奋得一声不吭。

柳树最早激动，接着是白杨、杏树，再接着是壳斗科植物。一点点渗出的绿色、红色，那一片斑斓，与各种欢腾不息的动物交融一起。你倾听苏醒的喧哗和变奏，这时才会理解春天为什么被千万遍地歌唱描叙而不至让人厌烦。春天太活了，太亮了，太安慰人了。噜噜响的河渠留下了半边绿水半边冰凌，有多少鱼在青青的水草下窥视。太阳把田野晒得水雾蒙蒙，牛的叫声从世界这一端传到那一端。

春天的喧闹过了许久，惹人注目的道道雪岭才开始慢慢融化。从岭顶淌下的小溪越来越欢，它把搅在一起的砂与雪分离开来，冲刷得清新分明。被雪水洗过的沙粒多么干净，一颗是一颗。每到了傍晚溪水就和缓下来，融化的速度放慢了。接着是一夜沉默、小声私语，都是关于冬的回忆。

雪岭一扫而光之时，才是夏天的开端。初夏的平原上稚果与鲜花数不胜数，让人想到那个富丽堂皇的秋天无论多么棒，也要感谢火暴的夏天。夏天从一开始就不同凡响，华丽得令人瞠目结舌。自然界走入了最随意最洒脱的季节，一切都在尽情地生长和繁殖，绿色像大海的浪涌一样铺满泥土。下雨了，一场豪放的冲刷洗涤，天晴之后又蛙鼓齐鸣，庄稼、丛林，一切绿色的生命都闪闪发光。

盛夏的火热让人难忘。在最热的那十几天里，海滩上的沙子像被烧过一样，谁赤脚踏上去就要大呼小叫。在这样的烘烤烧灼下，各种果实都在加速成熟。谁敢在正午的烈日下跑到太阳下徘徊？除非是海边上那些拉大网的人，除非是这些身黑如炭的人。就连狐狸和兔子、野鸡和鹰也找阴凉去了，它们在等待一个月夜。

河湾里的荻草蒲苇茂盛得难以想象。真正是密不过人。谁都会相信，在这重重叠叠的绿海中正孕育潜藏了无限的隐秘。浓绿从近岸浅水长起，一直长到深处，把水道逼成了又窄又急的一道。夜晚站在堤上，听水鸟嘎嘎大叫，听大鱼溅水的声音，再迎着满河道的南风，会多么快意。在海滩下乘凉的人点起驱蚊的艾草，大仰着，一边看天上的繁星，一边讲如真似幻的故事。有人还不断地起身到堤下的野地里摘一些不太成熟的果实，聊胜于无地咀嚼着。他们在提前品咂一份甘甜。

就这样，平原等待的秋天终于挨近了、来临了。富足宽容的季节里，不要说果园和庄稼地了，就是在丛林中，那些野生的浆果也采摘不完。野葡萄、野草莓、悬钩子……动物和人可以一块儿享用，简直用不着节俭，因为反正吃也吃不完。秋天过去就要埋在雪中了。有一些动物就在冬雪中扒出它们，把仍然鲜亮的冻果咬得啧啧有声。秋天的蘑菇长在松下、合欢树下，长在柳条棵子中，甚至长在大树的半腰。它们是泥土生出的另一类果子，神秘而又美丽，让人们在劳动间隙里一低头一仰脸就拾起一个欣喜。蘑菇汤，秋天平原上才有的纯美清爽，恰好冲淡了收获季节里餐桌上的肥腻。

收来浆果、坚果，收来粮食和菜蔬，从一处处村落到林场园艺场，个个都忙。庭院里的蜀葵败了，木槿却开得正旺。当年育成的鸡膘肥体壮，光滑得像养分充足的大娃娃。狗随主人到田野里忙秋了，留在院里的是温柔顽皮的猫。猫与鸡、鸽子和猪逗玩，互相追逐打闹，而且乐此不疲。所有的家养动物都胖墩墩的，皮毛闪亮，像抹了一层油。那些野生的动物，如一只黄鼬，有时也并无恶意地从墙头上探一下脑袋，立刻引起院内一阵慌乱。可能是芦花大公鸡首先发出威胁的尖叫，接下是猫儿嘴里严厉非常的一声"哧——！"不速之客无踪无影了。

秋天还是老人们提着马扎、互相交换烟叶的日子。他们一边吸烟一边数念旧事，高兴了就骂骂老婆和当年的伪军什么的。"你知道河西头那个炮楼是怎么端的吗？"一个黑脸老人抽出烟嘴大嚷。旁边的人都不吭。"是穿花褂的四奶奶捣鼓的，她通队伍！"他用烟锅比画着。这个秋天哪，果实和传奇一块儿丰收了。

十

林场枫树旁的小路还有吗？那一地火红的枫叶，那一对对身影。那时肩枪的老猎人心慈面软，他们只为了过一份伴枪牵狗的传统生活。他们亲手推动了那个平原上多少婚姻，只一眼就能看出林子中的哪一对有点意思，然后设法去撮合。那时的人纯洁又含蓄，远不像现在这样泼辣得野蛮。他们先是注视，默默的，怦怦跳动的心脏轰击了肉体好几个月、好几年，才逐渐敢于交给对方一副绣花手帕。

下班了，姑娘抱着猫，小伙子领着狗。太阳光把脸抹红了，再有自家动物相伴，这才有勇气走到一个寂静的地方去。他们先说借书的事。猫在狗的盯视下从怀中逃开，狗也跑了。“今年河里的鱼真多啊。”男的说。女的抬头瞥一眼，“天说黑就黑了。”这样的约会不知多少次了，终于有一天他们在树下轻轻地拥抱了。他们周身抖动，眼含热泪。其中的一个说：“谁比你好才怪了。你最好最好——啊？”

林子里的歌声起起落落。那是在远处，另一些欢乐的人发出的。幸福有个浓度。每个人都会在某个时候获得它。但是幸福有个浓度。有人在它面前失去了任何办法，想哭、想歌、想在沙子上滚动，想跳到河里去。

他识不了太多的字，可是他一连多少天琢磨写一首诗给她。写成了，不好。后来他干脆抄了一首唐诗，夹进一本好书交出去了。她为他织毛衣，织成了又拆了，天天织，一直织到秋末。

肩枪的老猎人哪去了？他转到林子北方，又到那些拉大网的人那儿去了，有时一待就是半天，晚上还要留下来喝碗鱼汤。可是老人答应下来的事儿呢？他忘了告诉她什么了，忘了替谁跑一趟远路。汪汪的狗叫此起彼伏。让热心热肠的好老人回来吧，尽快。

十一

没有绝对凶猛的动物，平原上的动物与远方动物一样，基本上是和气一团的。那时人们不太像后来那么恨狐狸、狼和黄鼬，因为它们做下的坏事实在不多。沙地狐狸、银狐，那张脸谁离近了注视过？没有。仔细看看吧，很美很美。狼也仪表堂堂，勤奋并且勇敢。黄鼬主要捕鼠，而且一张小脸生动无比，圆圆的大眼美丽绝伦。还有遭人贬斥的乌鸦、猫头鹰、貉、花面狸，哪一类不是生动活泼，精巧完美得像件艺术品？

多姿多彩的鸟、小兔子、小刺猬，它们更是让人感到了生的多趣和温暖。它们太完美、太个性，真是到了妙不可言的地步。羽毛丰满的小鸟、刚会奔跑的小兔，常常让人想到人的童年。原来任何生命都有童年，而童年的可爱直逼人心，让人疼怜得心上抖动。抚摸它们，就像抚摸自己的孩子。手掌下的光润滑腻来自一个与我们迥然不同的生命，它活着，居然独自处理了一切，与这个世界结成了自己的关系。我们人不也是一样吗？

如果平原上的动物离我们太远，那么就随便抱起鸽子和猫注视一下吧。猫是美与温柔的代表。它的眼睛多好，还有耳朵。它的鼻子小巧精致到了极端，圆鼓鼓的，小鼻孔是粉红色的。我相信凶狠的人要改造自己，按时抚摸一下猫的鼻子也会有好的效果。再说猫耳——据说最早的时候，猫的耳朵像人一样，也长在脸庞两侧；造物主看了，觉得这神气太像人了，就动手给它搬到了头顶上。我想如果造物主最早动了人的耳朵，我们相互看多了也会习惯。关键是个习惯。人类什么时候才能习惯地将它们视同朋友呢？动物的脸、神情，只要看一会儿就会让你疼得慌。我的平原，丛林田野上的各种生灵，你们今在何方？

十二

我们分手了，匆匆的没有来得及好好看一眼。那是个漆黑的夜，只有弯弯去路闪着淡淡的白光。从此我有了孤独的白天和夜晚，一颗心亲近着星空。我回忆你，你的一切。人不能没有回忆。

我仿佛听到了你的呼吸，你的笑语和歌声，还有你的低低抽泣。随着时间的流逝，你也会老旧，布满皱褶。可是你永远在心的中央，你是缔造者，是一片圣土，是光荣和骄傲，是永生不灭的希望。有了你就有了一切，有了一个回路、一个家、一个归宿。

今夜如同十几年前的那个黑夜一样。你在哪里？你的思绪飘向了天边，拂过了站在山地冰霜上的儿女。我却感到了你的手掌：粗粗的，温温的，上面沾满泪痕。我不知该怎样呼唤你的名字，只是遥望北方，分辨你在黑夜中的身影。

只能为你祝福。你的淳朴永恒的丰采，你的青春，是这世界上最后的一个留恋。

十三

几十年的时间一晃就过去了。一条黑色的、散发着恶臭的河挡住了我的去路，使我不能继续往前。没有桥，也没有舟，甚至看不见一个人影。我只得沿着河堤往前踟蹰。

就这样我到了海边，却没有看到一片丛林。没有当年那些小动物了，一只也没有，连猫和狗都极少见到。倒是有一些老鼠在芜草中出没，大白天发出吱吱的吵叫。平展展的原野变成了坑坑洼洼，枯草在污水边腐烂。大海就在眼前，可它不是蓝色的，而是像醋和酱油的颜色，发出一股浓烈的碱味儿。没有白帆，没有渔人，往日的拉网号子永远地消失了。

我站在大海滩上张望，仍然想寻找我的丛林。取代它们的是开矿者挖出的矸石山，是一股股粗壮的黑烟。由于所有的树木都剥落了，一个个村落就赤裸在那儿，瘦小得令人生怜。

我最后转到了大林场旧址，同样没有见到丛林。它化成了一些大大小小的水坑，恶臭扑鼻，水中看不到鱼，也看不到一种水生植物。那些气泡在阳光下闪动，像一些可怕的眼睛。我急急地逃开了。

你在哪里？我毫无目标，也无力呼唤，急躁和绝望使我两手攥出了血。

十四

你死的时候就躺在路边。那一天太阳出得早，你的心情被透过窗棂的阳光抚慰着。你起来漱洗。你上路了。太阳刚刚升起。有一辆笨重的大功率汽车在后面吼叫，它吐出的黑烟老远看像恶龙的长爪。你小心地闪开。这条路尽管布满了坑洼，可是它足够宽了，直通向一个市镇。那辆大功率货车本来很容易就能通过，可是它三颠两颠竟然把你撞倒。你喊了一声——这是撕心裂肺的喊声啊——它的后轮又压到了你的左侧。

满脸油污的驾驶员从车窗上探头瞥了瞥，然后加足马力急驶而去。太阳刚刚升起，路上行人稀疏。你呼叫着，想挣脱。你眼看着自己的左侧往外流血，一会儿就把一片土末染红了。你呼叫着。你的声音越来越弱。你朦朦胧胧感到有一两个三五个人低头看了看，议论了几句，又匆匆地上路了。他们都急于到那个市镇去，没有驻足。你最后无力呼喊了。血继续流着。

太阳升到了半空。路上行人越来越多。这时你已剩下了最后的一滴血。

十五

这不是泣哭的年代。已经没有工夫泣哭。我没能亲手把你掩埋，却要就此离去。我的背囊里还是很久以前装进的几件东西，如今已经派不上用场了。

婶子大娘、大爷大伯、林场的老工人、猎枪锈住了的老猎人，你们都看到了吧？你们看到了，合手站立，目光冷冷的。我穿过人群，身上印满了目光。我突然一阵饥饿，一边走一边掏出变硬的干粮。身后传来了隐隐的哭声，我停住了脚步。原来一位老奶奶双手掩住了脸，我奔到近前，想扳下她的手，可她紧紧地掩着。

那是你的母亲啊。我伏在了她的怀中。

十六

母亲说：你知道这是第几个吗？我摇摇头。她说出一个数字，我呆呆地看她。我明白了，怪不得那些两眼像黑葡萄的姑娘再也没有了。

我从此懂得了什么才叫仇恨。那个伟大的身影啊，他在倒下前的最后时刻里，有人曾向他谈起过饶恕的问题。他回答说：我一个也不饶恕。只有在我归来之后，只有今天，我才明白了这句话意味着什么。

不会仇恨的人就谈不上善良，更谈不上宽容。我终于知道了谁更宽容。那些伪君子把宽容挂在嘴上，一天到晚装成和事佬，暗地里却总是顺应着丑恶。他们一旦面对了别人的信仰，宽容早飞得无影无踪。我要对这些伪君子说一句，是你们的近亲把她给害死在路边的。

十七

那些小念头和乖巧我都有，可是归来之后我才觉得它们太不值。抛弃了，剩下的只是愤怒和困倦，是激越和冰冷。我无法忘怀，我只得纪念。那些口口声声要宽容的人，竟然残忍到不允许我去纪念，于是他们就是我的敌人。

一场连一场的争议过去了，我觉得太亏。在流动的鲜血面前，一切议论都显得太不着边际。实际上只剩下了两种可能：沉默和怒吼。沉默是熬煮，是用心汁浸那支长矛。而怒吼就要破了喉管。血又出来了。

我开始曾惊异于这样一个事实：他们真好脾气，真有容量，也真麻木。后来才明白，失去至亲的人与他们是不一样的。他们除了自己再没有亲人，所以也就永远不会失去。人不一定都是母亲生的，我懂得这个道理可惜太晚了。人在现代高科技社会里，也可以是合成的。人可以是用石化材料合成。合成的人就没有亲人，所以也没有情感的重负。

而在现代生活中，隆隆的竞争和角力之中，一个有情感重负的人注定了要失败。这种人开始走入了全面挣扎和退却的时代，尽管他们个个都不想放弃。但也正因为如此，一场壮丽的、亘古未见的大拼搏开始了。这是一场合成人与有生母的人的最后决斗。这场决斗也许要进行很长时间，但结果是可以预见的。

我将站在失败者一边。

合成人在战斗中损伤的只是元件，它可以更换；而有生母的人却要流血。

流血也不能使人退却。因为这是最后的机会了。所有热血沸腾的人必须团结一心，迎击一场侵犯。这场侵犯的残酷性极为罕见，它将使我们失去仅有的一片田园。就为了生存，为了一个希望，为了一种报答，让我们奋起向前吧。已经没有什么退路，也不必幻想。

我默念着你的名字拿起了武器，加入了真正的、二十世纪末的义军。这是精神的义军。在决斗的一切间隙里都未曾忘却你对我的恩情，你的容颜，你的饲喂。我在梦中与你吻别，踏着霜雪走了。催促的号子一声声逼近，我走了。

有时我又想，因为你在远处射来的目光，我是不会失败的。我们都不会失败。什么比爱，比这一切相加的爱更有分量呢？根据伟大而古老的原则看，我们有了这样的支持，将是些不败者。可是一转念，又不禁重新哀伤：时代变了，一些原则也在变。那么我们就将在没有立足之处的荆丛中作战了。

为我们祝愿一下吧，这是我和同伴小小的，也是重要的一个请求。

十八

一切被预先告知了结果的战斗都是极其惨烈的。竟然走进了这个战场。这是生前注定的还是生后选择的？我反复追思推理，后来才明白是一种注定而不是一种选择。选择是移来的根，而注定是固有的根。

如果没有什么希望，那么斗争本身也就是希望。如果有了希望，那么长久的松弛也会将其丧失。世界上的事物在组合形成之初是非常奇妙的。天不亮，征衣上霜落一层，战士一睁开眼就被“希望”二字缠住了。可见这是怎样严酷的一个处境啊。

回想那年秋天，我们对这些还全无预料。于是只顾得忙秋，干活，劳动的汗水把衣衫都湿透了。我们一起把捡到的橡实装到筐里，直到攒起满满一囤。浆果做成蜜膏，干果留给来年。晒干菜、蘑菇，用破碎的瓜干造烈酒，用野葡萄造甜酒。还有招待老人的烟草，一捆捆扎好放在搁棚上，采了很多的艾叶，晒干，又拧成火绳，留着夏天对付蚊虫小咬、给吸烟老人触烟锅。

那些温煦的、果香四溢的夜晚啊，我们讲故事，依偎一起。红军的故事，某司令的故事；还有传说，神奇的林仙。我们差不多没有言及的一点就是：惨烈的战事都属于过去了。我们现在只是品咂秋熟的甘果，听听美丽的传说。我们站在过去与未来之间倾听，你讲一个我讲一个，享受着黄金般的时光，直到午夜还不知疲倦，林中和秋野的各种四蹄动物与飞禽一起，不时传来它们的响动。小鸟的午夜尖叫是唯一令人不安的了，我们担心它遭到夜袭。劳动真使人愉快。在今天回顾劳动，更能感受和认识劳动的幸福的本质。劳动只有靠近了人生的目的，才散发出芬芳。当一种袭击逼迫得我们不得不放弃劳动而投入迎击时，回忆劳动也变为了一种福分。我们今天算是真的理解了“保卫我们的劳动”到底是个什么意思。那是个权利，是个福，它不是被人自己放弃，就是被另一种人给剥夺。

现在不是放弃的时刻。现在是奋起迎上的日月。是的，如果这一来能够赢得一场劳作的机会，那么一切也值了。

十九

我无数遍地想象你的目光。那双眼睛啊，我说过它黑如葡萄。这句俗而又熟的比喻一再提起，是因为它难能取代。那个平原孕育了这样一双眼睛，真是含义深远。这双眼睛望着原野、母亲般的丛林和大地，逐渐蓄满了柔情。很显然，这举世无双的美目是这片田园滋养出的。田园的所有特质都从它的一闪一盼中映照出来。于是它有魅力，它使人魂牵梦绕。

同样容易解释的是，这样一双眼睛不可能是为今天准备的。一片沉沦荒芜的平原会让其不忍注视。或者是田野焕发生机，或者是它自己永远地闭上。当然，是它永远地闭上了，长长的睫毛合到了一起。

它在最后时刻看到了什么？它摄下了那张在车窗前一闪而过的脏脸吗？它记住了刽子手的模样吗？那天的太阳缓缓上升，照不穿浓稠的雾霭。直到最后一刻，大地还昏昏沉沉，天际泛着酱色。长长的睫毛合到一起，像一排茁壮的青杨。你的血正一点点渗出，汇成山泉一样流淌。大地真渴，大地等着喝一口汁水。大地很快就收回了她的全部，从肉体到灵魂。多好的一个儿女，苗条而丰腴，特别是长了一双惊魂醒世的美目。

太阳隐入浓云，大地开始祈祷。风停了，四周寂寂。

二十

你那时候会多么痛苦。一种无法忍受的折磨竟然加在了一个少女身上。事后人们发现你身上有三道压伤。钝钝的车轮、凶暴的车轮、愚蠢的车轮，就是这三个车轮割开并撕裂了你完美无瑕的肌肤。血是一点一点流光的，没人去救起你。从流血到死去足足有两个多小时，而且你躺在通向市镇的大路上。

我手指扎了一根刺就感到钻心的疼痛，可是有三个轮子碾轧了你；我生病时，两分钟的肌肉注射让我挨着忍着，可是你从流血到昏迷足有两个小时。

我愿意舍上所有去赎回，尽管这不可能。这一次我不需更重大的经历就懂得了终点上的什么。我懂得了一种性质。从此我再不抱幻念，一丝也不抱。我干干净净地走开，心凉得像冰。你躺在那儿，用躯体指示了一个方向，画了一条线。这是拒绝的线，是分别的线，是不容迈过不容混淆的线。

难道那三只轮子碾到我的身上才呼号吗？不，它碾过了，已经碾过了。行了，就这样吧，开始吧。

那双美目闭上的一刻，大地一片昏暗，光源顿失。它消失殆尽之时，我就永远地沉入了黑暗的深渊。从此将不会有四季，不会有果实，不会有明天。总之，有人以神的名义所预言的那一天真的来了。

二十一

让我们最后一次怀念那个可爱的冬天吧。一场大雪下了三天三夜，门封了，全世界都蒙了白绒。家家出门都要铲雪，铲一条通向柴堆的路，铲一条通向街巷的路。那个小院拥满了雪。于是出门时不得不挖一条“地道”。这“地道”蜿蜒往前，黑黑的暖暖的，适合少男少女玩耍。有一次你从“地道”里出来，用力地擦嘴，大人问为什么？你说有个男孩吻了你。所有人都笑出了眼泪，只有一个人的眼里闪过一丝恼怒。

不知过了多少天，大雪地可以走人了。我们一起去丛林。林场老场长让我们小心，说野地里有雪封的井，有伏下的狐。他是一个退伍老兵，玩枪弄棒的好手，一直背着枪走在不远处，说是要保护大家。老爷爷一喘气就是白白的两道，多么可爱。可是我们当时一直想的就是甩开他。

后来我们成功了，一口气跑到河堤上。小心地溜下堤坡，落到又硬又滑的河冰上。严冬的河只能这样，像一面宽大的玻璃盖住了河床。你把耳朵贴在上面，说要听冰下的水声。没有，只有鱼的咕唧声，你一说大家都伏上去了。

我们用茅草推开积雪，推出一片长条形的冰面，然后就滑起了冰。冰面越蹭越滑，一队飞人。正滑着，你喊了一声，大家立刻看到了远处河面上有三两个人在搞什么。我们欢叫着跑过去。

原来那是几个老工人在凿冰捉鱼。冰被一个又沉又大的钢钎戳着，一戳一溅，冰凌飞起一丈多高。就是不透。他们骂着，狠劲地干。原来河冰结得这么厚，捣开的茬儿足有半尺了。又是一顿猛戳，扑通一声，透了。奇怪的是冰下的水冒着热气，摸一把也是温温的。大家欢呼着。

那天捉鱼捉到天黑。我们随着老工人往回走，到了老场长家门口，他出来一吆喝，都进去了。接上就是摆桌子、烧鱼、弄酒。谁也不准离开，老场长下了命令。一桌热腾腾的烧鱼、鱼汤什么的。大人们喝酒，喊的笑的声音很大。不知喝了多久，突然老场长一把将你抱到膝头上，说来来小仙女，爷爷喂你一口酒。你笑吟吟地喝了一口，立刻辣出了眼泪。大家都笑了。

外面的狗不停地叫。是家里大人寻我们来了。天哪，外面的月亮真亮。

二十二

嘿，这个地方，美女如云哪！那些轻薄的小子走到千疮百孔的平原上，常常这么呼叫。他们除了吞咽食物和狂饮，几乎不懂任何事情。

……

但既与他们这些污烂糟混到了一起，就绝不会是美丽的姑娘。她们只是一帮戴着金器，用脂粉覆盖了苍白面孔的女人。淳朴是美丽之根，而她们呢，从母亲那一代起就开始虚荣了，假惺惺的。如果有个记事的老人坐着马扎快言快语一通，你就会知道她们逐渐败坏的家风。

这些已经无需叹息。伤残比比皆是。如果一个人与这样的环境相处还能平安无虑，那他一定是心汁枯干了。只有恶少才如鱼得水，那些冒牌美女、黑道上的轿车和酒，都是为他们准备的。伴随着耸人听闻的故事的，是他们父辈亲朋怎样升迁，怎样为不会说普通话而苦恼，以及学开车轧伤行人的一沓子杂事。这就是日常流动的真实。

如果说这一切只是泡沫，那么水流呢？它何时带走泡沫并冲刷大地？现在还能找到一方碧绿的晶体般的水吗？会有的。那就期待吧。我在这期待中两眼混浊，白发丛生。

二十三

你久久地望着我，看我花白的鬓发。我知道你想说什么又忍住了。你怜惜中掺着悲愤，就是没有一丝伤感。没有那样的心情了。铅压在那儿。你在回想我青春欢畅的年纪，回想伴着那个时代一块儿消逝的苦难和繁华。大地褪下盛装，留下光秃秃的一片，迎接那三只轮子碾过来。

我的平原裸露着胸部，你看到了。这亘古未闻的巨大牺牲为了什么？这是一种祭吗？她已贡献了自己，那么谁在后来为她而祭，谁？

这一切都不是为一双善良的眼睛准备的，可是它们只能残酷地罗列开来。你就在这样的季节里变得坚强起来，像大地一样褪下花衣，换上了单色土布衣衫。可是另一种美和芬芳弥散开来，更长久也更本色。我们开始胆战心惊地互告：既然大地把自己祭上了，那么将来为大地而祭的，只能是整整一个时代了。

我们都生活在这个时代里，擦干泪痕，含笑等待吧，这就是命运。只要在这个时代里的，那么不论是龟壳里趴的，轿子中抬的，还是码头上的苦力，洞子里的掘进工；也不论是道德家、放浪形骸的恶少、专打异性主意的色痨、娼妓、“四有青年”；还是玫瑰和毒菇、鸽子和田鼠、大象和臭虫……只要是属于这个时代的，都得悉数押上。

那时候连个为我们叹一声的人都没有，因为她也跟了去。

二十四

就因为我属于这个时代，所以我不可避免地要经受那个结局。与所有的一切一起舍上、献上、祭上，而且不可能换取一丝光荣。这不过是一次抵偿。面临着这一场，一己的恐惧过去之后，就开始依偎两个人了。

一个是母亲，再就是女儿。一个是生我的，另一个是我生的。我爱你疼你就像对待那片平原，你们分别是我来到和离去的守护人。也是我生的根据，是我的全部希望。

母亲，为了伏在长长网绠上、脚踏银霜的父亲，我曾疯迷般的敲响了自制的鱼皮鼓。敲啊敲啊，是我为绝望的父亲献上的。它好比我捧出的两粒食物。我长大了，母亲，看着你的满头银发，我能给你什么？

在这样的时刻，我能给母亲什么？

如今已经没有一枚浆果得以保存。可食的茎块烂掉了，连微甜的蒲根也不剩一株，留下来的都是最苦的。我在腐土中挖个不停，磨得指甲脱落，想找到哪怕是细瘦的一截薯梗。我的手滴着血，最后仍然掌中空空。

如果吟唱也可以抵挡饥饿，如果我剩下的只有它了，那么就让我放声吟唱吧。我闭上眼睛，把思绪深深地埋下，难以抑制的倾诉啊，如同山洪一样流泻。我永无休止地唱给你，唱得忘了等待。直到我听到那慈爱的声音：停下吧孩子。它像泣哭一样。这样我的歌才戛然而止。

回头看稚嫩的女儿，牵上她又软又细的手，不忘回避着热烈纯洁的眸子。这是我刚刚长到三岁的孩子，会背诵十首童谣。她曾问我：奶奶说这儿以前有百合花，是吗？当然，很多很多。家家都有美人蕉、有蜀葵，是吗？当然，差不多家家都有。

在这样简略而单纯的一问一答中，她很快就睡着了。

二十五

让女儿在梦幻中变成一个骁勇的骑士吧，可以呼唤雷霆，可以抽刀断岭。你凭你的正义和童心，无可匹敌地护佑着这片平原。那时你说：应该有百合，于是杏红色的百合花纷纷开放；你还说应该有蜀葵，于是蜀葵花茂盛得盖住了庭院。

你所向披靡，因为你携带了少年的闪电。我们为大地整整祭上了一个时代，我们终于得到了报偿，同时也感动了神灵。你是他们派遣来的，平凡无奇中隐下了最大的神秘。你划亮的电光驱尽了黑暗，震惊了山雨，洪水终于开始洗涤。在两个世纪的接缝处，它反复涤荡，弧光照射得一片通明。

你没有牧过羊，你也不是圣女。你只是一个开山石匠的孩子，先解开了拴绑父亲的铁索，然后又登上山巅。你离宇宙之神近了，咿咿呀呀的稚声逗乐了他，他就交给了你至为重要的东西。从此你做的一切都在改变历史：平原的历史、人的历史。

这仅仅是梦幻吗？是童年的编织吗？不，这是真正的人的期待。

二十六

我咀嚼着那个梦想，明白要赎回什么，仅仅使用一般的善是远远不够的。它从过去到现在都是苍白无力的。

……遥望北方星辰，扔下往昔的虚念，实打实地起意。我思念你骏马一样的身躯，武士一样的长须。这个夜晚你在备鞍还是冥思？我知道两件事同样重要。因为两千年的思绪乱成了麻，你要默默地用它搓成绳子。你做的一切都是坚定不移，如有神助，快如疾风。关于你的消息从古城传到高原，又传到俺这平原。你的音讯都盛在穷人的小盒子里，用新纺的土布包了，藏在一个角落里。这样的情势之下我当然再不犹豫。独自一人的时候，我会用思念打发时光，怀着感激。我记起那深情的饲喂，这就够了。世界真旷，也真大，这时候啊，记忆中的人影不再拥挤。把先生和小姐们一个一个赶开，剩下的就全是同志了。

人要有个兄长，有匹马，有个爱人，也有子女，这就是平常说的拉家带口。要是个集体，要有同样的精神。间隙里抱抱孩子，给她讲个什么，也让她传个什么；需要驰骋的时候就牵过那马，好马让人两耳生风；爱人给我温存，给我力量，她瀑布般的长发掩住我受伤的面庞；兄长呢？是商量事情的人，也是榜样。我要常常和兄长在一起，胜利紧握手中。

二十七

人守住了内心的某种严整性，始终如一，真是一场苦斗和拼争。能做到的不过寥寥。我把严厉的状态留在身边。我不该怕什么了，我的亲人都先自倒在路边。

你看到了吧？你如果只为自己和自己的血脉揪心，那么你也该记住什么了。当肮脏和谎言一块儿抛撒，可爱的孩子埋得只剩下脖颈之上这一截了，你还在那儿恍惚？孩子没有呼救是因为已经无力发声，孩子闭上了眼睛也不是安详地睡去。为了孩子，来吧。深冬季节，雪野里没有青草，连孩子也四出觅食。我们顶着寒风为了什么？我们保护下来搭救下来的，其中也包括了你的儿女。孩子，你活着，就要记住、守住。不要含着眼泪，要刚强如先烈。不要听人蒙骗，听我再说一遍，先烈真的有过，不久以前还有过哩。

严冬深入了。枯坐三九可不是人受的罪，但这地方分明是留给咱的。

这催促我们也提醒了我们。究竟面临了什么？男女老幼坐在一起。因这特殊的境遇而无声无息。男童的双目黑亮黑亮，望遍茫野，又看爷爷的满头白发。离黎明还有一段时间，有人央求爷爷讲个故事。老人声音低低：在这同一片原野上，几十年前有一场厮杀。人们用鲜血沃肥了这片原野。当然，留下了好多使人心烫的故事。

爷爷的目光移向儿子和孙子，那分明在询问：这一次呢？

二十八

母亲头发雪白；女儿的头发刚刚长起，就像淡黄的玉米缨，嗅一嗅也有甜丝丝的气味。还有那个躺在大路旁的……永久地闭上了黑葡萄似的眼睛。我扶着她，牵着她，念着她，再没有任何退路。我双拳的骨节生疼，牙齿开始破碎，喉咙也肿起来。我听到的是无声的吩咐，是无从更动的指派，走上去吧。

那三只轮子日夜碾轧，尖利刺耳的声音传遍四野。无遮无拦的凶暴直逼过来，我的身后只剩下平原一角。我失去了亲人，失去了至爱，我没有了哀叹和悼念的时间，也没有了诅咒和怒斥的话语。我只剩下了我的身躯。

万分焦灼中我的目光荡起火焰，烧去了自己的衣饰。我把四肢、把周身都涂满了泥浆，与之混成一体。我恨不得化进这片大地，当凶兽恶鬼踏上我的胸口，我就伸长两臂把它按入土中。我相信要战胜不可一世的敌手也只有依赖泥土了，让泥土去腐烂它们，埋葬它们。

我安静而又暴躁地躺在泥土上，翻卷的泥流中我只是一朵浪花。从地心里涌出的一股力量使大地轻轻抖动，然后又是一阵波荡。大地变成了黑褐色的海，泥土掀起了大潮大涌，有了呼啸之声。泥土的激荡波澜壮阔，每一滴溅泥都有力量。那声响不是水的脆亮，而是土的钝音。这如同一面沉沉的鼓被擂响了，把一切都震得不能站立、不能悬挂，于是哗啦啦倒下来、掉下来，埋进了土中，又被土磨碎。

我在翻卷颠簸的泥流中狂舞，伸长了两臂。我的手抚摸着挣扎逃亡的恶鬼，死命地将其揪住，让其淹没。我感到了在泥流狂涛中飞翔般的自如和迅疾，我在暴怒的大地之上穿巡。我是个被母亲和爱人信任的目光抚过千万次的人，大地识别了我并馈赠了我。大地此时与母亲同在，她们已经不可分离，同心合力。

二十九

我问大地：当我按照母亲的指引，当我把一己融进你的心中，经历了那一场激荡之后，算不算是一次祭呢？如果算，那么能不能赎回？你说算的，但由于是一个人，还不足以赎回。你这是在告诉我：我需要寻找他们。

那是不言而喻的。这场由来已久的分辨和寻找，是我全部辛苦和执拗的一部分，也是伴随一生的无悔事业。不屈者，不败者，他们都在大地上。我要走近他们。我们之间常常隔着汹涌的水流，我要抓住一只舟。

亲爱的同志，我有一个故事真切动人，就发生在自己身边，请相信我，让我讲给你。你不可再犹豫，再怀疑。让我来告诉你，也请你来告诉我。这是一场互相诉说。这会使我们真的弄懂绝望和希望，弄懂什么是幻觉，什么是奢望，而什么才是结结实实的泥地。让我们互相包扎割伤，并相挨着等待。我们都是平原上生的，都有个母亲，有个心爱，也有个未来。而另一类是没有这一切的，因为他们是合成人，没有热烫的血脉，更没有生母。尽管看上去都差不多，都有眉眼四肢。辨别的方法就是看其有没有体温，有没有脉动。

因为你，我将倾尽所有。这不是恩赐和赠予，这是共有和共享。当那一天来临时，我们就手挽手地涉河，去寻找盛开的玫瑰，去看百合和蜀葵。那一天会有吗？会的，对于我们而言，一定会的。

三十

我们一起出发了。我们的目光交换着幸福，眉梢闪动着冷峻。来自哪里、走向哪里，我们都装在了心中，不言一声。霜沾在脚上，亮如荧粉。最后一口暖身的酒递过来推过去，天亮了。

怀抱着一个梦想，用微笑安慰左右。黑云从天际四面合围，隐隐的雷声也听到了。远处的烟尘腾到了半空，与黑云相接。阳光一霎时给遮住了，一片阴影落在身上。这是那个时刻的前夕。我们就这样走近了。怎么如此地寂静啊。

你多么瘦小，我曾经赶你走开，因为我于心不忍。此时看着你弱小的身躯被稍大的戎装包裹了，心中一阵自豪和爱怜。好了，既来了就承接吧，我们一起。

这个时刻因为太静，我一闭眼就能看到那条泥路上倒下的身躯——合上的眼睛——长长的一溜睫毛像栽下的一排青杨。一双美目闭合了，它拒绝再看一个世界。今后呢？如果我们驱散了雾瘴，如果玫瑰和百合重新长起，谁能还我一双美目呢？

我跟随着你的目光，踏着它照亮的道路走上一生。我将永远不背弃那个誓言，直到最后的时刻——那个时刻在逼近，让我再看一眼你的目光。

三十一

对于无边的销蚀和磨损，一场激越的誓言毕竟太短暂也太简略了。我深知这一点。我们期待的是决斗，而对应的却是消磨。旁边有人失望地跌坐下来，大放悲声。我无言以对。

我想看着他自己缓缓站起来，并且不再倒下。那些虚幻而可怕的什么在荆丛中游荡，隐着形影。人无法捕捉充斥在空气中的磷火，又不能在冷寂中让它焚化。这种罕见的对峙让人几度绝望，沮丧的空气蔓延到远方。我们的呼唤虽没有山峰阻隔，可是很快被一片大漠吸尽了。困在饥饿无援的空地上，没有人迹，没有草，没有水，更没有道路。

我们背负着走下去，如果这力气一年还没有耗尽，那就两年、三年。时间几乎是无边的，大漠也是无边的，我们就背负着走下去吧。

耗尽了吗？

走下去吧，时间几乎是无边的，大漠也是无边的。走下去吧。

三十二

可是我们不会屈服。这一点也不奇怪。我们永远追赶，永远怀念，永远感激和仇视。因为你我都有生母，有脉搏，都是用下肢站立的人。

我们永远是我们。

1994年1月1日

时代:阅读与仿制

小说家在今天应该感到恐惧,在恐惧中才会规避一般的阅读。他在最后一刻也许会找到自己的角落:它小得要命,但只有这个小小空间才能存放自己的灵魂。

在这个时代,如果不是将“作家”作为一种职业去理解,从事起来就会极其艰难。比较以往任何一个时期,现在的作家在接受文化制成品方面都要开阔得多容易得多,所以职业性的操作也就简单了。新科技使传播效率大幅度提高,声像和文字信息每天都在成吨地进行抛撒轰炸。这对于一个人保持精神上的独立,其伤害是致命的。

现在到处都能看到简单的模仿,从人的衣着到说话的口气、举止,甚至是恋爱的方式、会议开场白……模仿代替了真实的生活,模仿就是生活。在这种模仿中,积极的、有意义的因素被不断抵消;一个生命对主客观世界的感悟、判断、分析和发现,都降到了非常次要的位置。

相互模仿的结果就是一起走进了盲从。

一个作家的盲从实际上等于自我取消。一个小说家现在极容易找到借鉴或移植的标本,他从中借取的可以是气韵、结构,也可以是思想本身，而当代读者不断受到时代风气的训导，又极有可能在拙劣的模仿品中找到一丝亲切感，这也是一种盲从。

我们对于不同民族不同时代的作家的相互影响、交流和渗透带来的收益往往估计过高——杜绝模仿既然不可能，于是就尽可能从中发掘出有意义的东西，这恰是人类的某种怯懦在起作用。

艺术与自然科学的不同之处在于，它在纵的积累和横的比较中都缺少突破性的、明显的效果。心灵的精神记载很难是一种“不断进步”。比如说我们不能断定今天的艺术超过了古代的艺术，而自然科学的承接跃进却是不容置疑的。

对于一个小说家而言，阅读带来的悠长是显豁的，而造成损害却是潜隐的。阅读能够开发小说家的心智，但艺术创作主要不是进行心智的较量和比试，而是释放灵魂和生命本身。

在一个人的全部创作过程中，最有意义的常常是一种悟想。悟想是排除干扰和影响、尽可能封闭的结果。给人的悟想以帮助的，主要就是他寄生和依赖的那片泥土。

现代小说艺术逐渐失去了一种永恒的力量，主要原因就是舍弃了悟想，不自觉地走入了繁琐的阅读和仿制，这是一个时代的命运，难以逃脱。

在一个塑料化纤和集成电路的时代，人就不可避免地要告别和脱离悟想。表现在当代小说创作上，就是其作品越来越没有了个人思悟的色彩和质地，而总是急不可耐地加入贴近了一个时代的主题和气质，比如共同的牢骚和伤感，共同的嘲讽和颓废。

对于这些危险，警觉和发现将是困难的——表述上和感知上的双重困难。即我们一时难以分清某种思想和联想在多大程度上必须借助外力推动，对客观世界的顺从与反抗而带来的某些自觉又有多少意义，等等。我们面对一种无可奈何，常常发出“只能如此”“必须如此”的叹息，实际上当然不必这样。

一个作家如果要奋力摆脱一些文化制成品的影响，整个过程有时竟会表现得十分壮美。事实上也是如此。这就足以表明当代作家已经无路可逃，而不得不进行风格、观念，以及与之有关的一切方面的拼死突围。

世界上没有两片相同的大陆，可是我们却很容易发现大致相同的两个作家。于是我们从中分辨那剩下的极少一部分异质，已经具有了重要意义。作家不可能成为群体。我们总是在一个群体中只发现一个人：唯有这一个人才具有意义。其他的只会是一些充填剂，是被涂过相同颜色的一种粉末和颗粒。

交流的意义是什么？我们从一个小说家的角度去考察，不由得陷入了迷惘。没有人敢于公然否定它的意义。但是实际上我们已经不自觉地将欣赏的快感当成了全部，遮盖甚至混淆了我们所要讨论的那种意义。我们阅读来自另一个大陆的作品，其实是在注视某一个生命的奇迹；我们很少时刻告诫自己：这个生命与我是不同的，极其不同，他只是他自己。相反我们总是更多地寻求共同点。对于一个小说家而言，关于不同点的提醒，关于奇迹的发现，才是最为重要的。

真正的小说家极有可能不属于他的时代：他从阅读和仿制之中走了出来。

经验告诉我们，这种可能性是存在的。我们有时会从一个时代文学潮流的总体演进中发现一个陌生人。他不属于那个时代，但一个世纪过去之后，我们又会惊讶地发现，他生活过的整整一个时代都属于他。

在今天，不自觉的仿制每时每刻都在发生，而且难以找到一个例外。除了以上谈论过的原因，还有一个自古而然的原因：向往“中心”。经济和政治中心是存在的,而艺术的中心是不存在的。因为艺术不是数量的堆积,而是因为难以取代和归类才得以成立。对于“中心”的认同,就是取消艺术的开始。

如果一个小说家是一个真正的艺术家,那么他必定是一个“自我中心”论者。除此而外这个人还会是一个土地崇拜者,多少有些神秘地对待了他诞生的那片土地,倾听它叩问它,也吸吮它。土地的确是生出诸多器官的母亲。小说家只是土地上长出的众多器官之一。

在那些自觉和不自觉的仿制者眼中,“中心”不仅存在而且会随着时间移动,比如说从古希腊到巴黎再到北美。仿制是一个复杂难言的过程,它不是一般的模仿和抄袭;在今天,一个小说家熟练掌握一种语言——时代的语言——已经不是难事;同样,掌握一个时代的主题与人物和结构,也并非不可企及。这是一个普遍走入了聪慧的奇特时代,到处可见举一反三的行家里手,到处可见拼接组合如行云流水、让人叹为观止的人。天才的小说家几乎成了匠人的同义语。

没有人反对艺术的个性、个人化,没有人否认它是艺术的生命。但今天问题的核心,是怎样剥去覆盖其上的附着物,如同拂去水流之上的苔腻。仿制的方式和方向都是千差万别的,比如可以仿古,可以由东方模仿西方,郊区模仿城市,也可以做得完全相反。在今天,好的仿制者已经可以自觉地回避潮流,刻意走入一种虚假的“个性”。揭示这种误解和危险才有意义。我们可以讨论:背向潮流的仿制是否更好?讨论的结果只能是:任何仿制都违背了艺术创造的本质;进一步讨论又会发现,仿制几乎是不可回避的,但如何仿制却是可以选择的。

既然生活本身是延续的、要借重经验和规范,那么人的创作活动也只能如此。今天的小说家与上一个世纪的小说家的不同之处,是进一步失去了安宁,是更为频繁的打扰,是更多的精神上的侵犯和损伤;这期间，高科技的飞速发展对于打破封闭的个人世界起到了关键作用，从而使小说家失去了独守的最后一点可能。

这就逼使小说家纷纷放弃个人见解。他们难以发出自己的声音，而不得不加入合唱。

这样，我们在分析各民族的作品时清晰地看到，除了外在色彩、表述能力方面的差异，除了智商的差异，其他的更本质的区别越来越少。包括一些非常活跃、著作等身的作家在内，总常常让人觉得缺少强大的“根性”——而这一点在十九世纪前的作家身上却是极少发生的。

大约是小说家们也多少发现了这些隐忧，于是就有了各种各样的反抗，比如说出现了这样的小说：对于一个地区的生活给予相当粗粝的描绘。有力的文笔、闻所未闻的风情、富于刺激的场景——这让人耳目一新，但这一切就会触动本质吗？同样让人怀疑。因为这也是被多次实验过的一个方法。可见创作的真实状态是让人绝望的，从艺术的本质而言，仅仅依靠机智仍然于事无补。

其实一个真正的艺术家所追逐的主题既不可能是“世界的”，也不可能是“地方的”。对于他而言，二者都不存在。所以人们对于一些“代言人”式的艺术家总是有充分的怀疑理由。艺术家既不能代表别人又不能被代表。真实的世界是没有主题的，主题是某一个阶段由盲从织成的。

所以一个人最偏僻最生鲜的认识，才有可能属于他自己。而今天令人悲观的是，这种偏僻和生鲜又往往被视为粗陋。一个人在信息和认识的漩流中，绝不会产生自己的心灵之果。小说家在今天应该感到恐惧，在恐惧中才会规避一般的阅读。他在最后一刻也许会找到自己的角落：它小得要命，但只有这个小小空间才能存放自己的灵魂。

不知是否有一个小说家愿付出这样的代价：从根本上告别精神的侵扰，包括各种渗透和影响，最大限度地放弃现代视听，从而封闭自己。封闭的目的当然是要看看自己的心灵里到底有些什么？那时的发现就是我们所需要的。

这大概是做不到的。因而这实际上只构成了一种比喻和假设。挽救一个小说家感觉力和悟想力的，主要他的同类及其创作，而是我们常常谈到又总是忽略了的那一切“土地”。

对抗现代阅读的损害，只有“土地”。我们在放下书籍，特别是流行性的文化制品时，才有可能去捕捉天籁。如果说“土地”“天籁”之类概念在此显得抽象和虚幻的话，那么它们提示和代表的意义却是非常坚实的，它们是足以支持一位艺术家的。

比较起那些敏捷的、走在一个时代的前列的、外向的所向披靡式的小说家，比起那些不同程度地显示了某种统帅能力、高扬着一种声音的小说家，我们更应该重视喃喃自语式的写作，重视一个人近似于沉默的状态，重视一个作家长期的劳作成果交相辉映中的意旨。因为后者更有可能是自我寂寞的——这种寂寞既指他的日常生活状态，又指他的精神状态。一个好的艺术家的孤寂是无法选择的。

而当代创作中有极大一部分是喧嚣的，顶多是多少掩盖了一种内在嘈杂。像屈原和卡夫卡式的作家越来越少，而只有这样的作家才会发出一个世界的独语。他们的声音是无法复制的。他们的创作具有真正的朴素性，正是这种朴素性才抵御了阅读中的消极影响。因为他们有可能与另一个心灵对话，除此而外的嘈杂难以进入耳膜。对于一位优秀的小说家而言，朴素既是必备的品质，更是一条原则——所有违背了这个原则的，都会自觉不自觉地制造赝品。

科技方面的突破性进展促进了人们的现代思维，特别是所谓的“理性思维”。但它对于人的情感世界却是越来越细致和琐碎的分割。一方面在不断地“发现”，另一方面又在不断地遮盖。阅读的危险还在于它对一种稳定情感的破坏，而缺乏这种稳定就会走入仿制，在无意识中放弃人的自尊。频频袭来的冲动和浮躁掺和一起，源于生命深层的激动反而失掉了；缺少这种激情，就无法摧毁来自他人的桎梏。

广泛阅读的结果，会使一个著者机械制作的效率成倍提高，使机智的著作者越来越多；这些制作虽然不尽是垃圾，却足以淹没生命的青苗。这是当代小说失去魅力的一个重要原因。

专业小说家在阅读中往往缺少足够的放松，这就从快乐的欣赏上又退离了一步。阅读中进入了自觉的学习，这会增添双重的危险。不同的大陆和时代，作品的交错投影是非常严重的，这些作品几乎无一例外地缺少“原力”“原气”——某种来自繁衍生命的母体——土地——的力量。

我们常常一般化地、缺少分析地提倡交流和阅读，而忘记了它对创造力造成的难以挽回的损伤。我们把与广大的世界对话的能力寄托在表层的知与见上，而极大地忽视了生命的个体深度。人对苍茫世界是具有感知能力的，这种能力有时甚至是神秘的、不可思议的，这种能力需要保护。小说是传递感知的最好形式之一，但又很可能仅仅剩下一具躯壳。

阅读是一种交流，它是有陷阱的；在一个现代化了的世界上生存的小说家，仿制是不可避免的；正因为如此，才需要一再地提出警醒，并对其进行分析。

1994 年 4 月 19 日

非职业的写作*

我觉得，进入创作对于任何人来讲，都像突然地来到了一个陌生的世界。这个世界变化之快，使我们不得不面对许多刺激、引诱和挑战。对不搞创作和其他的人来讲，也许比较容易为这些诱惑所吸引，并改变他的根。但对于创作的人而言，移动他的根将非常可怕。

搞创作的人尤其需要冷静和放松。

当前一些文学作品，包括我自己的部分作品，它们的一个要害问题，就是创作中的慌乱。大家不断地跟从这个世界，唯恐落在时代的后面。如果说评论家们提出新观念新词汇可以理解——在他们的匆忙中可见其探索的努力的话，那么这对创作的人而言只能是一种喧嚣，有害无益。

有时候我们可以发现作家是一群一群的——一群很不幸的人。这一群不幸的人在我们的创作历史上不会留下任何东西。顶多留下其中的一个人。

我们的文学应该能从文坛上发现这个陌生人。如果你真正发现一

---

* 1994年6月23日，第二届“上海长篇小说大奖”感言，标题为整理时所加。

个陌生人的话，你会发现这个世界与他是隔离的。这个世界与他是难以对话的。他似乎是被我们这个熟悉的世界所摒弃的。但你用历史的眼光来看他时，又会感到这整个的时代都是属于这陌生人的。

我们的文学不像过去那样有力量，但它变得多元化、复杂化、成熟化了。失去力量的一个重要原因是我们的作家失去了立场。"立场"这个概念可以更宽泛地理解。我们应清醒地自觉地寻找与这个世界对话的角度和立足点，使自己与面前的这个世界构成某种关系。而相当多的写作者构不成有意义的关系，他们只是不断地变化、追逐、跟从，从而失去了他们的力量和价值。

我觉得政治、经济有中心，文化也有中心，但文学艺术很难讲有一个中心。如果一个作家不断地向往中心寻找中心，那么就是失败的开始。我们永远也跟不上这个时髦。

一个优秀的艺术家总是以自我为中心，忠于他的感情、思索，忠于他所熟悉的一切。如果他这样做了，那么世界上没有任何一个角落能够替代作家的感悟、发现、表述。他最终是深刻的，是无可替代的，是重要的，所以他会有力量。

新时期文学频繁的、各种各样的模仿，多少流露了作家的一份自卑。我感到创作者一点也不需要这样。我觉得一个贫穷的、偏僻的地方，那一块土地的价值是与世界经济中心等同的，分量也是等同的。对于一个艺术家的生命而言，它是以平方或立方计算的。

挽救文学的方法、挽救我们自己的方法，是我们要放松自己，忠于土地，找准自己的根性。这种说法有点虚，因我找不到可替换的、更确切的提法。所以只能这样讲。

我们过去常常讲"写什么"是不重要的，而"怎么写"才是重要的。于是我们整个时期的漫长过程还只停留在研究"怎么写"上。"怎么写"当然应该包括"用什么写?""写什么"更多地是指它的题材、它的生活;而"怎么写",我们则停留于技法的探讨。"用什么写"在新时期文学中很少谈到,但要回答很简单:用自己的生命去写。这个回答仿佛简单,但真正做到却很难。

一个作家如果不能在他漫长的生活道路中找到其生命基调,那么就不能成为一个有意义的、不可被取代的作家;就不能成为一个真正有力量的写作者。今天的作家面对这样一个复杂的、令人尴尬的世界,只有找准其生命基调,才能解决"用什么写"的问题。

许多作家作品,他们在写作上经常有所变化,但这只停留在技法上。我们很难在这些作品中发现一些也许稚嫩,但却是朴素的、诚恳的探索。他们只是晃来晃去,是"混生活"。用一支笔来混,令人羞愧。

现在都把作家当成一种职业去理解,这是我们文学衰弱和没有希望的根本原因。任何东西均可职业化,如政治家、化学家、建筑学家等等;而唯独一个作家却不能从职业的角度去理解自己的劳动。如果我们的每一分钟都打上"职业"的印记,那么我们的每一分钟的劳动也就失去了创作的意义,只是制作和操作了。

在现代社会,视听文化极其发达,扮演一个职业写作者可以活得很从容,但不是真正的作家。一旦你告别了职业性的制作和操作,就会发现所做的一切是那样的艰难、寂寞,整个世界都在抛弃你、排斥你、告别你,可是你正在走向成功。没有一个人能重复你的劳动、你的脚印,你可以走得很远很远。

现在职业化的操作太多了,而真正以自己的生命去感悟的作家又太少。我自己也还不是这样的艺术家,但我愿意加入他们的行列。

语言:品格与魅力

由于过分地宣传了“语言大师”的某些特征,尽管这特征在他们那儿也可能是微不足道的,但还是影响了一代又一代后来者。一个热衷于文学艺术的人有时首先会在语言上迷失。

人们都坚信文学就是语言的艺术,于是千方百计抓住自己的语言,做了艰辛的努力。谁能怀疑这种努力?

为了使语言深重地打上自己的烙印,一个人是可以不择手段的,比如公然胡说八道,藐视当代语言习惯,杜撰甚至强加的一份“群众语言”……这样做的结果当然并不妙。

那些过分机智的或极具特异色彩的语言诚然容易被记住、被流传和津津乐道,但它们在一个好的艺术家那里大概只是适时而至、适可而止的。他们不会把精力用在追求这样的语言上。

语言的功用即便在一部精妙绝伦的文学作品那儿,也没有太大的例外,它不过是更清晰更简洁准确地表达了意思而已。那种“意思”无论怎样特别、怎样难以表述,也仍然要由相应的文字去体现。寻找“相应”的、准确的,这个过程本身就很朴素,所以我们常常有理由这样说:最好的语言总是最朴素的。

一个人的性质会从语言上自然而然地体现，所以一个人不必使用全部心力制造出一份“自己的语言”。这样的语言只能是虚幻的、莫名其妙的。

人老了会发出苍老的声音；人还幼小，就有所谓的“童声”。心灵当然规定着语言的色泽。语言的品格与人的品格互为表里，人如果真实、较少装饰、诚恳，他的语言也会简洁明了、朴实可亲。

有人喜欢在语言上缠绕，以为“艺术”都是绕出来的；其实有话直说还会感到表述的繁琐和困难，怎么能再绕？世上纷纭复杂的事件、意绪，总是苦于不好传递，也苦于难以理解。绕来绕去的语言总是误事，当然也误了艺术。

如果注意一下那些优秀的、作品有内容的作家，会发现他们更乐于使用，也更有效地使用名词和动词，对它们格外珍视。这两种词语是语言中最坚硬的构筑物质，是骨骼。不必使用太多的装饰去改变和遮掩它们，这会影响它们的质地。

现在市面上的文章不必说了，即便是相当成熟的作家，在使用华而不实的装饰性词语方面，也变得相当不节制了。

把简单的意思和事物说得复杂化，这绝不是良好的习惯。这一倾向越来越严重，以致难于收拾。这大概是时代的特征。在逐渐商业化的社会中，装饰是一种必须。舍弃了装饰的虚幻，会丢失现实的物利。

但语言艺术与商业活动在本质上是对立的。如果有谁试图在二者之间达成某种妥协，就必然损伤自己的艺术。

语言的魅力是内在的、长久的，说到底是操持语言者的魅力。不少人试图让自己努力追求的文学语言独立化，这是做不到的。一个人的性质、境界、不会如此直接地传达而出，而往往是在一个较长的时段中缓缓地体现。他难以用语言本身证明“我就是我”，而只能靠长期朴实无华的劳动、求真求实的过程去逐渐明晰地显现。

急于用语言本身证明自己是“不同的”，不仅会流俗，而且将在操作上变得尖声辣气。

不仅不能如此，还要做得恰恰相反，即让自己的语言尽可能地、最大限度地变得“普通”：它应该是最不陌生的，没有怪气和异味的，即彻头彻尾的“时代的”和“大众的”。

语言会随着时间演进。我们每个个体都是这演进过程中的一分子。

服从这种演进的目的，不过是为了减少传递中的损失，减少理解上的障碍。我们必须承认，在文字制成品中，作者与读者之间的一部分障碍仍然是语言本身造成的。行文中总有一部分语言失却了表达和传递的功用。

有人偏偏喜欢这种障碍。他为了在障碍中变得神秘和有深度。这当然是个小小诡计，不会得逞的。

我们要做的是尽可能地扫除障碍，自己动手扫除。

任何语言，无论它多么生动和准确，实际上仍然只能近似地表达人的思绪意念。意绪的曲线是由词语的直线组成的，词语的直线再短，也仍然具有长度。所以语言对于纷纭复杂、无限柔软曲折的意绪而言，总显得生硬。

这就是我们面对语言一再为难、产生不同程度的恐惧的原因。

语言中的“我”会很自然地消失，这是正常的。“我”到底在哪里？在文字的栅栏之后，在内容上，在任其消失的气度和过程之中。

那样的个性之“我”才是魅力长存的。

二十世纪之后的文学不同程度地走入了单纯的语言竞赛。这对于文学的本质而言是个严重的伤害。文学任何时候不能降格至语言的游戏。

我们到了抑制自己浮泛的激情、脚踏实地的时刻了。我们必须学会在质朴的语言的泥土上消融自己——消融得不留痕迹。

但语言外部的浓烈色彩极大地诱惑着。这种诱惑有时会促发创造的激动，更多的却是让人不自觉地陷于误失。兴奋会是短暂的，空荡荡的感觉倒要慢慢袭来。我们不得不意识到，语言与“我”是会发生分离的，这种分离不能不让人痛苦。

生命的色彩只存在于没有发生分离的那一小部分语言上，其他部分只在起相反的作用：遮盖个性之光。那种分离出的语言越是具有色彩，就越是有害。

这是非常浅显的道理，但现代主义运动中的一部分实践却在告诉我们弄明白它也并不容易。

因为它的全部原因仍然不是个“方法”问题，而只能是生命的性质、是心灵的问题。苍白和微弱的心声需要一种畸形的语言去辅助和掩饰。这个过程也有快感。

我们在玩弄语言的同时，偶尔会发现正在可怕地生“瘾”、在自我麻醉，这样久而久之，也就丧失了直取本质的勇气和能力。

1994 年 10 月

诗　人

诗人是令人敬仰的文学前辈，是永远屹立在风雨文坛的高大身躯。他是精神的执火者，是最纯粹的人，是一个不败者。长期以来，极少有人在思想上在道德激情方面，曾像他那样赐我以巨大力量。

我从他的诗章中，始终感受着火一样的热烈。一个人能像他那样不倦地歌唱，为正义和爱不停地奔走呼告，就是一个奇迹，是人类不曾屈服和至尊至贵的有力证明。

我不是一个合格的诗人。但我一直试图与他的诗心相通。我努力将自己刻下的字字句句点燃，让其在燃烧中流动。我明白诗人这样做了，并成为世纪的歌手、提醒者、目击者和某种证词提供者。我们将因为与他同行而骄傲。

我就是这样理解诗和诗人的。欢畅的岁月，坎坷的经历，甚至是腥风血雨，都不能销蚀和改变一个人内心的纯洁。他远离了浊流，成为一代清洁的榜样。他的热情和感动，他胸中翻腾的黄河和长江，都源于一颗质朴而崇高的心灵。

1995 年 5 月 28 日

阅读的烦恼

——关于二十五部作品的札记

阅读不一定就是幸福。折磨常常多于欣悦。当然这都需要。

L.B 的文本

走红的"文本"。虚假。它的"长处"就是虚假。可谓不成立的写作，但也恰恰因为这个理由获得"成立"，获得"成功"。多么有趣。不是完全不成立，完全虚假，要害在于它正把极小的一点点东西加以夸大。无限地衍生、连缀，急于化无聊为有聊。结果就成了这样，像我们所看到的，满篇呓语、梦想、鬼话和荒唐之言。有时是故作惊人之语。

"画鬼容易画狗难。"摆在眼前的，正是人世间画鬼的一个"范本"和"鬼本"。

他曾经画过狗，而且画得非常之好。总画狗是很累的。在 L.B 画狗的一本书里，我们看到了极为清晰和精彩的表述。那是不可多得的一本书，是进入二十世纪的紊乱和荒谬之后，突出的一条红色的、清晰可辨的镂刻。

眼下的这个文本就完全不是这样了。它仅是奇怪的拼接、联想，若有其事的胡说八道，是得意忘形者交给一些附庸风雅者、虚荣者的一份奇怪礼物。面对它，我们简单的回答就是四个字——我不相信。

以前有人用这四个字做过很漂亮的回答，那回答在当年如果算是真勇的话，那么对于世纪末的类似“文本”，做出同样的回答也需要一种勇气。

于是我们在心里呼唤这种直截了当。二十世纪末的艺术走入萎靡，责任由谁来负？原因可以归结出多少？追究是颇为困难的一件事，可是又无法回避。

我们发现万事都有个原因，有个根由。面对十九世纪前的天才、智者，以及勤奋的劳动者循环往复的创作，他们留下的不可逾越的高山和屏障，剩下的也就只有自卑的呻吟了。

在这呻吟中，产生了各种各样的“文本”。

有些高明的、面目可憎的理论留下了一件小小的功绩，那就是从另一个方向开拓人们的希望和出路，尽管这个出路原不存在。它把一种假设的希望留在你的面前，让你徘徊，将你引入荒漠，最后渴死和失败。这是注定不变的命运。

人们像对待科学领域里某些偏僻然而却是重要的发现一样对待艺术本身，它的荒唐就在这里。艺术无所谓进步，也无所谓对错，它只有优劣，只有属于每个时代自己的那一份纯朴和真实。它永远属于一个时空里的生命的感知、感动。

我们否定这些“文本”的依据也源于艺术的依据。现代艺术领域确有各种各样的未知，可惜求证这些未知的纵横交织的数字、蛛网、形码，反而阻挡了求生的通路，缚住了人的手脚。这是一种非常卑劣的行径。如果不是一个精神病患者，不是一个苟延残喘的人，是不会对类似的“文本”倾心和着迷的。因为这几乎可以说、大致可以说，全是一些骗人的把戏。

有骗子就有被骗者，有欣然前往的被骗者，有共同作弊的人，有自寻烦恼的人，有“文本”之外衍生出的另一些“文本”。不过幻想以制造类似的“文本”求得成功者，等待他的肯定是悲悯和怜惜。那些支离破碎的警句，故作惊人之语的胡扯八道，已经不能吸引别人的注意了。

M.K的矫揉造作

M.K是一个非常聪明的人，是一个世纪末变声变调的奇怪歌手。他吸引了众多的目光，我们概不例外。他是一条好汉，一个两鬓斑白、额头上刻满了深皱的睿智家伙。

他非常有意思，像一个手持雪茄烟的智者，总是侃侃而谈，条理分明。二十世纪的烟雾没有使他方向迷茫，相反，他在不停地吞云吐雾，制造着烟雾，使之更加神秘。

从另一个方面讲，他又是非常通俗的，通俗到令人惊讶的地步。不好懂吗？非常不好懂，深奥到令许多人摇头。可他又极易令人接受，他在用一些约定俗成的方法，灌输给我们很多奇怪的念头。

他用力摆脱过，终于摆脱掉的东西才是真正结实有力的。他要摆脱，那是因为他像任何一个好手曾经有过的经历一样：越到后来，越是没了力量。他已经无力贯彻下去了。

贯彻需要力量，它才真正使人疲惫。接下去的游戏倒可以代替呕心沥血的劳动，这就走入了L.B的文本之类。

毫不例外，他也走入了形式上的矫揉造作；刻意为之，无论如何也没法掩盖的苍白。它内容上的缺失，力量的缺失，竟是如此地显而易见。生命力并没有强大到将形式的桎梏完全融化和摧毁的地步，而是相反，它的框束将本来就苍白的内容又分成了许多格子，进一步囚禁了活的生命。这就像牢狱囚禁了囚徒一样。不过牢狱有各种各样的建筑样式，我们看到的是世纪末极为现代的牢狱建筑，又小又别致，是一种即兴的格子。

这种不幸的命运引起了我们进一步的好奇心，使我们探头探脑地寻找着缝隙、通洞和窗户，试图去了解他——一个囚徒的隐秘。

M.K 那么出色地利用了我们的求知欲，我们的窥视癖。

一些章节和段落的转换是极不自然的，只要稍微地正视一下这种转换就会得出这种结论。这种辨析本来是毫无问题的，但对这种矫揉造作的那批叫好者而言，他们对这些都会视而不见。因为他们只记住了手段而忘记了目标，忘记了这些方式的目的，它到底要通向哪里，而且有人宣称：艺术么，一切不过仅仅是方式而已。

是的，有时可以这样讲，但真正的方式必须纯朴自然。捏弄和造作，显然不是高贵的方式。

而这个人恰恰是这方面的“大师”。在这种矫揉造作面前，我们不断地感受到的就是：精锐倾尽。

花哨的东西总是引人注目，人们尽可以在眼花缭乱的炫技面前多少得到一点快感。

……也许这太苛刻了。然而这种苛评略有意义，因为我们总要设法穿越他为我们设计的这些迷宫、曲折的通道，走进它的“内核”吧。

作为一个读者，我想我们有权力这样去想、去要求。

失去天真的孩子

他们嫌一个七八十年代出生的孩子肤浅和模仿得还不够，要鼓励他(她)在这条路上越走越远。他们让他好好地模仿了一番，把最廉价的东西塞给他，而且注明这是一个“孩子”的表述。他们让他制造出一本书，然后大肆渲染，再寻找新的模仿者，造成所谓的“轰动”。

没有比这种游戏更残酷的了。

孩子的天真和率性才是可爱的，他的眼睛看到的真实，感觉到的真实，那样的一种描述才是可贵的。而他周围的世界恰恰害怕这些，他的制造者恰恰害怕这些。他们害怕真实，从来如此。他们制造出一个虚假的孩子。因为他们知道，一个孩子失去了天真和率性，对这个世界也就变得没有什么“害处”了。

他们的制作如果作为一种读物，那就不仅仅是浅薄和有害的。

孩子们能告诉我们什么？他告诉我们的只应该是一些孩子话，孩子的世界。我们有时真需要倾听这声音这世界。稚嫩的嗓音，黑白分明的眼睛，直率和勇敢。然而这里有吗？没有。孩子正被迫使用这个时代流行的假嗓来讲述。他们学会了编造，小小年纪就开始编造，毫无办法。然而多么可怕。情感的夸张和编造尤其可怕。而且，他们在模仿世纪末的洒脱和荒谬。这不仅是可笑，而且是可怖了。

大肆推销、渲染，即一个商业社会所能做到的最大残酷。这是在年轻生命身上所施加的一份残酷。

从这个“范本”上，我们应该学会怎样善待自己的孩子，只让他像个孩子。故做的天真、夸张的情感、娇嗔，过分膨胀的私欲、对名利的向往，这一切人类的恶习还是让他晚一些接近吧。

可惜我们没有这样做。在这个时代，我们越发没有这样的克制力了。没有人抗议，只有人嘉奖。这实在是我们所能看到的最坏最丑的事件之一。

意淫者

一个不太可爱的饶舌老人。我不能说他从来没有可爱过，我只是在说他的一个方面。

他正在做的，不是回忆，也不是劳动。这里没有汗水，没有劳作的精神，而只有一点点特殊的，仅仅是他个人才需要的某种满足。我们有时想欣赏的也仅仅是这个过程。很不幸，这个过程不好。

这些文字不仅造作拗口，而且非常琐碎，琐碎得毫无必要。看似老到的文字，其实非常空泛。这里丝毫看不出所谓的"知识分子性"，所谓的"立场"，所谓的"扑扑跳动的良知"。不仅如此，有时甚至连最起码的东西也没有，比如说它尚且做不到简明扼要的、通畅明了的表述，甚至做不到文从字顺。

这种胡言乱语、敷衍，似乎很能够说明这个时代的特征。它居然很投一部分人的胃口。

我们需要批评的声音。没有。更多的却是无形的手在娇惯和鼓励。

一个人对于时代而言是弱小的。人们好像不太忍心对一个弱小者给予指斥；而在有时候，对于真正的弱小者他们却是毫无顾怜、充满了扼杀的豪情和勇气。我们有时候能够容忍一个无聊者的意淫，允许他透过文字的栅栏向我们掷来一些脏物，做出各种各样的怪脸。

也许我们只是袖手，只是这样的一个人而已。可是，这样做的同时我们就会忘记自己在做什么、要做什么。

这种啰啰嗦嗦又哆哆嗦嗦的描述中，有什么美好的情愫被他阐发？没有。毫无道理，谁把特殊的权力赋予了这样的人和这样的一种方式？没有。许多时候他显然是把无聊当有趣，把可笑当炫耀。

不止一次听到有人这样评说：多么可爱的人哪！多么老到的文笔呀！

我们就是看不出。

那些伪装出来的"行家里手"总有一些非常特殊的发现。实际上是他们骨子里需要。因为他们本身就十分苍白，无所事事。用狂想和妄想维持的精神生活不仅不真实，而且还有害。在许多人无能为力的时刻，在这样一个世界上，它们就会越发有害。

匆忙的媚俗

许多人为他的失去，为他的那个时代感到惋惜和痛苦。他留下了很多文字，相当精致的、情感充沛的文字，这是他值得尊敬的一个方面。他的才情和才华无法掩饰，他的劳动精神也亲近感人。这一切都是真实的存在，不容抹杀。可在这些真实的后面还有另一种真实，那就是：匆忙的媚俗。

是的，他有时非但不那么从容，而且还相当匆忙；我们知道匆忙有时候与勤奋的劳动并无直接的关系。只有世俗的要求才能发出那样的一种召唤力，他迎合了它才会变得这样匆忙。我们看到，在不同时期，他总是令对方相当满意地做出了迎合。我们在评价一个作家时，更多的是从主题、从立场上去分析他是否媚俗。这当然是最重要的，可是我们忘记了更严格的一些要求。比如我们还会看到和感到一个写作者可以从其他方面满足世俗的要求：口气、氛围、色调，许多许多。只要他满足了世故也懂得世故，应和了一个时期某种卑微的集体的要求，他的倾向就可以称为“媚俗”。

一个艺术家对这样一种世俗力量的迎合是具有私心的，所以说不是一种磊落行为。这是一种窃窃的得意和满足，所以有必要在一个时期公开指出这一点。我们也许做得到。

无论对自我，对他人，对一个群体，个体，都可以做出类似的解剖。这种解剖非常有意义。为什么要写出许多所谓的“喜闻乐见”的作品？哪些人“喜闻”？又是哪些人“乐见”？如果是一个群体的要求，那么这个群体的趣味如何？它是否具有艺术的积极性和真理性？是否具有真正的现代意义？是否可以促成美好的生活？是否融入了向前的历史？比如说，我们面对一个群体，也仍然要分析一个群体的精神状态、心灵的质地。以未加分析的、仅仅以人数多少作为判定依据的，是相当荒谬和有害的。有时也是对艺术家的欺骗。

一个艺术家如果没有起码的分析的勇气，那么也就不成其为艺术家了。他在哪个时刻里失去了这种勇气，那么他起码在那个时刻里也就不配被称为艺术家了。

如果用这一标准去衡量，并由此得出一个结论，那么它将是公允和确切的。相反，我们常常看到的恰是没有必要的、毫无理由的所谓“宽容”。

就是建立在这样的分析的基础上，我们发现了并理解了：同一个写作者，为什么会在后期留下那么多让人惊讶的浅俗，简直是荒唐到不可思议的地步。他变得很能迁就，甚至是不遗余力地“配合”。

这就不仅是“媚俗”了。我们甚至来不及惋惜。

一个真正的艺术家不会因为多产而带来那种匆忙。好的劳动者也会偶尔草率、不够沉着，但却不会面对强权和世俗露出慌张的表情。

而我们看到的除了慌张，还有荒唐。慌张和荒唐是一对孪生兄弟，它们很容易并列出现。

……我不太喜欢这些文字的气质，有时甚至很厌恶。我们发现，一个纯粹的艺术家总是非常洁净和干练的，一些腻腻歪歪的趣味、一些烟火气，是不该属于他的。尽管失去了这些会失去许多人的喜欢。

所谓的“玩味性”，即允许别人去玩味，去津津乐道。这就是投其所好。某些人的“所好”恰恰被另一些人所鄙视。人是多么不同啊。

他没有勇气背离他们，向着另一个方向孤行。他的背影没有消失在一个寂寞苍凉的远处，而是被许多庸人所包围，所喧闹。后来，那些嘈杂的人声常常把他淹没。

当然，后来他还是无法忍受地离开了，这就是那个结局。这个结局令人充满同情，也使我们回想起许多关于他的故事。所以我们的结论只有一个——“令人同情地不幸”。

一个人如果要做到真正的沉着、不匆忙，就只有背过身走开。离开那些声音，无论它是诅咒、是谩骂、是欢迎、是召唤。它们的性质都是一样的。

谁需要这样的声音呢？那些非艺术家，那些试图凌驾于这些声音之上的各种野心家，是他们需要这些声音。

如果你不这样做，如果你背离了这些声音，那么你就背离了一个时期最强大的东西。这需要莫大勇气，它实践起来当然非常之难。

……他本来应该属于另一个家族，可惜没有。他成为那个家族的背叛者。所以在最后，如果我们把他放在这个家族成员当中，并让他占有一个显著位置的时候，就有些勉强，有些心亏。我们会发现他身上涂抹了非常滑稽的色彩，这对于他自己的灵魂而言也是很不自在的。

勤奋说明很多问题，可是有时候就是说明不了最重要的问题。在我们这个贫困的土地上，在任何一个领域里，或许不难寻到一个勤奋者；他可以让我们尊敬，但我们又不愿把最高的荣誉送给他。

一个杰出的艺术家除了勤奋，还需要许多许多，比如说血性、判断力、勇敢之类。

溶　入

据说他以生命为代价，留下了这几部书。他留下了汗水和血渍浸泡的一些文字。我们小心地打开，满怀尊敬和激动。

但我们看下去就会自觉不自觉地陷入一个怀疑：这是真的吗？就是这样的一些文字吗？我们这样仔细地阅读值不值得……

这个结论也许要十分谨慎地做出。

必须这样才对得起一位逝者。

许多赞扬的话都已经让人说过了，不必再说了。我们需要加以辨析、需要去做的，就是冷静地做出自己的判断。可能我们最后会觉得若有所失，有些遗憾，进而又是更大的惋惜。我们期望找到的全新的天地，那个独立的世界，独属作者自己的那片风景，这儿没有；是的，几乎完全没有。

那么我们听到的那些溢满赞美的惊呼，它的根据又是什么？它们是色盲者在颜色（图画）面前的一片瞎嚷吗？

这种残酷的结论还是暂缓一些作出为好。

但我们如果继续看下去，更大的失望也就出现了。

是的，我们发现这些文字仍然落入了窠臼，时代的窠臼。

它的所谓机智的嘲讽、洒脱轻松的文字，都是这个世纪末所特有的一种方式。这并没有什么特别新异之处。这种"智慧"也泛泛常见，像许多人一样，他非常时髦，在渴望堕落之地堕落，在蔑视崇高之地蔑视。他在时潮和流向中，没有什么倔强的个人的声音。而众所周知，这种声音是任何一个真正的艺术家和思想者所必须具备的。

一种独立的声音不是独立于他人，而是独立于世俗，独立于一个时代的嘈杂。

在这个陷落一切的松软之地上，他同样地陷落了，他没有站起。所以他被淹没了。我们只能做出结论说，他也是一个跟随者。他想使用自己的声音，可是他喊出的内容与他人却是大同小异。他缺乏明晰的目光、辛辣的笔触，他没有能力在纵横交织的俗见之中开拓出自己的道路。

据说他为了一种写作生涯放弃了许多，可他却没有勇气放弃一些约定俗成的集体见解。他融入某一种潮流，而不是背离和挣脱这种潮流。我们很难看到他的重要的、不可取代的价值。

他远远不是一个独立于世的歌手。

这种要求并不高，因为这从来都是一些起码的要求。对于这样的一个人而言，在遥远的旅程上应该经得住考验，尽管岁月的风暴阵阵猛烈。

可爱、不幸

他二十多岁就离开了我们，留下了这厚厚的、一本黑色的书。黑颜色，生命起步之地的色调。它像砖石一样压着我们的手和心。打开纸页，滚烫的句子在燃烧、呼号、撕裂。他正走在路上，正急匆匆地往前，焦渴一口甘泉。他热烈的眼睛望着大地。

这厚厚一册比起他的一生仍然显得单薄。可是它矗立在文字的丛林，是茁壮生长的、颜色黑绿的那种植株，而不是苍白的旱苗。而他在那一类人中间也是最可爱最真挚的一个生命。他不是一个匠人，他是一个行吟者，一个年轻的、纯粹的歌者，一个小小的流浪汉：大大的脑壳，矮矮的身躯，有一双神秘的眼睛。

这双眼睛直盯得同行有点羞怯。他除了十分喜欢谈论大地，再就是谈论死亡、梦寐、魔鬼、神祇，这是好的，正常的，很易于理解。

他在刚刚能够解读大地、耳郭刚刚能够捕捉大地之声的时候，路程也就结束了。很不幸，真正不幸。

我们说过他是一个走在路上的人。他的双耳透过层层海浪，捕捉的更多的是大洋彼岸的声音。他借助它的韵律，吟出了第一行诗。他的不幸除了他路途的短促，还有正在茁壮生长的过程——它的戛然而止。于是他还没有用自己的声音交织成一个苍然浑厚的声乐海洋。那嘈杂的、浑然庞大的声音的躯体，还没有在他的手下生成。

可是到处都是他建筑的工地，是台座，是基体。从那些巨大的台座上，我们可以看到未来建筑的雄伟。可惜这些只能从经验里去臆测和填补了。

但是，只要有他走在路上，我们就可以蔑视许多纸糊的桂冠。他告诉了我们什么是真实，什么是生命的力量，什么是燃烧。他告诉我们，吟唱所应付出的代价。他令人恐惧，他劳动的成果令人恐惧。在世纪末的阅读中，我们许久没有感受到这种恐惧的滋味了。

抚摸它，远离它，倾听和推敲。

有时候又故意把它挪得很远。因为我们真的害怕有什么令我们心惊肉跳的东西，隐藏在字里行间。

不再失去的自由

H.T.M 开辟了一个时代。在那片茂长的丛林和草地上，在那个半岛，他让人想起一棵不甘屈服的茁壮的杨树或松树。他带着野生植物的那种粗野和生猛的旺盛，以及不成音调的嗓音，大力嚎唱。

这粗倔的歌声一开始引起了许多人的反感，打扰了贵族的清宁。可是他毫不理会他们，因为他是自由的，他有权力这样做。这种自由在一个早晨好像就被他抓在了手中。

他的那个像木斗车一样的摇篮床啊，他是从那上面坐起来，然后开始寻找自己的自由的。自由，一旦将其抓到了手里，他就牢牢地抓紧，不愿放开。于是他一生都没有失去。

后来，他像许多人一样，患了半身不遂的毛病，脑血管方面的毛病。

行动不便，笨重的身体显得有点大而无当了。可这生理上的阻碍也丝毫没有缩减他心灵上的自由。

由于他紧紧地拥有着，我们没有看到任何一个人比得上那片大陆上的虎虎生气——这种生气的代表者和体现者。他的这些粗倔、狂放、怒吼般的倾吐，是如此淋漓尽致。他歌唱自己的躯体，歌唱船长，歌唱草、海浪、树木，一个人完整的一生、隐秘、羞耻，等等一切。他蔑视所谓的羞耻和愧疚。他是一个无畏的、像电火一样在茫野里划亮的、一泻千里的生命之河。这份勇敢的收获可真是不易。

在更多的大文人和小文人那里，却是装饰，是小心翼翼地揩拭，揩拭生命所涂上的那一点污痕。纸页上的绅士越来越多，苍白而典雅的声音就这样流传下来，组成了一个不健康的家族。

而在这儿，我们看到的倒是另一种情形。他曾经使人们不快，曾经使人们有些忌讳，但大家最终还是接受了他。接着，他成了许多人的偶像，引起了巨大的共鸣，南南北北的雷声都迎合了他。这些雷声不断交织、奏响，终于引出了一场大的雷雨。

倾盆大雨冲刷着板结的大陆，迎来了一个全新的世纪。

与生命等值

我们是基于这样的前提：从一个人的所有创作品中去理解一个生命的性质。于是我们发现了完全不同的生命。拘谨的，豪放的，封闭的，敞开的……

他让我们所感到的是一个完全敞开的生命：向着世界，向着真实敞开。

这不仅是指他宏巨的劳动的数量，更重要的还是指这些劳动所体现出来的一种无与伦比的、特异的性质。

更多的时间，他比其他生命来得真诚、来得直截了当，来得朴素和大气。这种无所不在的率直使他成为一个劳动的巨人，精神的巨人。

我们几乎没有在这个家族里看到与他一样的人，可以匹敌的人。他的创造物竟然与他的生命等值，这正是一个不可思议的奇迹。因为我们知道，一个人可以在许多方面消耗自己的耐力，失去韧性，耗掉大部分创造力，所以一个人在某一个方面不可能完全凸显自己的能力。而在他这儿，这个神话被打破了。他的一生所绘出的这一条粗长的、激情的河流、生命的河流、文字的河流，如此和谐一致。它完全可以看作是他生命的剪影和倒影，他生命的每一寸都得到了真诚的挥发和张扬。

一个人的一生如果分成四季，那么他的春天有着稚嫩的生长，生气勃勃的初始。在茂长的夏季，却是尽心尽意的、毫无顾忌的一场蓬勃灿烂。到了秋季，则是一种普遍的成熟，沉甸甸的果实在这个季节坠弯了枝头，这个属于他一生里最主要的收获季节，可真是丰硕得不可思议。谁的丰收季节比得上他的季节呢？举重若轻，大道无法，驾轻就熟，一切的特征、令人嫉羡的特征，都在这个季节出现了。而他的冬季呢？那个冷酷而严肃的冬季，使他变得比过去冷静了，可是也更加坚实和坚硬，这一个季节几乎囊括和总结了以前的三个季节，并在此做出了最后的、尽情的表现。世界上几乎没有第二个类似的冬季，因为严酷的大自然的冰雪在他这儿，已完全无力压迫创造的生机。在这样的季节里，他显而易见还是一个胜者。

就这样，像所有人一样，他理所当然地经历了自己的四季，却度过了极其斑斓的一生。这差不多是独一无二的奇迹，这一奇迹无法表述，因为要表述只能是他自己。

丑

它们只是一些可怜而丑陋的、捡食残渣剩饭的豺狗，凶恶、狡狯、渺小。它们心安理得地享用。猛兽经过之后，弱小者被撕碎，倒毙原野。猛兽吞食之后剩下的余渣就由豺狗一类来打扫和咀嚼了。

猛兽们在吃饱吮足之后舔着嘴唇，看着淫威笼罩的荒野，看着它们亲手制造的这场流血。豺狗们开始可怜巴巴地表演：它们弓腰捡食，兴奋得痴狂。

许多年过去之后，在那片被封锁和禁锢的荒野，豺狗们似乎真的长大了，长壮了，它们变得毛色油亮，膀大腰圆，带着十足的傲慢神情，夸耀自己是原野上最伟大的动物，威震一方。它们似乎才是真正的猎手，是搏杀者，是举世无双没有敌手的英雄。

那时候似乎真是这样。

当猛兽们一个个走开，当它们以不同的方式离开了这片大荒，大部分豺狗还在。它们可怜的倒影留在湖水里，湖水像镜子一样照出它们的丑陋。它们仍然直着嗓子嚎叫，诉说自己搏杀的英勇。它们永远不承认，它们实际上只是一些捡食者。它们是靠吞食猛兽的余渣而得以生存的最可怜、最不磊落的丑类。

它们不敢承认这一点。比起它们的外形来，那种胆怯的心才是真正的丑，丑到了极点。

查无劳迹

他和黄皮肤的人可不一样。他有一双多么蓝的眼。

……数量巨大，泥沙俱下，一场冲刷，一场倾泻。急急匆匆，令人感叹。一个人在几十年的光阴中可以如此倾吐，真是叹为观止。但我不知道一个人在自己的文字生涯中这样是否合算，是否得体。“得体”不是一个好词儿，对于一个豪放的诗人而言就尤其不是一个好词儿。

可是诗人仍然需要呕心沥血，需要劳动的精神和态度。如果在一个人的全部文字汇成的河流中找不到一丝辛劳的痕迹，那是可悲的。这只会给我们一个印象，而不可能打动我们。

如果那种激动、过人的热情、深深的痛苦和牵挂、对底层艰辛无法忘却的牵挂，在这里全都没有，那么一切也就没有了意义。因为这样的牵挂者在这个时代里不乏其人，他们会打动我们，吸引我们，他们才是更重要的风景。

如果说任何东西都不能够取代一颗真挚诚恳的心，如果说在一个诗人和艺术家那里就尤其如此的话，那么我们的判断也就简单多了。文字和文字是不一样的，有一些文字仿佛是汗水和心血在不断滴落，又像是一下一下镌刻在大地上；而有的却像灰尘一样纷纷落下，阵风吹来，一切了无痕迹。这样的灰尘可以像雪粉一样落个不休，落个不停。如果没有风，它也可以积成一定的厚度，结成冰壳，在相当长的一段时间内蔚为壮观。可惜在漫漫时光中，风总要不断地吹起，烈日也常常要悬挂在空中。冰于是要融化，灰尘于是要吹走。

一切不是靠想象和幻觉的安慰所能完成的，其中有坚实和坚硬的逻辑存在。艺术不是为了回报，但回报总要来到。善良、诚恳、真挚，永远无法消除的同情心，怜悯，能够爱能够恨，能够摆脱那些故作深奥的饶舌的术语，能够有一点勇气，能够说出一点真实的、有批判力的话，并不那么容易。

但这种不容易对于一个诗人而言又是最基本的。

不可能全部否定一个人，面对这芜杂的、横七竖八的文字也是一样。

我们可以看到为数不多的几篇，它们尚是有趣的、丰腴的，相对真实和真切。只要一个人付出了心血和汗水，辛劳的痕迹留下来，也就可以打动我们了。可惜在这位蓝眼人这儿，这样的时候太少了。大部分时间不是这样，大部分文字显得轻飘飘的，没有重量，是一张口即出的、未经心灵过滤的微粒。

他感到了时间的匆促，可是他战胜时间的方法却远非行之有效。在匆促短暂的时光里，人的方法会有许多，比如说更认真地生活；比如说更扎实地劳动。

慌乱的逃窜，急躁的干号，心存侥幸的应付，都无济于事。一个又一个绝好的生长机会就这样被放弃了。生命是可以再生的，无数次的再生，凤凰涅槃般的再生。这些机会都被失去了，放过了。它们不再回返。而人就在这种不断的错失之间一路走下去。

人大概并不自信，惶惑，而只能求助于幻象。

色盲之哀

有一些能力不是学习和努力所能够获得的，这是原生的缺失，当然非常不幸。能够面对它，是战胜这不幸的最好办法。有时候能，有时候却完全做不到。对这缺失的漠视、无知，足可造成更大的悲哀。

比如对艺术品完全没有感悟力，完全不具备判断力，可又总是津津有词，总是有理，即相当于色盲者在评点彩色绘画。他们眼里的颜色是完全靠不住的，可是他们却在进行色调对比，在进行这种细密微妙的分析。这是让人同情的。在别人眼里，这种尴尬是无论如何也没法消除的。

可是他已经站在评述对象面前，似乎再无选择。这是一种哀痛和哀伤。

……一个狂躁的人，操着一些谁也听不懂的关于颜色的术语，发疯般地嚷叫、跺脚，但他指出的红色或绿色大多时候正好是一种颠倒。旁边的人额头上全是细小的汗粒，后来他自己也流出了汗水。更多的人摇头走开。可是也有一些人被那急躁的、颤颤抖抖指点的手指所吸引，不得不一次又一次揉揉眼睛，看看被颠倒了的颜色。他们大惑不解。

在好长一段时间里，他们甚至信以为真，以为绿色真的就是红色。

总之，在色盲的指点下，颜色更加紊乱，恍若一片乱七八糟的东西，最后大家什么也看不清了。

人们后来终于开始怀疑：混乱的、混淆的画面，这种结果，是否正是评说者、指点者所追求的效果？

他们笑了。

既然所有人都在迷茫中面面相觑，那么谁又能判断这个糟糕的评说者和判断者呢？

这时候南南北北都相传：有这么一个乐此不疲的颜色描述者和评点者。人们对他奇怪的语调、奇怪的术语、闻所未闻的癫狂，都感到有趣。有人甚至不辞劳苦，从遥远的地方赶来，只为了看一眼新鲜。色盲者愉快了。

没人向其指出这种源于生理方面的缺陷。主要是不好意思。但后来就不会是这个缘故了。因为色盲者令人眼花缭乱的评说本身也把别人弄得晕头转向，使他们开始怀疑自己的眼睛，怀疑自己以前对于颜色的确认。

这是非常滑稽的。

最后，色盲者把他们的评述，急躁和微笑时期写下来的各种各样的文字印成册子。于是他们的谬误，他们荒唐的名声也开始传开来。

只是一个早晨醒来，有人把这些册子翻来翻去，才对这些显而易见的颠倒黑白、这些荒唐感到困惑和厌恶。他再一次揉揉眼睛，在铺满霞光的窗前看着。后来他笑了。他很想对那几个人说点什么，但后来又觉得没有必要。他嘴里咕哝着："女怕嫁错郎，男怕选错行……"

是的，他们选错了行。他们如果身体强壮，尚有别的技能，那么完全可以去干别的事情么。

他叹息着，把小册子合上了。这时候太阳升得很高，真正的橘红色从窗棂上方射来，投在他迷惑的脸上。

蓬蓬与谦谦

这是两片不同的大陆，于是结出了不同的果子。一种来自一片刚刚复兴的、紊乱而生猛的大陆；而另一种果实却来自那个所谓"礼仪之邦"，一个规范的文雅国度。于是我们读到了真正典雅的诗章和那些酣畅淋漓、不太规范、有些粗糙，却也散发出刺鼻的清新生气的文字。

后者大半印在一些粗劣的纸上，是简装书。

这种装订印刷的形式与它的内容也多少有点吻合。是的，文字粗糙，逻辑不合，想象怪异，情节离奇。不过它们比起那些典雅诗章，却更能够吸引我们。我们可以放肆地读，随便地读，可以一边读一边做着多方假设，可以读几页抛却，也可以一口气读穿。

而那些非常规范的、有着良好传统的优美诗句，却让我们一再地踌躇。我们觉得它应该放在更好的环境更好的时刻，用更好的心情去读。那样才配得上它，才会有一种好效果。

就怀着这样的期待，我们反而荒废了时间，把它给忘了。

结果我们更多的时间是在读那种蓬蓬勃勃的、充满生命力的粗糙文字。谦谦君子的艺术反而被我们放弃了、忽略了、耽搁了。这是一种不幸还是有幸？

可是我真实地知道，我更喜欢“蓬蓬”而不喜欢“谦谦”。我认为“蓬蓬”对我更有意义。因为我懂得诗是生命的炫示，诗来自它的催发和推动，再高的技巧和修养也弥补不了生命力孱弱的致命缺陷。在我面前，“谦谦”就是这样失败的。当“蓬蓬”走向“谦谦”的时候，也许它会丧失许多的。

我像看一个奇迹一样看着那片大陆，那片激活的、呼号的、奋斗不停的大陆。那是一片更真实的大陆。

它与我四周的环境正有些接近。

而到了那片“谦谦”的大陆，我才真正像个外来人。

质木无文

这些大部头传记，比起它们的传主就显得无聊和单薄多了。不吸引人。而实际上，它们所记述的每个传主本人几乎都引人神往。他们常常是极为怪异、有趣，而不仅仅是“博大”“伟岸”“高尚”。总之，他们每个人都像是等待破解的一道谜语，在那儿诱惑我们。这就是我们常常急于阅读关于他们的文字的缘故。

令人失望的是，这些传记无论多么认真和耐心地积累和剖析材料，也仍然使我们觉得不得要领。他离理解那个主人公尚有极其遥远的距离。干巴巴的资料，干巴巴的文字。枯燥，没有真实情节。许多读者渴望了解的一些历史关节，一些人物和思想的切口，不知为什么都被相当简单和草率地处理掉了。也有的喜欢挖掘传主的隐秘，他们的一些不为人知的私事，甚至还不恰当地、几乎没有什么依据地假设和推论，进而煞有介事地确证。可惜，这种凭主观臆想制造出来的趣味性，也只能也从根上败坏我们的胃口。当然，这样做的结果是使读者进一步地疏远这些文字。

作者是一个平庸的人，所以他们没有能力去理解那些极为卓越的人，没有能力理解特别的心灵。尽管有时候作者积累和挖掘史料的精神也有些动人，但仅仅是这样也还不足以把我们打动。他没有激情，没有渴望了解世界上一切隐秘、溶化一切隐秘的那种巨大激情，所以也就没有魅力。好的传记作者需要一种禀赋，它会使写作者在字里行间涌现出不可思议的热情，这热情必会感染我们。

因为没有这样的热情，所以光芒四射的天才在他们手中也变得暗淡起来。比起传主一生闪闪发光的事迹、他们的创造物，这些记录言与行的文字太平俗、太简单、太琐碎也太庸常。

似乎杰出的传记作家越来越少。更多的人都忙着自己的“创作”。其实一个真正杰出的人物才可以更好地写出另一个，而这种写作又绝不会损坏和剥夺他的至为可贵的东西：天才的创造力。我们想想那些脍炙人口的传记文字。在那里，一个真正的天才的确是找到了最好的展示自己的舞台。他们以自己过人的洞察力再现了另一个时代的人物，充分地展示其心灵的皱褶，洞察深处的隐秘，吐露大悲哀和大喜悦。

当然，他不是为了展示而展示，而完全是被另一个生命奇迹所打动。他出色的想象力、还原的能力，使其能够在一瞬间看到事物的真相，得悉它的全部、它栩栩如生的映像。于是他用颤抖的手记录了那个瞬间。

这种记录简直形同目击，怎么会让我们无动于衷？

相反，在另一类质木无文的传记文字中，我们所能得到的顶多就是一些资料，而这些资料又大多是被蹩脚地改造了、诠释了、理解了，所以这些资料非但没有使我们变得更清晰，非但没有满足我们的好奇心，而且还在不同程度上起到了遮盖的作用。有时候我们也许想通过传记作者的手去翻动尘埃之下的历史档案，可是传记作者的兴趣又和我们大不相同，他翻动的频率、方向、速度，与我们大异其趣。这又一次妨碍了我们的视线。

到处都是遗憾。没有办法。

我们遇到的作者是一个没法对话的人。一方面他离我们非常遥远，另一方面彼此的能力、兴奋点都各不相同。就是这样，无能为力。

安静赞

他们在记录自己的经历，包括心灵的经历。他们给人如此安静的感觉。娓娓道来，每一段文字都像砌好的砖石那样稳固安定。这种安静可不是出于一种特殊的风格，而是源于完全不同的心境。

当一个人走入一生的总结和回忆时节，才会有这样的心境。他们再没有了往日的焦躁，特别是没有了惯常人生的所谓竞技状态，所以才能超然物外地评说和回忆。在表述往昔的时候，他们变得更为客观和公正。他们能用这样一种口吻谈论自己的生涯，自己的追求和探索过程，在山川大地上游历的一些细节。他们已经从千般磨难的沮丧，或另一种狂喜中走出；那种坦然的目光绝不是一般人所能具备的。

两个大画家，成就卓著，两个东方人。他们几乎无一例外地经历了少年的贫困，青年的病危，还有在艺术道路上攀登挣扎、呕心沥血的艰苦。他们在总结自己对待贫困、病魔，还有艺术之路上的种种困厄。

他们没有忘记任何一个曾经帮助过他们的人，一一述说那些事件、情感，那些给予他们援助的温暖的手掌。

一个著作者的每一个文字，都受执笔那一刻的心境影响。匆促焦躁不会留下安宁的文字。这种从容不迫、达观和谅解，会有益于任何读者的身心。这种文字具有极大的滋养性，它使我们也一块儿沉静，得到放眼远望的机会。我们没有被那些焦躁的作者惯常所有的急促语气所胁迫。在那些滔滔的语势冲刷之下，我们有时会被裹挟到很远很远，身不由己，随着它的浪花而波动和跌宕。当然有时候也必须这种经历，以接受另一种淋漓痛快。但是如果在这个浮躁的时刻让我们选择，我们更多的时候还是需要一种安静和徐缓。我们知道这种安静来自不同凡俗的阅历，来自一个艺术家的卓越资质。他们的著作像宁静的秋野，天高气爽。

自然，安静可不是圆滑世故。安静也需要勇气，安静也具有深长的挑战性。

我从这种安静中，却能捕捉到批判之声。安静其实只是深沉的勇气，是无私无畏、胆识兼具之后的发力深长。

怀　疑

我们知道这是一部书中之书。如果有人试图对它进行挑剔，那是非常危险的。由于各种各样的原因，在漫长的阅读史上，它已经被彻底经典化了。

就连这个过程甚至也是不可剖析的。没有人敢于表示一点点保留，一点点不恭，而要及时表达自己的敬意和仰慕。它才是真正的高不可攀。它的特殊地位是很神秘的，后来人几乎要异口同声说它伟大，伟大到不可思议，简直非人力所及。

它是一个介于人神之间的特异生命的一场瑰丽梦境。也仅仅因为它是一场梦境，所以它可以进行无数次的研讨、诠释、拆卸、组合。到了现代，已经不知有多少位学者、研究者在毕生为它服务，而且感到无上光荣。当代人用了世界上最先进的科技手段，比如电脑，对其进行猜度琢磨。一代代人接力，力图解开它的特殊密码。

这让我们觉得有趣。而太有趣了总显出一些荒唐。对于这样一部神书，我们还有什么话可说？如果我们不是被现代生活纠缠得昏头昏脑，大概就不会伸出挑剔的手指。这是一部古老的秘籍，已经够我们这一代人、上一代人、上几代人，或是未来可以预见的许多许多代人消受的了。它是一种仪式、一种共同的寄托，是浓甜而苦涩的酒浆。

它强烈地吸引着我们，在许多方面确是无与伦比。可是它也有些浅薄的虚无，有些并非深刻的伤感，有一丝浮华气，才子佳人气。那时的小说套路仍然在侵蚀着它。有些地方的描述是相当腻歪的，除了对生活的写实部分，对于一个时代生活的曲折部位的展平和凸显，其余没有多少特别令人称奇之处。有人过分地将它的故事和人物关系加以引申，以此对应现代社会的生气勃勃，这不仅牵强，而且还非常无聊。

人是需要造神的，在书籍的丛林里需要造一本神书，道理不外乎此。我们不能够坦然平静地面对一本著作，就像不能这样对待一个人一样。这说明人类的不健康和不成熟。

其实把它放在应该放置的地方是再好不过了。说那是一本卓越的书，生动的书，了不起的或者说是伟大的书，都可以。

我们没有必要围绕它衍生出无数的怪异。因为如此一来它已经不能像一件艺术品那样打动我们，不能被欣赏了。它已经丧失了这种基本功能，不得已地变成了神祇、咒语、魔怪，这对它是不利的。这实在是一次又一次的贬损，从根上将它伤害了。它变得不可亲近，不可玩味，不可学习，甚至不可以阅读。因为它不是一部阅读品，而是充满了神力的古怪符号。它的魔力一旦缠上了我们，我们就再也不能正常地干什么了。

封　闭

……这种被淹没感还将日益加重。各种各样的讯息轰炸不可避免。随着科技发展，各种各样传递迅息的手段将会成倍地花样翻新。人类创造出的真正奇迹不是成倍地增加，而传递工具和手段却在成倍增加。这多少算是一个悲剧。一个现代人如果没有能力去封闭自己，思想的触觉就终将折断。大多数明智的人不是没有封闭自己的愿望，而是没有这种能力。当然，更多的人愿意敞开，他们认为敞开才是一种智慧。

一度可以敞开，但敞开的那只手应随时做好关闭的准备。汹涌而来的讯息之河将把一切冲毁。这些迅息的绝大部分对于一个人而言是完全没有必要的，对它们悉数接受就是一种灾难。

讯息在更多的时候不是在刺激一个人的创造欲，增加他的创造力；相反，它常常只起到一种扼杀和击溃的作用。一个人也许用不了多久就会发现，现代世界在这种扼杀之下已变得处处疮痍；各方流言相加一起，纵横交错，覆盖了真实的土地。任何活鲜的、生机勃勃的东西都在这种覆盖之下变得苍白，直至死亡。因为它们见不到真实的阳光，再也没有机会面对天空和山脉。人类已经被各种各样虚假的、人造的幻象给纠缠得奄奄一息，他们的听觉、嗅觉、视力，一块儿被反复磨损，即将丧失最后的功能。比如说阅读，各种各样的文字垃圾会成吨地压在一件哪怕稍稍有一点真情实感的心灵记录之上。垃圾的制造者在各种现代迅息刺激下只会加倍疯狂。紊乱荒谬的讯息等于是助产士，是催化剂和兴奋剂。文字垃圾急速增长，堆山积岭。它们倾倒下来，毫不留情。各种各样的谎言制造者、骗子、野心家，丑恶的掠夺者，那些在阴暗角落里发出的诅咒和叮咬，都顺着一个个隐蔽的和敞开的管道，进入有限的空间肆意涌动。

有人甚至幻想在这种状态下努力取得自己的份额。这虽然难以做到，但事实证明也并非没有可能。只是在更大的时间和空间的坐标下，这种想法才显得荒谬。局促狭小的当代人已经不可能使用更大的坐标系。

如今，哪怕稍微质朴一点的文字、存有一点点真实的书，都很难寻觅了。一方面它要产生格外困难，另一方面它很容易被淹没掉。我们不得不费力地寻找，在时间上已经有点划不来了。它只是在极其偶然的机会才撞到我们眼上。那算我们的幸运。

可是我们还有最终的乐观，这就是：真正能够代表这个时代、能够留给未来的，还仍然是质朴真实之书，是这样的文字。任何的机巧、玄妙、狂吃以及吠叫，都将像泡沫一样随风吹散。

思想和情感的水流将一如既往地往前奔涌，这不会有个例外。而今，真正的勇者也许不是赴汤蹈火，而是下定决心封闭自己，真正地封闭。

尽管这种举止会带来很多指责，尽管这样做并非有理；但在大的取向上，或许还值得，或许是一种必然选择。

如果这时有人愤怒地砸毁自己所有的现代通讯工具，我们一点也不会惊奇。这是被迫的极端。太疲惫了。人需要休息，需要朴素和真实的生活。他明白，如果继续与这些东西为伍，继续被它们所纠缠，那么他连最后的一点声息都会失去，他将一无所有。

丧失了语言，还会剩下什么？

不仅是不会发声，而且还将不会走路，不会思想。他的灵魂也将被掏空。

就是这些可怕的结局把他逼到了最后。

极端的方式不值得效仿,却可以理解。在这种理解下我们还应该做些什么?偶尔看到一个炫耀自己的跟随能力,那样一个被技术弄蒙了的黄口小儿,会觉得可怜。“这样的消息你都不知道吗?”“不知道。”“连这些你也不知道吗?”“不知道。”他惊愕地看着你,而你却同情地看着他。

是的,我们什么也不知道。因为我们不需要知道。不知道我们可以活得更好。为什么要知道?为什么要让它来犯我?我们已经很累了,已经被窒息了,我们只需要一口新鲜空气。

封闭即是摈弃那些耗氧的东西,使它们不能挤入我们的空间。

率性的 D.L

真的,一篇随意文字就有如此魅力。率性、真实,从不苛求。看上去她对自己的读者要求不高,对自己也相当随和。

这是一个非常奇特的文学家,女性,衰老,或者也可以说从来年轻。她浸泡在酒里,浸泡在文学之中。她已经完全诗意化了,成了一个无所不能的人。没有人比她更放松,像她一样直截了当地写作。她的文字大都有一种“大盗不动干戈”的意味。当然,作为一个职业写作者,她的文字控制能力是超人的。所以她可以将一切都随便地缠绕笔端。她好像从不正襟危坐,也不那样工作。好像很自然,从她身上滋生出这么多奇迹。她可以无所顾忌地谈论一切:隐私、秘密、往昔情人、东方西方。她并非有意地设下很多迷宫,但却让人猜度。许多人不忍也不愿触碰的某些什么,在她那儿像水流一样奔涌而出。她几乎是在吸烟和闲谈之间就吐出了惊人之语。

很难忘她那本谈论自己东方情人的书。那种絮絮叨叨的语气时有琐屑，可这其间又隐藏着深刻的计谋，一种超凡脱俗的简洁。那种语气一以当十地表述了暮年的回忆。她不可能有另一种口吻，另一种思路。看起来似乎一件事情被叙说过了，可一会儿又重来一遍。这种重复并非遗忘造成。这种重复每一次都造成了新的效果。

她的可爱就在于她的随意，好像是非常自然地向你说着，一遍又一遍；而每一遍的确都有新的内容和意味滋生。可怕的语言魔术师。

还难忘那部随笔集。事无巨细，从服装到酒，到一个政治人物、一个作家，某地某人所滋生和激发而出的“性”。像闲聊，凸显的却是逼真的性情，人生的魅力，文学的魅力，诗的魅力。当然更多的还是思想的魅力。

她的这些文字无一不散发着岁月的芬芳，有着熏人的气息。这样的文字非她莫属，无人替代。

我相信所有的魅力都来自她那颗心灵的特异。她的心灵是非常之特殊的，而她的展现方式也非常之罕见。在写作生涯中，没有人会像她那么轻松自如，放松坦然。人们都知道，现代社会的放松与坦然是非常危险的一件事，这危险不是来自他人，而是来自后悔莫及的自伤。一个人在世俗社会里早已被规范、被固定，成为一种模式。人要突破它是非常难的。

而 D.L 好像从来就没有在这方面遇到什么阻障似的。

大玩家

他可以很认真地做，而且博学、睿智、多思，甚至有点“呕心沥血”。沉重的劳动使他白发苍苍，皱纹横生，他甚至弄得疾病缠身，眼睛里常带血丝。没有人敢于对他工作的意义以及他工作的庄严性和远大的目标之类发生怀疑。但他凭此就可以是知识分子的代表、精神的代表吗？不敢说。

可他又的确是这一类的代表。他是深奥、偏僻、专注，一生如一日地忙于探索的代名词，一个象征。没有他，文字交织的那个世界就失去了重要一角，或者说半边。

他几乎有各种各样的才能，有幻想的能力，会打趣，会调侃，也不乏幽默。他具有不同的表述能力、构建能力。他会觉得“构建”这两个字很有趣。

他的专注赢得了真正的尊敬，无论谁都不可对这一点发出嘲弄。可我们有时却觉得他同时也是一个“大玩家”。他不算一个精神漫游者。他是一个巧妙的、卓有成效的游戏者。有时候这与工作态度和工作负荷并无关系。他在承受，可是很少有人去问为什么承受。

大玩家可以赢，可以换来与他的初衷完全不同的收获。我们在说他的实质。

他没有强烈的批判性，没有知识分子的立场，没有为某一个主题所投入的激情，没有那样的激动。他只是在知识和技术的层面上辛劳不息。他的工作是有意义的，却不具有多少诗性。他是一个专家，但不是一个思想者。他是技术层面上的大匠，却不是精神领域的大师。文字和知识从属于某种技艺，在其手中弄得娴熟，让其津津乐道并乐此不疲。

当然，我们常常叹息：任何领域里都缺少这样的匠人、多能的匠人；我们在透视其“玩”的本质的前提下，仍然要发出我们的礼赞。

我们仅仅是不愿将事物的实质忽略或误解。因为那样，“大玩家”又会造成另一种危害。

干　净

与这个多产的时代所不同的是，他留下的文字很少，少得与他的名声，与他所付出的力气完全不成比例。我们为此而庆幸，并且对其产生了更多的尊敬。

一个人所拥有的创造力是大致固定的，这是上帝的一种设定，一个人的后来几乎没有能力改变多少。一个人只要安静下来想一想，就会明白。但是在生活中却没有多少人愿意承认这一点，不愿屈就或屈从这个“设定”。于是我们就看到了很多粗疏的表现，没有节制的倾吐，堆积，淡化和稀释。真正的思想、真正的见地反而被掩盖，被模糊。或者，它们早已被表述完毕，崭新的东西又没有生成。接下去会是不负责任地涂抹，这就必然会沾上不干净的东西，先污浊自己，尔后污浊周边。

而我们面前的这个人却是如此地干净。他先使自己的文字干净起来，每个字都被水洗过，洗去上边附着的一切粘浊。他使用了心灵的清水。他写很少一点长篇、短篇、中篇，写很少一点理论，还有极少的几行诗。就是这样。它们简洁，质地坚硬。当激情感染了自己，他就让其倾吐。可是并没有任其泛滥，没有令人失望的中空感。信任由此赢得。

“信任”两个字是很难换取的。

在打上了某种印记的文字面前，我们会先入为主地肯定。被肯定者多么光荣。这是靠何等矜持才换来的一种结果。他晚近的一些文字变得更干更硬，情感更为内敛，更为谨慎小心，几乎不多着一字。他从不给人慌张匆促、撒缰奔跑的感觉。他的目光冷静、沉着地面对这个世界，就像一个人站在深夜窗前。他安静，激动，目光悲凉。他在自己的角落，自信而又充满怀疑。

我们在此并没有将其与长河式的创作加以对立。后者是一些更为特异的生命，他们的一生就是一道巨川，流淌不止，奔向远方。这浩浩长河在大地上冲刷，直到汇向海洋。然而这样的生命是更为罕见的生命，它是人世间百年不遇的一个奇观。

我们不可能在自己的视野里，在近如眼前的这个时代里触摸他们。

更好更稳妥的方法，还是发出真实的赞叹。我们尊敬所有诚实而淳朴的、干净的诗人。

永恒的自语

……是这些文字让我们发出怀疑和质问：为什么要写出它们？为什么？我们没法替作者回答，就像我们没法回答自己一样。一个作者具有什么样的权力，一个读者又有什么样的权力，在这种质问面前常常无法回答。

我们从这些文字间也发现了一个人的自尊：拒绝对话的沉默。这是现代人常有的一种状态。

打扰别人的权力是没有的，而任何方式的打扰，其意义都一样。

如果说在五花八门的现代世界加入表演之列是浅薄的，那么我们面前这些文字能够摆脱干系吗？我们当然没法不去怀疑。一个写作者对于形式的追求，就没有炫耀的嫌疑吗？我们不知道。还有，你的故事是讲给谁的？你的情感是面向谁的？它走出心篱，这是必要和必需的吗？

在这个熟悉得不能再熟悉，或者是陌生得不能再陌生的城市街巷和乡村大道上，回头看一下这些文字，会有另一种感觉："有这必要吗？"你要怀疑自己。从功用的角度，你会更加怀疑。

说到功用，再没有什么比对它的怀疑来得更深刻的了。它并没有使你痛心，因为你觉得不能从世俗的、一般的意义上去谈论功用。你在寻找与一般写作行为的区别。这种寻找很重要，它将使你循着自己的理由工作下去。

你后来又发现这种寻找也是一种多余。因为早在许多年以前，在你一路走下来的这种辛苦之中，答案就已经具备了。你发现你在自语与宣示的夹缝当中徘徊。只是后来，随着年龄的增长，你才越来越多地停留在自语的状态下。

自己的声音回到自己的耳畔，就是这么简单的一个循环。你就停留在这样的一个世界里，其意义也在这里。

就在这种自语的呢喃之中，你走向了一个遥远，并且已经很难回返。现代世界的写作和现代世界的接受都不能离开自语。这是本真和实在的方式，离开了它，一个写作者将不可避免地走向俗浅。

其实我们发现在有文字记录的诗史上，简单一点讲，从来仅有两种写作方式：表演的和自语的。

前者远远没有后者更能够深入人性，没有一种难以挥发的、坚实的内力。有人可能指出两种状态在一个诗人那里完全可以交替出现，在不同的阶段、某一个侧面，完全可以在两个方向上移动和交汇，或者说互相矛盾。是的，可能是这样。但一个诗人给人的总体感觉却大致会是某一种，即自语的或表演的。

当一个诗人忘记了表演时，他会写出真正的、闪闪发光的诗句；而一个诗人一生都在自语的状态下，却会变成真正难以取代的独立个体。表演需要技法，从技法的角度看，它是可以承袭和转让的，这就背离了艺术的要旨。

一个人为什么要自语？因为他总是处在生的喜悦和困惑之中，他在这个世界上常常是被迫的、不自觉的。当他感到这一点时，就不得不发出没完没了的自语。这是他的方式，必然的方式。这里面包含了他的抵抗，他的欢乐。

所以说这是永恒的。

暗伤

每个写作者都有一个书斋。由于它敞开的窗户太大，各种声音涌进太多，加上斋主抵抗诱惑的能力又有限，或直接就有某些嗜好，所以他常常变得非常时髦。喜欢时髦的人多，所以这儿能吸引许多目光，赢来许多赞叹。而这种赞叹又足以刺激起时髦者的满足感和更大的欲望。

这是一种不自觉的炫耀情绪。它慢慢胀大，可以像茂长的茅草一样遮住收获。追求时髦和接受时髦的能力甚至会被视为一种天赋，进而又会被形容成天才、智者之类。实际上这一切与天才、智慧，与一个生命的创造力几乎风马牛不相及。

正在流动的时鲜，比起人类已有的宝贵积累，简直不成比例。可是人类进步的历史却是由一分一毫的探索沉淀下来的，它组成了人类漫长的发现史。

问题是时下的全部，它的总和，只有极少一点可以称之为新探索和新见解，其大部都是芜杂和浮躁。当人们对新的探索找不到一种表达时，芜杂的声音就会成倍地覆盖过来。这是找不到概念的焦虑。一个准确的概念常常需要知性和经验去加以巩固，这期间总有一个过程。

对于新鲜事物缺乏热情是生命力孱弱的表现。可过分的热情也往往是一个生命浅薄的表现。对新鲜事物应该是理解、知晓，同时也有某种距离感和矜持感。距离和矜持不是一种姿态，而是一种必需。没有这样的态度就会丧失理性，就会失去惯有的节奏和深度。

一个艺术家和思想者是不可能以贩卖和传递最时髦的术语和概念而得以生存的。相反，这往往是他变得中空、浮泛的开始。他慢慢变成了一个消息传递者，一种场合的描述者，是从乙地到甲地的义务传播员。

渐渐失掉悟性，失掉他对这个世界执拗而深邃的目光，这才是最不幸的事情。

一些著作，如果把那些时髦的泡沫拂去，必会闪射耀眼的光亮。可惜它们积成苔腻，越积越厚，终于变得锈迹斑斑、伤痕处处。有的只是暗伤，它不是浮在表面的疤痕，所以又常常被自己和别人所忽视。

肤浅而新奇的所谓最新知识、最新艺术方式、表达方式，往往是极有诱惑力和吸引力的。一个并非浅薄的写作者也乐于涉足，变得很能拾人牙慧。这种热情不可避免地要剥夺和侵蚀一个人的主观力量，遏制内心深处的激情；而这种激情在艺术创造中，在思想的表达和探索上，才是百发百中之物。

如果一部书是以非常朴素的方式，甚至是有些传统的方式写出，那么他的力量、真实感人的力量只会加倍增长。它会变得沉甸甸的，极有分量。而一个人煞费苦心设计的一些形式，获取极少，伤损却极多。

思想的表达

有时候，我们对于“思想”所表达出来的“思想”是非常怀疑的。的确，在许多时候，思想是不能够用“思想”去表达的。一切所谓的皇皇巨著，实际上充其量只是某些思潮、观念，以至某些思想的概括和传递、诠释和转述。它们有时候也试图用自己的“思想”做一些推导，试图在这些推导当中凸现出崭新的东西。可惜没有什么意外的成功者。他们大致仍在把不同的思想加以缝合，加以组连。

对眼前这个世界的真正发现，真正见解，必来自感悟，来自人的知性。从这个意义上讲，缺乏真正的诗人，就必定缺乏真正的思想者。诗是表达思想的最好形式，有时甚至是唯一的形式。

在这个无限曲折的、隐秘的世界面前，舍弃了诗情，我们将一无所知。思想的发现不需要运用数学方程加以严密论证，而思想的转述却需要这样。我们更多的时候是把思想的转述和整理，与思想的发现混为一团。一个思想者应该是发现者，而不仅仅是一个转述者。多思的习惯取代不了思想的本质，多思是值得赞叹的，多思是思想者的特征，却不等于思想者。

在这个不求甚解的商业时代，即便在那些青灯黄卷的书斋，人们也很容易混淆和模糊所谓的“思想”。这非常不幸和荒谬。那些艰涩的读物，繁琐拗口的纸页，许多时候是非常苍白无力的。它们并没有告诉我们什么。不同民族交织传递的不同概念，关于它们的解释，一些变种的术语和术语的变种，正像地衣草一样，把真正的绿色绞缠和扼杀，使思想的青苗难以生长。思想在大多数时候是简单和朴实，生于我们眼前的泥土，而不是从天外来客的、魔怪一般的飞行器舱口抛洒的。真正的思想家和发现者必定是一个诗人，无论他是否使用诗的形式。

没有一句诗

印得非常精美，吸引人伸手把它打开。打开之后就失望了。无可奈何的笑。

从中看不到一句诗。大白话，巧言趣话，有时连巧言趣话也算不上。拙劣的叙述。多大的误解才造成了这样的写作和出版。

诗是一步一步丧失的，而不是在一个早晨、在某一本书里失去的。

它从我们热衷于形式的那一刻就在丧失，它丧失的是生命的感动。

只是互相较量智慧、聪明，以及对某种形式和技巧运用的娴熟；句子是否机智，是否机巧，是否华丽和多趣；至于其他，似乎全都无足轻重。

最重要的部分就在这种荒唐的游戏中被省略了。有时候我们还试图用那些长长短短的句子去表达人所共知的所谓“哲理”，去发现一个常识性的原理，做一点大同小异的比喻，再不就是虚假的激动。它们与诗实在没有多大关系。

那种沉浸在一种意象、一种情感，那种被生的焦灼和生的狂喜给紧紧攫住、深深缠绕的人，才会有真的吟唱。有时他们的吟唱只是一种重复，简单、平易，完全没有华丽的表面。可它们是诗。它们来自一个生命与这个复杂的、至死都不能够穷尽一切奥秘的世界的摩擦，来自一个生命在此过程中所获取的感激、忧烦、不得不发出的欣悦和愤怒。一个生命感动的全部过程徐徐展现在我们面前，像一条河流，冲撞激越而去。它们总是在以不同的方式表达心灵底层的那些隐秘，它们是完全不同的、个体的、自我的。它们与一些巧言短句的堆积有什么关系？

谁能勇敢地从泡沫之中挣扎而出，投入澎湃的长河？那将有一场多么好的沐浴和搏击。

诗是某一个人，而不是某一首。

1997 年 11 月记

1998 年 10 月修订

第二辑　传统和现代

八位作家待过的地方

我对他们这一类人很入迷。我不是说自己也属于这一类人，所以才有这样的癖好。我不敢界定自己是一位作家，特别是认真一点的时候，我不会说自己是一位作家，因为在我这里不是从职业的意义上谈论“作家”两个字的，而且我也不太希望别人从职业的角度去理解“作家”。

我对他们很入迷，只要到了一个地方，听说那里有他们生活的痕迹，就一定要去看一看。我想嗅一下那里的气息。因为那里总有一些隐藏、一些秘密，会被我给看出来。这是我的一种能力。真的，我并没有觉得这样讲是在夸张什么。

每个生命都有一些不可思议之处。他们逝去了，但他们也留下了。生命是难以消失之物，生命的怪异也就在这里。没有人对生命的这种现象完全忽视。只不过有的人能够很确定地认知这一点，而有的人不能。一个生命在一个地方徘徊得久了，会将至关重要的什么留下来，并在长久的岁月中挥发不尽，这是肯定的。一处居所往往成为一个人的象征，因为它盛满了他的精神。这是需要感知的。

在他的居所里，无论是墙壁、窗户，他坐过的椅子、用过的一支笔、翻过的一本书，都会散射出他的原子。这是一种能量，它左右你击中你，让你察觉那个生命。他原来还留在这个世界上，观望当代生活，参与我们的岁月。

有一些强大的生命要最后离去，真的很难很难。

苏东坡之波

第一次接触这伟大的、浪漫的作家，是在胶东海边。一想起“苏东坡”三个字，就马上想到了那片天色，那片海浪，那种清冷的气氛。这就是我心中的苏东坡，关于他的感觉的全部。

过去的登州府所在地即今天的蓬莱城。城西北有个蓬莱阁，阁里有苏东坡那块有名的石碑。那块石碑上的字据说越写越自由，畅美的苏家书法就这样留在了高高的阁上，供人瞻仰，发出无尽的慨叹。苏东坡只在登州待了极短一段时间。这是因为当年朝廷黑暗，不断地对年迈的苏东坡任任免免，故意让其在上任的路上折腾。往往苏东坡刚到任还没有几天，新一道改任的圣旨又到了；更有甚者，苏东坡正走在赴任的路上，新的任命就在后面“飞马来报”了。这是催命。

故意不让一个杰出的人物安定，而且企盼他在百般折磨中早夭。阴心之恶，古今皆然。

苏东坡尽管只在登州待了短短的一小段时间，传说中也还是为当地人民做了许多好事。站在阁上，凭海临风，想象他当年在这片大海前的领悟。他的显赫与坎坷，大起大落，大概在古今文人当中也是十分罕见的了。对于世事的洞察力，他不会亚于当时和后来的所有智者。一个敏锐的南方人，多情的南方人，一个怀才不遇的诗人，一个常常倒霉的天才——就是这样一个人，做梦也想不到被一家伙支派到了这个海角。当然他后来还谪居海南，那里离死神只有一步之遥；但他毕竟是个南方人，往南，在我眼里并没有什么稀奇。让我稍稍吃惊的是他这一次竟然来到了我的家门口，我的出生地离这里可太近了。

我长时间注视着这个神秘的伟人流连之地，试图寻到他的脚印。

我站在阁上，迎着北风，看着浪涌把海底的沙子荡起。这浪涌一代一代荡个不停，人生也只能这样注视它。人的感悟力原来是无边地有限。比如现在，一个人如此地怀念一个既陌生又熟悉的先人。

后来我又去了杭州。杭州与苏东坡的名字连得更紧。作家在这儿待的时间长得多了，所以作为也多。他在这儿整修了西湖，留下了举世闻名的“苏堤”。

我去杭州的时间是一个秋天，菊花正好时节。记得那一天有些冷，和我同行的一位朋友不断地在身侧发出“嗤嗤”的声音，夸张地表达着挨冷的感觉。天要变了，天色已经不好，偌大一个西湖显出了灰暗阴沉的样子。风在隐隐加大，湖水已经在拍岸了。秋天的感觉非常强烈。

我又一次觉得苏东坡一生都是在这种秋冷里编织他的梦境。他是一个浪漫的人，一生无论怎样坎坷，都童心未泯，都要设法做一些梦。他至死都要追求完美。他这一生，从南方到京都，被贬，被宠，宦海沉浮，多少次死里逃生，可他仍像一个孩童那样纯洁无邪。

他也有幸，后来结识了一个叫“朝云”的女孩。

朝云好。朝云非常好。她小小年纪，却有能力理解博大的、命运多舛的诗人，理解顽皮的、以酒浇愁的诗人。她娇惯他如同娃娃，他厚待她如同小妹。他们相持相扶走完了一段奇妙的人生里程。

自从朝云死了之后，苏东坡就跌入了大不幸。命运对他一而再、再而三地击打，然而只有朝云之死，才是致命的一击。

水波扑扑，都是诉说。

歌德之勺

一九八七年，从北到南走了一趟德国。尽管是草草地走。

来的时候落脚波恩，走的时候去了法兰克福。那一天时间很充裕，我就和朋友在法兰克福大街上闲走。走着走着，突然想起了歌德。这儿不是与老诗人的名字连在一起的地方吗？这儿有他最重要的故居啊。

我和几个朋友立刻匆匆去寻。

这是一个奇特的人物。在文学的星云中，像他一样的文坛“恒星”大概不会太多。在中国，也只有屈原李白等才能和他媲美。然而屈与李离现在太久，他们的神秘有一部分是时间赠予的。歌德却离我们近多了，从时间上看，他显得亲切易懂。

第一次读《少年维特之烦恼》，扳指计算着作家当时的年龄，感受一个少年的全部热烈。那时觉得如此饱满的情感只会来自一种写实，而不需要什么神奇的技巧。现在看这种理解有一多半是对的。一件伟大的艺术品，究竟需要多少技巧？不知道。我们只知道它会是一位伟大的艺术家写的，它只要源于那样的一颗心灵。心灵的性质重于一切。

今天终于以另一种方式接近了你。今天来到了从小觉得神秘的这位艺术家生活过的实实在在的空间。多么不可思议，多么幸福。我们可以用手抚摸一下诗人触摸的东西，小心翼翼。我们试图通过逝去的诗人遗留在器物中的神秘，去接通那颗伟大的灵魂。

歌德故居是一幢三层楼房，当然很宽敞，很气派，与想象中的差不多。书房，卧室，客厅，最后又是厨房。我不知为什么，对这个宽大的厨房特别注意起来，在那个阔大的铁锅跟前站了许久。记得锅上垂了一个巨型排气铁罩。所有炊事器具一律黝黑粗大，煎锅，铲子；特别是那把高悬在墙上的平底铜勺，简直把我吓了一跳。

我从来没见过这么大的一把炊勺。

这样的炊具有没有办法做出精致的菜肴，我不知道。但我可以想象出当年这里一定是高朋满座，常常让诗人有一场大欢乐大陶醉。可以想象酒酣耳热之时，那一场诗人的豪放。大厨房约可以让十几个厨子同时运作，他们或烹或炸，或煎或炒，大铁勺碰得哐哐有声。

诗人的一颗心有多么纤细。我难以想象他需要这样的一间厨房。为什么，想不出。这样一间厨房足可以做一家大饭店的操作间，太大、太奇怪。

主要是勺子太大。

从厨房中走出，到二楼，又到三楼——那里主要是一些关于诗人的各种图片，它们悬了满墙。我没有看到心里去。我好像还在想着那把大勺子。它是铜的，平底，勺柄极长。我就是弄不懂它是做什么用的……人的一生无非是“取一勺饮”，而对于像歌德这样的天才，其勺必大。

这样一想，似乎倒也明白了。

关于诗人的全部故事，我所知道的一些故事，都在这个时刻从脑际一一划过。回想他那两卷回忆录《诗与真》，还有他与那个年轻人的谈话录（爱克曼《歌德谈话录》），感受着一个长寿老人的全部丰厚。他在魏玛宫廷任过显赫的官职，一度迷过光学研究，七十多岁时还与一位少女热恋，激动得浑身灼热。长篇短篇戏剧样样皆精，一部《浮士德》写了几十年……是的，他像所有人一样，只是一个过客，只是“取一勺饮”。然而他的“勺子”真的比一般人大上十倍二十倍。

那天我坐在书房里，在一个非常精致的小桌前凝视。一排排漆布精装书，岁月已使其变得陈旧；它们有些褪色；为了保护书籍，一排书架一律加上了铁丝网。这些书既不允许触摸，也不允许拍照。但我忍不住心里的渴望，还是说服管理员拍了一张。

怎样评价歌德，有一段话我们是耳熟能详了。恩格斯曾这样说歌德的“两面性”：“在他心中经常进行着天才诗人和法兰克福市议员的谨慎的儿子、可敬的魏玛的枢密顾问之间的斗争；前者厌恶周围环境的鄙俗气，而后者却不得不对这种鄙俗气妥协，迁就。因此，歌德有时非常伟大，有时极为渺小；有时是叛逆的、爱嘲笑的、鄙视世界的天才；有时则是谨小慎微、事事知足、胸襟狭隘的庸人。”

在法兰克福的歌德之家，我们能够很具体地理解恩格斯的这段话吗？

我却更多地站在诗人钟情的那个少女素描像前。她的眼睛一直望过来，既专注又茫然，好像随时都要与人展开一场永无终了的诉说和辩解。

在他的故居中，徘徊于诗人的物品之间。突然，上一个世纪的特异气息浓烈地涌来……

爱默生礼帽

爱默生在我们眼里够古旧的了。他是一位绅士，是在美国波士顿来来往往的大文人。由于他的作品离现在的潮流颇为遥远，所以人们一度把他视为很古典的作家。我们不太注意他的特立独行。他的确是美国的一位经典作家，那一茬一列几位，很让美利坚人自豪。他是当时“超验主义”的代表人物。至于什么是“超验主义”，现在讲起来已经颇费口舌了。

爱默生是一位极有名的演说家，常常去国外搞巡回演讲。那时的作家都是非常重视演讲的，他们的许多时间都花费在讲台上，花费在面对听众的这种方式上了。由于这样做的不是一位两位，所以我们必得考虑其中的原因。可能是视听技术没有像现在一样大面积普及，这样那些作家要将声音和形象直接送到大众面前，也只得以这种方式。再说当时的听众远比现在要多得多，他们的兴趣更容易集中，这就给了作家演讲的群众基础。

爱默生的一生基本上没有间断演讲，他的许多重要作品直接就是演讲稿。他常常举办“春季系列演讲”“冬季系列演讲”。演讲而成“系列”，这在我们今天的作家看来大概是不可理解的。他的由于常常直接面对听众，而且又是个性情中人，所以免不了要得罪人。那时就有人坚决反对自己的孩子去听他演讲，并连续发动有力的抵制，但爱默生从不畏惧。这使我们想到，十九世纪的演讲者，不是或不完全是因为传播工具的不发达才大批涌现的。这也是时代风尚、个人勇气等诸种因素的综合结果。

无论如何，作家的品质在退化或改变。现代主义的一个重要特征，就是作家们更多地、纷纷地走向所谓的“自我”，同时写作活动越来越走向职业化。他们再不屑或不敢像上一茬作家那样直接面向广大读者。大声疾呼者越来越少了；并且，一个“岗位论”者可以把退却和各种怯懦行为说得冠冕堂皇。

爱默生有太多的话要对人说。他是个多么不愿隐藏自己观点的人。当然，他觉得自己有这样的责任。这大概不错。一个优秀的作家当然不能太职业化，他如果说有自己的“岗位”的话，那就是永远站在牢记自己的责任、并始终要为这责任勇敢向前的“岗位”之上。非职业化的作家才是真正意义上的作家，才会融入精神的历史，他的思想才会织入时代的经纬之中。作家的最大行为就是写作，这样讲不错；可是一个作家的全部行为，他的一生，又会是一部大书：这样讲非但不错，而且还更为完整。

到了波士顿，立刻想到的就是爱默生。爱默生后来定居于一个美丽的小城，叫康科德。于是又去康科德。它离波士顿不远了。我很少见过有比康科德更漂亮的小城了，我相信像爱默生这样崇尚自然的人，才会毅然决然地定居在这样的静谧之地。

他的故居在小城西边一点，已经离那片有名的林子不远了。那片林子中有个极有名的湖，叫"瓦尔登"，湖边上曾有个怪人、作家、爱默生的朋友——梭罗。故居是一座带阁楼的两层小楼，白色。同样是白色的木栅门围起的小院里，绿草茵茵。等了许久，从中午直等到下午四点，才是开馆时间。

门口已经有了三四个人，后来又是十几个。有人从远远的加拿大赶来；当然更远的还是我，从东方，从孔子的那个省来到这儿。美国人大多都知道孔子。他们很自豪地介绍着他们的爱默生。

我注意到这座小楼在作家生前得到了多么好的利用。楼梯的拐角、其他一些角落，都放了一些书架。与以前看到的作家和其他人物的故居不同的是，爱默生的书虽然也是精装的，但都是小开本的。这与我前几天刚刚看到的美国铁路大王故居的藏书就形成了鲜明的对比。那些书一律大开本，豪华，彤光闪闪。

屋角有一个衣架，上面放了一顶小小的礼帽；在不远处，就是他的那根手杖了。仿佛主人刚刚从外面回来，摘下礼帽放下手杖，就上楼歇息去了。于是我踩着吱扭作响的楼梯往上。一张简朴的床，床旁仍旧是小小的书架。墙上有夫人的照片。他一生有两个夫人，第一个夫人叫爱伦，与他成婚后一年左右就病逝了，年仅十九岁。他第一次结婚时二十七岁。到了三十二岁上，他才与一个叫莉迪亚的女子结婚。墙上悬挂了两个夫人的画像，一个端庄，一个美丽。

一种爱默生特有的气息阵阵袭来。我打了个冷战。四处寻找，不知这气息从何而来。我看着楼上沉默的床，后来又从另一侧的楼梯回到一楼。我一眼又看到了那个斜放在衣架顶端的礼帽。是的，是它在这儿重现一个栩栩如生的爱默生。

一八六六年他获得了哈佛大学荣誉博士学位。就是这一年，六十三岁的作家给儿子爱德华读了刚写成的一首诗（《终点》），其中写道：

衰老的时刻来临了，应该收帆减速……

佐藤春夫馆

这位日本作家在中国虽然影响不大，但也算个知名人物。他最有名的书，那本晚年写成的《晶子曼陀罗》，我们一直看不到汉译本。他那些用梦幻般的笔触写成的短篇小说我们也看的不多。只有《田园的忧郁》和《都市的忧郁》，被收进一些散文选本中。

极少看到有一个人像他那么厌烦都市，像他那样感知着走向现代化前夕的都市之病。作家本人已经深中了都市之魅。他深刻地反省自己，在一个角落抒发着特异的情怀。

作为一个小说家、诗人和评论家，他一生的创作可谓丰富多彩。在如上三个领域内，他都留下了自己的代表性作品，并产生了广泛的影响。

和歌山县的新宫市是他的出生地。而他的主要活动和生活的地方是东京。我于十月份到了东京，由于匆忙，竟没能到他的纪念馆去。为此，心中一直存有不少的遗憾。而在新宫市，我的这一心愿却得到了满足。到一个作家的出生地来看一看，这会是非常之重要的。新宫市十分看重自己的作家，不惜花费巨大代价，将作家在东京的一座楼房原样不差地移建到了他的出生地来。屋内一切面貌摆设，一切皆依作家生前的样子；就连房子周围的景致，也尽可能一丝不差地“完全照搬”。

佐藤春夫与今天的日本作家差异何等巨大，走进他的居所，立刻会感受到一种强烈的“上一茬人”的特有情调。这是一处故居，更是一处纪念馆。以我的感觉看，没有哪一个人物的故居比这儿更像一个“馆”的了。什么才是“馆”，这要具体地感受才回答得出。馆里的小桌、小椅子、小榻、小扇、小屏风、小画，小橱、小茶几，一律精细而规矩，圆润润油滋滋，一下就让人想起中国二三十年代的一些文人居所，还让人想起城里老人的一些“公馆”。

在这儿喝茶最好。

我觉得作为一个居所，这楼房的光线好，透气通风的窗子设计也合理。只是楼梯太窄太陡了，主人一上年纪就有危险。馆里陈列的几幅照片中就有一幅主人站在陡陡的楼梯上。那是主人六十岁左右的样子。而我现在扶着楼梯上上下下都感到困难，脚下的吱呀声太大了。像许多老式日本建筑一样，它的板壁很薄，一律木结构，一碰咚咚，共鸣性很强。

与以前看到的西方作家居所不同，这儿透着一位东方老人的另一种情怀。比如西方一些作家的居所，给人更多的是一种舒适和随意感。这里则让人觉得闲适，多有情趣，是对生活的玩味，爽而不腻，清淡。住在这样的地方，穿和服好，穿西装不好，穿中式服装也好。我说过，喝茶更好。

佐藤喜欢抽烟，墙壁上挂的好几幅照片上，他都手持一根长烟嘴，上面插了一支香烟。

那一茬的日本作家汉文往往很好，书法也好。佐藤春夫的书法作品就悬在墙上。他的手稿镶在镜框里，也是毛笔竖写，所用的纸也是红条竹纸。他的砚和笔都放在一个显要的位置展出，在那儿静静的，散发着汉文化的气息。

佐藤六十八岁那年获得了政府的一枚文化勋章。老作家高兴地在自己的寓所前摄影留念。大勋章垂在胸前，衬着作家肃穆的面容。

四年之后，作家去世了。好像当时他正在自己居所里搞什么录音，突然就逝去了。

两年后，新宫市民会馆前面，建起了作家的一座“笔冢”。

艾略特之杯

美国有这样一个去处：它不算现代，没有当代都会最摩登的建筑，看上去好像也不那么令人眼花缭乱的奢华繁荣，但确是一个极有名堂的地方。它有故事，有传统，有自己独特的历史。这就是纽约区的格林威治村。

一些老文人都在这里留下了他们的踪迹，这儿的一些著名街道上，至今还能隐隐听到他们脚步的回响。

比如说“费加罗咖啡馆”。这真是一个美国人怀旧的好去处。它的有名，主要是因为当年的一些艺术家经常光顾。最有名的是大诗人艾略特，他在这间咖啡馆品味、写诗或获取灵感，总是流连忘返。

艾略特的代表作《荒原》中出现过这样的句子：“喝咖啡，闲谈了一个小时。”他有多少时候是在这间咖啡馆里度过的？我们不得而知。当年一个大脑袋、梳理着非常整齐的分头的人坐在桌旁。使者走过来，面对这位老熟人微笑，为他端来一杯热腾腾的黑色饮料。他像是在这儿消磨并不太好消磨的时光，构思着他那奇妙的、不能预知的未来。

如今这间咖啡馆极力想挽留过去的时光，而拒绝走进二十世纪末。为了这个愿望，它已经用尽了办法。比如当年的旧报纸、图片，一张张都贴到了墙上；这里有非常多的老照片；当年墙上贴的老猫画，现在有增无减；当年使用的粗糙的老杯，现在依然在用。这是一种沉重的粗白瓷杯，样子极笨拙。这儿的咖啡又太浓，一般人都不加糖，所以成了真正的苦杯。

只有这种杯子才是正宗的艾略特之杯，我这样想。成功，极大的成功之前的杯子，都是这样的苦杯。这样的苦杯最耐品味。

不仅是杯子，就是桌子椅子，也都老旧。侍者穿了黑色圆领衫，朴素非常。他们都一律随和，微笑，看东方人的眼神让人觉得有趣。

整个格林威治村罩在夕阳温和的光线下，等着黄昏。这里的生活节奏仿佛突然变得缓慢了。在纽约，唯有这儿显得懒洋洋的。这就与纽约的百老汇、洛克菲勒中心、华尔街等地方形成了鲜明的对比。这儿没有什么高大逼人的建筑物，让人活得亲切、安适。在纽约，这样的地方就等于北京城里的"四合院"了。看着街头的建筑，各种装饰，色调，即便是一个对此地毫无了解的人，也会有一种怀旧感从心头滋生出来。每个人怀的都是不同的旧，并不一定是格林威治村的往昔。比如艾略特，他当年走在这里的街道上，想的就是自己的心事。

这儿是老文人区，老艺术家流连之地，气氛特异，风俗不古。如今这儿有一些奇奇怪怪的角落，什么同性恋酒吧"查理叔叔"，著名的无政府主义者的定期聚会地，巨幅女性生殖器彩绘，所谓的前卫艺术。当然，这儿更有一些不错的画廊，有大大小小的书店，有东方才有的那种老古玩店。

这儿被称为"作家艺术家的圣地"。

圣地必有圣迹，费加罗咖啡馆算是一处。有人还会向你指指点点，讲述海明威，惠特曼，菲茨杰拉德……一串流光溢彩的名字。一个地方让一批、而不是一二位艺术家钟情，其中必有缘故。艺术家内心的向往在这里表达得多么清晰，这就是：他们可以远离奢华，但却不能没有为人的一份宁静、自由，以及蕴含了内在张力的那种创作的激情和欲望。

格林威治是一只满溢的杯，它盛了怀念，安怡，温情，激动，还有黄昏的光色。

梭罗木屋

多少人向我推荐梭罗的《瓦尔登湖》，几年前我看了，我得承认这是一本不会消失的书。不是因为它有什么惊心动魄的主题和思想，也不是耸人听闻的事件和故事，更不是令人沉迷炫目的才华。它的不可磨灭，是因为作者透过文字所表现出的那种怪倔异常的思路，那种执拗的不愿苟同性，那种认真而非矫情的实验精神。

他在林中生活了一年左右，而且那片林子离人烟稠密的康科德镇很近，在当年步行也不过三十分钟，现在步行大概二十分钟即可。据许多人回忆，那一阵的梭罗时不时地到爱默生家饱餐一顿，并在回去时带走大量食物。再说那里有一个美丽的湖泊，湖里有鱼，梭罗常常垂钓。

总之在那里住一年二载不是想象的那么困难。瓦尔登湖边也绝非蛮荒老林。这些我在去瓦尔登之前就已经知道了一些，并有了如上的判断。我还不是那么容易就在书本面前冲动起来的人。我没有那么天真，天真到顺着梭罗的指示去想象，一路越想越远，最后感动得热泪盈眶。我有我的经历和经验，我知道什么才叫难和苦。我见过真正的苦难。瓦尔登湖边的苦太不算什么了。这是一个书生之苦，多少有点“为赋新词强说愁”的意味。

他的动人，在于精神。一个没有出路的大学生，一个被人嘲讽的年轻人，采取了近乎极端的方式，给眼前的文明世界来了一家伙。这需要勇气、勇敢，需要敢为人先的那么一种倔气和拗气。这才不容易。在一个文明世界敢于放弃，自我流放，敢于自愿地走向所谓的落魄，这绝没有什么好事在等着他。谁如果不信，就破罐子破摔地来一次试试。生命的实验不是闹着玩的，它形成的缺损，破洞，大多数时候不可修补。

梭罗一去不回头，不是不从林子中回头，他很快就返回了；而是他在已经选择的人生道路上再不回头了。从林中，从瓦尔登湖边回来的人，已经不能再像过去一样地做个好孩子了。结果他也从不打算去做。他因不纳税而遭捕，还在里面写了《论公民的不服从》，准备在放他的那一刻宣读，对抗他认为的坏政府。人的自由，包括对坏政府的不服从，在他看来是一个人的基本尊严。这儿值得注意的两个字："公民"。"公民"长期以来被赋予了一种奇怪的逻辑，这就是"服从"，而且是无条件的"服从"。这真是荒唐到了极点。公民的真正权利是什么，包括哪一些，从梭罗的这篇文章可以了解。此文应该成为当代公民的必修读物。他的这篇文章现在已成经典。

其实一篇《论公民的不服从》，即可概括梭罗的全部精神。不服从，就是不服从，不服从既成的一切陈规旧习与偏见。人生需要许许多多的探索和实验，勇于投身进去的，就一定是真正的人，大写的人，堂堂正正的人。

梭罗去瓦尔登一场，其实不过是一次行动的宣言，这宣言不是写在纸上，而是写在大地上，写在了瓦尔登湖上。

人们都愿意用诗人式的偏激来原谅梭罗式的言行。这其实是一种对探索者的侮辱。原谅者摆出一副宽容的样子，只是不知道自己的平庸与恶劣。请听听梭罗在文章中是怎样说的吧：

"现实地以一个公民的身份来说，我不像那些自称是无政府主义的人，我要求的不是立即取消政府，而是立即要有一个好一些的政府。""我认为，我们必须首先做人，其后才是臣民。""我有权承担的唯一任务，是不论何时都从事我认为是正义的事业。"

我来到了瓦尔登湖。

我不想夸张，而是实实在在地说，我极少看到过这么美丽的湖。它看上去既不过大又不过小，而是正好。在视野里，它正好。碧绿碧绿，无一丝污染，四周都是高山，山上被绿色全部覆盖。关于湖的大小、形状，以及它的水产和春夏秋冬四时的不同景致，它的一些基本情况，尽可以去看著名的《瓦尔登湖》，它把一切都记述得详而又详。

湖的南面就是那片有名的林子了，梭罗就在那里亲自动手盖了一幢小木屋。这座小屋吸引了多少人的注意，引出多少意趣，已经是人人皆知了。它必有其特别之处，这是肯定无疑的。当年梭罗费尽心思搭起的屋子早已坍塌，而且我还怀疑是被好事之人给拆毁了的。所有地方在这点上差不多，那就是都太愿意破坏了，而不太愿意建设。不过这个世界上的多情者，懂得事物价值者，也大有人在。所以后来林子里又建起了一幢小木屋，并且与当年的一丝不差。不仅如此，而且里面的陈设也一一依照原样。

现在与过去的不同处，除了人去屋空，再就是小屋前面添了一尊梭罗雕像。他在那儿伸着手，好像在继续向人们诉说倔犟的理由，不服从的理由。棕黑色的木屋和雕像，简朴得就像梭罗自己。从小窗上可以清楚地看到屋内的摆设：一床，一椅，一桌。这些都在他的书中写得明白。

这屋子太小了，屋里的设备也过于简单了。这是因为一切都服从了主人回归自然、一切从简的理念。他反复阐述道：一个人的生活其实所需甚少，而按照所需来向这个世界索取，不仅对我们置身的大自然有好处，而且对我们的心灵有最大的好处。一切的症结都出在人类自身的愚蠢和贪婪上。人的一切最美好的创造，无不来自简单和淳朴。

他的理念是美的，因为饱受现代病摧残的当代人，越来越明白过分地消耗资源所造成的不可挽回的恶果，明白我们自身与大自然和谐相处的重要性。

因此我得说，我在瓦尔登湖畔看到的小木屋，是人世间最美的建筑之一。它非常真实，就像梭罗那么真实。而我们知道，时下的世界上，有诸多东西都是谎言堆积起来的。

作为一个作家和诗人，梭罗并没有留下很多的创作；但是他却可以比那些写下了“皇皇巨著”的人更能够不朽。因为他整个的人都是一部作品，这才显其大，这才是不朽的根源。

一个用行动在大地上写诗的人，我们要评价他，也就必得展读大地。

他是一个如此放松的人，亲近自然，与周围的一切和善相处。他在当年出门时几乎从不锁门。他发现来光顾这间小屋的人也大致友好，他们既不破坏也不拿走这里的东西。他觉得一切既是大地所赐，那么他也就没有理由将这些东西据为己有。他把木屋向着世界开放。

而今我看到的却是一个锁闭的小屋。

他离我们远去了，于是后人就把他的小屋禁锢起来。

蒲松龄之道

我看过蒲松龄的画像，彩色的，坐在大圈椅子上，穿了官服，一绺胡须。他希望留下一个官的形象，尽管一辈子求官不得。据说他的代表作《聊斋志异》就是刺向官府的，寓意极多。求官不得，又发现官坏，就刺官。

他离我们很近，所以关于他的行迹考证起来并不难。山东一带是他生活的地方，所以去的地方也比较多。他还曾到南方短期生活过。崂山上，太清宫面南大殿，左边的厢房就被指定为蒲先生当年写书的地方。这个厢房阴气甚重，方砖铺地，小桌卷边，很有些特色。

我已经去了崂山许多次，每一次都小心地探头看那个小厢房。里面有浓烈的香味和烧纸味。这气味传达的是一种说不清的感觉，但非常熟悉。我并不觉得有多么浓烈的宗教气息；相反，一种世俗的、底层的感觉，一种迷信状态，总是在烟火里环绕着。真正的宗教并不完全依靠迷信支撑，相反，它总是由求知的主体来确立。宗教离开了科学与思辨，也就开始变质。

蒲松龄的书总由极多的矛盾所交织，并不像一些研究者说的那么简单和纯粹。他们说他是借说鬼道妖来刺贪刺腐。其实他的兴趣分散得多，思想也芜杂得多。比如对待官场，他的态度就有羡与嫉，有恨与鄙，更有些不可割舍的情结在。他是一个迷信的人；而迷信，与我们现在讲的"宿命感"又有不同。迷信是一种更简单的、更浅直的思维。总之他是一个非常民间化、底层化，非常世俗化的文人。他是个文章高手，但又仅仅是个乡下秀才。他的境界还停留在乡间秀才的水平上，这又与他极高的文字技巧与修养不太相符。

其实这种现象古今皆同。当今文场也是这样。不少人在走"大俗大雅"的文路。这样做不是深得文章之道的结果，而是囿于各种条件走不出自身屏障的缘故。这样的道路也只能"大俗"，并由此获得自身的生命力。但这样做到了极致，往往也只是第二流境界。因为这样做其实只是"民族唱法"与"通俗唱法"的混合物。而第一境界常常由"美声唱法"或"民族唱法"才能到达。因为手法本身也需要一种纯粹性。

蒲松龄之道，是松弛就便之道。

我从浓浓的烟火气中，真实地感到了这位说狐的高手。小桌冷清，冬天会格外艰苦。想一想这里的寒夜，烛光跳跃，老先生勉强握住一支毛笔，写出自娱的文字。一个失意的秀才如果没有自娱，简直就是要了他的命。

从崂山的写作厢房再回头看淄博故居。那里的陈设也像一个庙。那里面供的是蒲先生。

有这样的屋与人，才有那样的文字。这样的文字有别一种色彩。乡间隐秘都从他的笔底透露，各等传闻也都由他转述。他是一个民间故事的搜集者，也是一位整理者。他在记录和整理的时候并不那么忠实。因为他总顺着自己的心愿改写一二或大部。好在那些传说的精神仍然完好地保留了，这又构成了他的文章之魂。他的全部文字，其实正是以这样的民间魂魄来传世，来不灭。

中国民间喜欢迷信。如果想在民间畅通，一个文人就要装神弄鬼。蒲松龄的可贵处是他并不太装，而是真信鬼神。这又有了一份纯洁和简单。他的故事的魅力，自此也就滋生出来。这样，他既有了不平凡的一面，同时又有了民众喜欢的一面，二者得到了相当好的统一。

《崂山道士》一篇流传甚广，也是他的作品中较易诠释的一篇。故事生动，新鲜，而且发生在一个道教圣地，人们可以具体地指点言说，进一步地生动。还有一篇《香玉》，就是写太清宫的白牡丹和耐冬——它们变化的仙女。

我在崂山上看到了仙风道骨的人，他们就是道士，蓝衣，黑冠，白袜，裹腿。走路时双手轻甩，灵动生风，有些爽气。看着看着想起了蒲松龄笔下那个又荒唐又不走运的年轻道士，心中一笑。当年蒲翁真的在此写下了这个奇妙的传说吗？不敢轻信。不过他来过崂山，并多有流连，这大概是可以肯定的。

惠特曼的摇床

美国长岛出生了一位伟大的诗人，他就是写《草叶集》的惠特曼。以前觉得他非常遥远,远在天边。然而今天读他火热的诗章,随他一起歌唱“带电的肉体”,于感动之中又多了一份亲近。他是一个脉搏扑扑跳动的、远在天边近在眼前的人。他的一生最重要的创作叫做《草叶集》,他永远难忘的正是长岛的蓬蓬绿草。“骑马围绕旧地,/观察沉思停留,/五十年前的景象,/我的童年……在我诞生的房子,/在一片丰腴的草地中。”

多么渴望看一眼他所独有的那片“丰腴的草地”。

这一年十月,一个最好的季节,我来到了长岛。从纽约乘火车到长岛不到半天时间,这儿风景如画,是美国人,特别是纽约人最为向往之地。然而在当年,在惠特曼出生时节,亨廷顿小镇还到处是林密草深的野地,据记载当时不过是一条街,两排木房。他出生的屋子就在这样一个地方,在一片草地上。

这是一幢十分简朴的二层木楼,外墙皮披满了木板,已被时光之手漆成了棕黑色。这样墙上几个乳白色的门窗,倒显得特别白亮出眼。楼的四周都是草,浓绿浓绿的草。

一推门进去就是一条窄窄的过道,过道一旁是厨房,一旁是一间稍大一点的客厅。这儿陈列了当年家里的日常用具,如切肉的刀,烤肉的架子。客厅连接着卧室,里面一个不大的壁炉,炉边就是一个触目的大床。这个大床上铺了蓝白相间的布幔,极像中国的蜡染布。床的四角立着木杆,支起了幔帐。诗人就诞生在这张大床上。而床的一边,又放了一个独木舟似的小床——摇篮床,极小极小。这就是他一二岁时使用的卧床,一个可爱的人生之舟。

谁在当年想得到,这个平凡的娃娃将由此启程,驶向整个的世界。

踩着吱吱响的木楼梯登上二楼,这儿主要是两间:一间出售他的书籍和纪念品,一间悬挂了许多诗人的照片。有一幅黑白放大照片我以前从未见过，是诗人头戴礼帽、留着雪白大胡子、进入庄重的老境的一帧。这张照片特别令人感动，我在照片前默视了十几分钟。一旁有放大的诗人的手迹，这就是有名的诗句："船长，哦，船长/可怕的航程已经结束……"

当年林肯总统被刺，消息传到惠特曼家中，诗人立即写出了这首著名的诗篇。他在诗中称这位总统"脸极丑又极美丽"，说这位总统崛起于"木屋，林间的空地和树木"。这使我们想起诗人自己也是崛起在同一种地方。也正因为这种出身，这一类人才往往具有极强盛的生命力，这是其他人所无法比拟的。他们都是极普通的草叶，然而却永远不会消失。它们从天涯海角长到高山之巅，在天地之间燃烧。草，野性的草，织成无垠之海的草，在风中扬着波涌的草，永远都可以作为人民的象征。

而诗人从来都属于底层，是他们的一个不会屈服的，鸣叫的器官。

惠特曼曾在长岛当了一年左右的小学教师，有一幢红色的小房而今改成了私宅，它就是当时的小学校舍。从学校离开后，他又投身于报界，亲手创办了一份《长岛人报》。但这份报纸不过办了十个月，就被他出让了。他认为报纸的生命实在太短暂了，"报纸来得快，去得也快，生命和死亡几乎同时。"

这份报纸至今还在办着，并在上面印着创办人的头像，表达着它的非同一般的出身和渊源，也表达着后来人的永久的纪念。

办报结束后，他就只身一人去了纽约最繁华的曼哈顿。他在这个世界上最热闹的角落整整度过了十五个年头，据说至少在十家报纸做过，在印刷所当学徒，干过木匠，甚至作过房地产生意。这时候的诗人多半在为生计挣扎。他这一只航船在水面上徘徊，等待着一泻千里的机遇和时刻。

他从纽约曼哈顿出发，又去了布鲁伦。就在这儿，在朋友开设的一间印刷所里，他自己排字，印出了第一版《草叶集》。

我们仿佛看到诗人的小船正在起航，加速，船头顶起了微微的波浪。

然而这本书印出七年多了，诗人仍在为解决自己的生存问题而不停地劳碌。他一边补充这本心爱的书，不断地填进新的诗篇。接着第二版第三版出版了。它开始走向自己的完美。它的粗倔的声音响彻美国、英国，最后传遍了全世界。

我把长岛亨廷顿的草当成了绿色的海洋，我把诗人最初的摇床看作了一只航船。他从那里驶向四面八方，驶向我们。

北美洲的风雨日夜不停地冲洗着这间棕黑色的小屋，它默默不语。不，它在吟哦。

我们屏息静气倾听，听到了如海潮一般的呼啸。是的，这正是《草叶集》引来的咆哮，它已势不可当。

1998 年 4 月 10 日

当代文学的精神走向*

进入世纪之交的中国文学，又一次经历着检视和总结。他们无不寄希望于未来。其实，关心下一个世纪文学的命运，也是关心人的命运。

我的阐述也是对当代文学的一次回顾和前瞻。为使芜杂的内容稍显清晰，我在阐述中将其分为四个部分。

一、未能终结的新时期

要阐释当前的中国文学，无论如何不能回避已经约定俗成的“新时期”这个概念。因为今天的文学是新时期文学的发展和继续，二者难以分割。不从这个概念追溯，实难理解时下的文学状况。

今天，大陆上最活跃的一批作家是否认同这个概念，那要看每个人自身的感受；但其中的大多数不会否认从那个时期起步。

“新时期”在作家心中可能已成回忆，但却无法与其告别。

---

* 本文为神奈川大学“亚洲的社会和文学”研讨会演讲。

“新时期文学”这个概念约形成于八十年代。它是指从七十年代末开始，多少有些突兀地变得活跃的文学创作。这当然是因为中国的政治生活发生变动，人的思想创造力试图摆脱束缚的缘故。更具体地从时间上界定，有人认为应从一九七六年算起，也有人认为实际上应该从一九七七到一九七九年。

如果说七十年代末的文学与以前要分开来论，要冠以“新时期”三个字，那是因为它在品质上的确发生了一些变化。至少在中国大陆，从一九四九年到七十年代末的文学创作，内容上从未呈现后来的普遍的批判力，也未有类似的冲击感。即便就从事创作的人数、文学期刊的数量论，新时期也是空前的。

直到现在，任何一个经历了那场文学兴奋的作家，甚至是普通读者，都对那个时期的文坛难以忘怀。

对于中国的许许多多作家来说，其文学生涯正源于那个时期。尽管它带着最初的不可避免的稚气，甚至是致命的虚幻性，但这场文学活动逐步展开的坎坷历程，其间的个人勇敢与群体行动的悲壮的生气，较之其他时期更能够体现文学的本质。这也正是它后来能够筚路蓝缕，不断走向深阔的原因。

文学的本质到底是什么？这也正是本次阐述试图追寻的问题之一。且让我们一起来接近它。

如果说我们至今还处于新时期的话，那么从七十年代初到现在，已经有二十多个年头了。我个人越来越倾向于把这二十多年看作是“新时期文学”的发生发展过程，把它看作一个充满危厄的、正在走向自己终点的、令人慨叹的文学运动。

在我看来，这二十余年来，新时期文学起码经历了三个阶段。这就是：最初的复兴期（一九七六——一九八五），接下去的高涨期（一九八五—

一九九五），以及现在的疲惫期（一九九五—？）。

有趣的是，我们有无数创作实绩可资证明和标志的这三个阶段，前两次的时间跨度差不多都是十年。如果遵循这个时间波动规律，那么我们正在经历的痛苦的疲惫期或许也需要漫长的十年。

时间真是个神秘的东西，“十年”由于是个很规整的数字，许多事物都非要凑足而不能停止。如果中国当代文学真要走过十年疲惫之路，那么迎接她的也可能是真正的成熟与繁荣。

在新时期二十余年的创作格局中，起支撑作用的主要是三个层面的作家。前两个阶段共二十年时间，作出最大实绩的当是“复出作家”和“知青代作家”。尔后逐渐活跃于文坛的则是“新生代作家”。“复出作家”是指新时期以来恢复创作的中老年作家。这一部分作家在过去的政治运动中被粗暴地中止创作，直到七十年代末才重新复出，并再次成为文坛上的重要作家。“知青代作家”几乎是紧紧伴随上一代作家的“复出”而走上文坛的年轻一代，他们当中的绝大部分都经历过“上山下乡”运动。这批作家的创作贯穿整个新时期，今天风格日渐成熟，年龄已届中年。而“新生代作家”特指八十年代末以来产生影响的更年轻一些的作家，他们当中有一小部分出生于五十年代，大多出生在六十年代。

二、目前的状态

新时期初期的文学境况，其产生的原因较易理解。任何长久的思想压抑、禁锢的社会环境哪怕稍许松动，文学都易成为重要的宣泄渠道。中国作家别无选择地充任了代言人的角色。作品在生活中的广泛而巨大的影响，反过来也极大地激发了作家。这是一种鼓励冲刺和探索的良性循环，但与此同时，也植下了深长的虚幻的乐观。

至今还有人相信，就生活与创作的相互作用而论，极少有作家会像新时期初期的中国作家一样，充实而幸福。其实这仅仅是对一个时期某种微妙互动关系的误解。这种“幸福”的代价非常巨大……作为人类历史上人的命运，它总以稍稍不同的方式得到赓续。

这个时期的主题文学是“伤痕文学”，最出色的体裁前半期是短篇小说，后半期则是中篇小说。

然而这时的文学不免流于直白和简单，接着是深化，是思想与技艺两个方面的磨砺。伴随着不同思潮的剧烈冲突，起伏动荡从无休止，上一个十年那种微妙的互动关系结束了。但整个社会的文学标准已经空前提高，相当一部分作家开始抛弃虚幻，迈入下一个十年。这些作家在进一步开阔视野，广泛吸纳的同时，最重要的就是对自己上一个十年极痛苦的反思和清理。他们很快发现一切远比以前预料的要复杂得多。他们有了新的判断。

与这一认识相适应，新的创作之路几经拓宽。在更加敞开的世界里，一场前所未有的对于民族文化之根的寻索承续，对于现实生活的历史性关照开始了。就作品业已达到的思想和艺术的高度而言，这个时期的创作在整个当代文学史上是极为凸显的。

这个时期的主题文学是“寻根文学”，最出色的体裁是中长篇小说。

前二十年一晃而过，中国当代文学面临的是一九九五年之后的徘徊和疲惫。这不仅应了“盛极而衰”的事物发展规律，而且包含了更为复杂的原因。

经过近二十年的政治和经济体制改革，一个有十三亿人口、幅员辽阔、东西部发展极不平衡的第三世界国家，无论在精神领域还是其他各个方面，都呈现了始料不及的巨大变化。西方经济模式的引进，道德伦理范畴的演变与废存，使精神与现实进入双重或多重的无序状态。几乎一切都走入了芜杂和多元。多声部合唱的时代似乎已经来临，对于文学和艺术的行政性干预的部分失效，使一大批作家的创作进入了一场“无规则游戏”。这意味着某些“标准”的丧失和重建。

这是个对原有文学和文化秩序的瓦解过程，其中起到重要作用的是现代声像传播技术的普及。这是二十世纪社会风尚演进的催化剂。它不仅改变人的生活理念，而且直接争夺时间和空间。视听制品引导并进而耗损人的思想，使人不再专注，走入一种二十世纪末的集体性神志恍惚。这对一大部分作家而言是一种致命的打击，而对于另外一小部分，则又是一个小小的例外。

在现代视听技术的推动下，某一种思潮既可以迅猛掠过，又会在许多人毫无预料的情形下一夜之间变得陈旧。时髦成为一个永恒而频变的话题。对事物的判断不再审慎，因为既缺乏时间和空间条件，也不再具有那种判断所必需的心境。众所周知，作为一个真正的、对于时代而言不可或缺的文学家，不但应是一个意志坚定的执着思想者，而且还须是一个对完美的终生追求者。可惜，形成和支持这一切的外部条件正在逐步失去。

对如上危机的无力抵御是世界性的，发展中国家尤其不会例外。不同的是，后者在这种抵御的过程中会付出更加惨重的代价。在相对贫困、教育远未普及的国家和地区，比较而言还发生了更为逼近的危机：对富裕国家生活方式的响应和盲从。而高度发达的现代视听技术传递的信息更多地鼓励了享乐和放纵，鼓励了生活的无节制消费。这种最大限度地享受现世的理念一旦形成，对于一个既拥挤又贫困的国家会是一场真正的灾难。接踵而来的严重困扰会有环境污染，社会治安，诸如此类的一系列问题。

对西方生活方式的模仿，已经成为一部分朝野知识分子最热衷的事业。即便是最应该富于创造性和个性坚守能力的作家，在这场时代的热病中也未能幸免。这是一种社会危机，不言而喻，也是一场文学危机。游戏的，无根的，一味歌颂放纵的，掘毁一个民族文化根性的文学，正在成为时尚。

但是对于一个具有世界上最庞大的文学创作和阅读队伍的国度，时代的质疑和理辨终会发生。于是，1995 年之后，中国学界发生了一场影响深远的辩论，这就是至今未见终了的“新人文精神讨论”。

这场讨论遍及思想和文化界，主要在文学界展开。其内容，当然围绕现代境遇中知识分子的精神走向。

所以，新时期文学的第三阶段，已经展示的主题文学是“新人文精神”，最出色的体裁则是思想的裸露的载体：散文和文论。

三、在潮流中

东西方冷战结束之后，一根远远比经济这条线还要粗韧的意识形态的弦，至少在表面上看已经变得细弱。于是物质主义统领一切的思想水到渠成，其势滔滔，既能冲荡庙堂也能淹过民众。无论是世界上最丰饶之地还是最贫瘠之地，一切阻止这股潮流的存在都将不成其为存在。一切都在潮流中。

第三世界的作家有时会急于洗刷贫困的屈辱，并同时丢掉自己的最后一丝质询。然后是对这股潮流的追逐。急于赶上或迎头赶上潮流，仿佛面对着获得某种资格和尊严的仅有一次的机会。

他们用自己的作品唱和，开始放肆地嘲讽过去和现在的一切，一切有悖于时代潮流的因素。无论是昂扬的或是低调的，总体精神总是与世界潮流趋向一致。放纵，极度个人主义，现实主义，消费主义，自我满足，蔑视伦理标准……正成为文学作品明明暗暗的主题。

文学对完美的渴求，向善，批判与揭示，怀念和忠诚，这当然不仅仅是一种古典情怀。这是与人类历史共生的主题，我们现在开始告别未免太早。这种告别无疑是灾难的征兆。

我们也许可以发现，在这股席卷大地的潮流中至少有两种不同的作家。其中的一大部分如前所述；而另一部分却在竭尽全力，试图超越时代的局限。他们根植于安身立命的土地，吸纳土质中的营养并成长起来。这就不会轻易改变立场。世界对于他们是观察的对象，而不是跟从的依据。不因为自己的渺小而失去独立，始终将自己当作与周围世界对应的一方。风吹不动他们。他们好比是山脉。而另一种作家却极像流云，被风扯动，极易消散，并且形不成雨。

天空可能一时充满流云；去了，又有新的流云出现。但山脉静静的，不动，长存。

是的，亚洲的中国，正在汇于时代的潮流；而展放文学的图表，从中可以发现"山脉"与"流云"式的作家。

"山脉"式的作家在与世界的对应中，在自己的立场上，发现了时代的危机。他们在独守独立的思索中向置身的这个世界发言，吐出了逆耳之音。环境问题，民主内容，人类技能的提高与精神萎缩的后果……他们正冲破伦理的困惑，努力提高历史的理解力。

需要指出的是，这期间他们与某一类知识分子的区别。

另一类知识分子也有本能的危机感，也参与了内容广泛的讨论。他们试图放宽视野，急于加入世界性的话题，却因为仅仅纠缠于一些理念和最新词汇，无形中染上了时髦的因子。他们缺乏在极为复杂的现实格局中更为深沉的把握能力，并且缺少一种实践功夫，缺少一种他们从来忽视但却是至为重要的知识背景。这导致了整个讨论的中空和不着边际。

面对如此激烈复杂的世界性畸变，任何缺乏深重底层情感，淡漠苦难和真实的书斋式揣摩，都多多少少令人生疑。

四、未来的走向

不同民族和地区间的相互学习既非常必要也不可避免，但这个过程必须贯彻理性内容。简单化的跟从和模仿，其所得往往不抵支出。文学的前途取决于对生活自然演进的警醒，取决于其揭示的力度和勇气。

金钱和性的魔力是恒久而强大的，因为它虽然不断消散却又不断滋生。时下的世界与二十世纪初的不同之处是，金钱始终是它的主题。文学与这个潮流理应有所分离，就是说文学应该保有自身的独立性。体现文学本质的也许始终有这样几个词，这就是："批判"，"底层"，还有"纯粹"……是的，是这些品质决定了它的挑战性，并因此而维持了自己强大的生命力。

伴随着声像传播技术迅速发展的崭新形态的文化制品，由于其本身固有的一些弱点，不仅不足以承担揭示和批判的重负，而且在总体上只会给时代潮流推波助澜。未来的文化图标是这样的：文学，也包括整个思想界，不是扮演现代传媒的配角和幕后的共谋，就是站在其对面，舍此将没有第三条道路。

让我们来一个回顾。在现代传播技术的初期，谁掌握了文字和思想，谁就掌握了制动的手柄。即便是相当长的一段时期内，文字和思想也仍然是文化的主宰。而现在，文字和思想对于一个时期文化趣味的隐性决定力虽然存在，但已微乎其微，今非昔比了。它在更多的时候是技术的唱和者，是依附与帮衬。这就不但不足以校正，而且还会因其存在而使现代声像轰炸变得更加有效。

因此，对于未来，整个文学的责任将显得愈加沉重。在奔涌而下的现代潮流中，文学可以也必须成为不绝的声音，另一种声音。它不容淹没，也理应如此。

如果它被淹没，那么人类失去的将不仅仅是文学，还有人类共同的理想和自尊，包括生命最有力度的一些追求和表达。

作为亚洲乃至于世界上人口最多的国家，中国的写作者和读者在数量上都有可能遥遥领先。中国作家的去向和选择当然非常重要。真正意义上的文学将拒绝一切非创造性的重复，尤其会厌弃东施效颦。它将保持发现的浓烈兴趣，从自己的土地上汲取不竭的力量。

我们可以设问："疲惫期"为什么不能同时又是最好的时期？体制，自由经济，庞杂与无序，这一切的综合蕴藏与正在形成的张力；还有，作为一种土壤，它的全部腐殖是否恰好培育出一个未来？

这不仅是假设。处于第三个十年后半期的今天，似乎可以有一个回答。

展望下个世纪，这里仍然有几种可能：文学与时代潮流共舞，使相当长的一个时期内精神变得平庸；坚守和抵御，产生卓然不群的文学；更有可能的，是在思想和文学界呈现空前的芜杂和多元，一片蜂鸣——其间有一些顽强者坚持下来，留下自己不灭的文字。当然，像过去一样，他们成为一个历史时期人类精神的代表。

1998 年 10 月

想象的贫乏与个性的泯灭*（节选）

——对世纪末文学潮流的忧思

一、中国当代文学在脱离传统

我们很难在此简单地概括出中国文学的传统。但我们可以大致做个研究，以得出初步的结论。我们主要是寻找其精神的重心，虽然也必须涉及表达的形式。大约十年前作家提出的“寻根”，就包括了对传统的考查。

中国先秦文学的《诗经》，诸子散文，《楚辞》，至为绚丽，是后来难以超越的高峰。一般而言它们执拗地入世，追求理想，倔犟，具有低层性，对物质主义保持距离，并时常呈现出警觉和进攻姿态。

至秦汉，司马迁及王充等文学家基本承续了先秦之风。王充曾有过“劝善惩恶”“匡济薄俗”的倡议。其间虽有驳杂和分流，但自先秦以来，基本上有一条清晰的精神脉络。

---

* 本文为 2000 年 3 月 9 日在法国国家图书馆的演讲。

今天，我们为之目眩的文学之珠仿佛仍然触手可及：《诗经》《楚辞》《论语》《庄子》《史记》、唐诗宋词，我们久久仰望的璀璨之星依旧排列如仪：屈原，孔子，庄周，司马迁，李白，杜甫；可更为真实的情形是，这一切已显得十分遥远，正在无可挽回地淡去。文学的宇宙同样在膨胀，其他星系正在脱离我们而去。对于过去，我们真的是既熟悉又陌生。

如果有谁愿意掀开帷幕一角，仍会惊讶这几千年来的伟大瞬间，凝视浑身披挂鲜花香草的屈原，在秋风中站立的杜甫，言说北溟的庄周，以及辩理说难的稷下先生——其中有一个叫田巴的人竟能“辩于稷下，日服千人”，是这样的一些人和情景。他们的全部行为只有一个主题，就是对应自己的时代和世界质疑驳难。这里是那种源于生命的悲悯和忧伤，是大欢欣和大热情。比起孔子一生的木车颠簸，永恒的《论语》也不过是一册微薄的纪念。

回视中国当代文学，发现她正在背离这条道路。作家想象萎缩，情感冷漠，却又能习惯性地嘲讽自己民族的文学传统，急于融进时下的世界潮流。好像一个第三世界国家的作家必然要做一个精神上的跟从者，好像也只有如此才好理解，才能够被谅解。

其实一个发展中国家的作家大可不必在强势面前表现出精神贫贱的媚顺。

冷静下来可以看到，文学领域很少有哪个时期出现这样的情形，即自觉地、不约而同地与一种潮流一种时尚，比如商品和技术时代的同调相应。作家引用自己的艺术，并且消除了道德与伦理的禁忌，对物益时势给予合作。他们开始觉得诗以言志为耻，认为嘲弄的时代来到了，彻底清算保守主义和道德家的时代来到了。可悲的是，其中的一部分还以为自己至少是在继承“五四”之风。“破字当头，立也就在其中了。”道理虽然依旧，但“破”的时代已经延续了太久。他们忘记了时代。

……

二、不让人愉快的儒学

这种对传统的脱离，首先是从对儒学长久的、持续不断的疏远和批判开始的。儒学给予中华民族的束缚，它所塑造的畸形，已经说得太多。这里必须挖掘它的精髓，发现它与整个现代潮流而不仅仅是西方思想的对应关系。我们可以领悟，儒学说到底是收敛的、克制的，它的中庸之道是讲文化辩证法的。

儒学本身不具有虚伪性，操作儒学的过程中可以产生虚伪。

如果我们把一个民族的孱弱衰败完全归咎于她的文化之核，那么同时也应该把她全盛和辉煌的历史部分加到一起检点。这样一来问题就没有那么简单。长期形成的对儒学的批判，其原因极为复杂。其中有针对一种学术的检讨，也有民众对正统的迁怒，甚至还有流派的偏见。但这当中最为主要的，是混淆了儒学和儒学操作的结果。儒学的庙堂化过程，也是走向符号化和简单化的过程。任何批判都应该包含了梳理，但不幸的是这种持续了一百年的批判越来越走向了批判其操作结果，而不是批判儒学本身。滑稽的是，几十年来耳熟能详的一些儒学批判"话语"，已经与真正的儒学没有了任何关系。

需要指出的是，任何理论与学术都需要面对历史的挑剔，都不能享有豁免的特权。但是对于儒学的不恭以至于深恶，并不完全是一种批判活动的大面积蔓延造成的。这里面当有更为深层的人性动因。这就回到了享乐与节制、放纵与收敛的一个敏感性话题。

儒学从根本上反对抓住现世尽情享受，当然是极不让人愉快的。但它能够让我们的世界持续发展。

过度消耗，不计后果的竞争，对技术的膜拜，对商业规则的绝对服从，恰恰与儒学的要义相抵触。

今天，由于我们的作家们极其害怕沾带保守因子，急于加入世界性的对话，也就只能附在长长的物质主义啦啦队的末尾。

禁欲或纵欲，禁锢或开放，从一个极端到另一个极端，思维总在两极里碰撞。结果是，我们舍弃中庸学说，贬低不偏不倚和无过不及，完全不能进入它的辩证法的核心。子思解释中庸时强调：博学之，审问之，慎思之，明辨之，笃行之。这倒也的确是对付匆忙旋转的现代世界的良策。可怕的封建宗法势力对儒学的遮蔽和改造、嫁接与阉割，将与之对抗的知识体系纳入其中的全部过程，真像是一个可恶而高妙的故事。可悲的是至少在长达几百年的时间里，有那么多的知识分子欣然接受了这个故事。这才是真正的悲剧。

物质和技术主义者对这个世界丧失了诗性的理解。他们使用的数字逻辑生硬而冷酷地割裂了一个生气勃勃的、完整的世界。这里面没有了儒学所提倡的“诗书礼乐”，当然也不会尊《诗》为经。能够诗意地、真正积极地面向这个世界，正是儒学最深刻的方面。

西方文化中置“人”的利益为中心、唯一和首位，分离了人与自然万物的统一性，这种肤浅和极端化片面化的认识方法恰恰伤害了人类的根本利益，威胁了人类的明天。而儒学的“天人合一”突出的正是人与自然的共生。时下的物质主义者把一切能够稍稍进入事物的复杂性、辩证性的思维方法，一概斥之为陈词滥调。他们正是通过最为通俗和迫近的物欲享受的切口，去拆毁世纪末人类的理性思维。

三、竞争与发展的极限

现代竞争谋求和导致的发展是有极限的。这种极限往往会以两种方式表现出来：一是无止境的物欲引起自然环境与文化的双重崩溃；二是物质相对盈足之后的阶段性沮丧。极限状态的频繁出现，说到底只是精神颓败的结果。这就势必形成一种恶性循环。在这场循环中，文学与物欲世界甚至不是一种合谋关系，而是一种可耻的、不体面的跟从关系。

在现代，“发展”越来越成为“竞争”的同义语。所谓的“共同发展”只是一纸不能兑现的支票。还有，“现代化”这个概念本身也蕴含了许多问题。现代化不应有统一和固定的标准，现代化的内容只应成为一个民族心中的向往。实际上每个时代都有自己的现代化，关于它的一个至为重要的问题，应该是讨论它与平民的关系。现代化如果不能令大多数人受惠，那么它也只能是权力和财富借以转移的又一种口实。这在一个民族的内部是如此，在世界范围内的民族与国家间也是如此。强盛的民族往往不仅是现代化的率先倡行者，而且还会是这场运动的最大受益者。他们会让经济和文化都很弱小的民族自觉不自觉地接受自己的游戏规则：规则既定，胜负也就可想而知了。

能否在全球性的现代化浪潮中回避不测，极为重要的条件就是一个民族的文化自觉。一个民族巩固自我的道德伦理优势，培植和强化自己的个性，就会成为现代狂涛中不沉的岛屿。文化的繁生性曾经使一个民族丰腴起来，最终也就能难够挽救和改写一个民族衰变的历史。现代化运动的盲目跟进，一旦失去了精神的支持，发展的极限化状态就会频仍发生，给整个社会造成巨大的懊丧。

对于时尚和潮流、物质主义，精神如果失去了对抗性也就不成其为精神。知识分子,尤其是作家,今天已不能与富人和某些特别阶层一起去做一场新的游戏了。在这场说到底是他人的“发展”运动中,我们只有回到质疑的立场。面对越来越多的灌输和许诺,比如用丰盈的物质来解决一切的思想与结论,必须予以揭露。丰盈是他们的丰盈,时间是他们的时间。他们需要的是赢得和保持一段宝贵时间的氛围:足够的昏乱与迷狂,足够的热度。

这种氛围的形成,需要作家和知识分子的参与:参与制造或至少是认可这种发泄和纵欲的文化。

……

把自己准备好*

写作工具/人的躁气

我对长篇非常重视，也许写作时跟中篇短篇心态不一样，写作的工具也不一样。重要的作品我不用电脑，用钢笔和很好的稿纸，一笔一画写下去，每天只写几页。我写得很慢，这样更能压住那种躁气。

六年的全部工作/准备的过程

六年里没有发表长篇，但写了不少散文、读书笔记和短篇。主要的作品可以说是《外省书》。可能一个写作者用来写作的时间并不需要很多，可能先要准备——把自己准备好。使自己有值得一记的东西，这往往是最需要花费时间的。

---

* 本文为《外省书》答《收获》杂志问，2000 年 9 月。

超越以往的写作/它在整个写作中的位置

说不出。因为我很难拿自己的一部作品，和其他同样投入了全部心血的作品比较。但起码说《外省书》肯定在某些方面费了许多心力。不然，我就不可能有勇气把它拿出来。写作时考虑到今天读者的阅读节奏，《外省书》的篇幅短了，可读性强了，注重情节和人物。可能在与整个时代的对应上，那种关系绷得比较紧……

"革命的情种"是否来自经验世界

这样的人对我并不陌生，他一直鲠在心里。一个老军人，离开队伍后住在海边一个油库里，一生充满传奇色彩。书里不能完全照搬，因为是小说。整个长篇里众多的人物故事，六年里一直打动我，让我产生了自信，最后把他们写出来。读书越来越多，令我对故事挑剔，对讲故事的方式挑剔。在这种状况下，我想把"鲈鱼"讲出来，我认为这个时代的许多读者应该能够接受他。

史珂与"多余人"/主人公与作者的影子

其实，鲈鱼这个人物在小说里很触眼，容易让读者一把抓住。可是最能打动我的是史珂。《外省书》跨度五十年，都有史珂在。他是一个非常复杂的、非常特殊的一个人，是历史的结果。对这个人物，我始终非常感动，写鲈鱼时没有达到这种感动。这六年里时时刻刻伴着我往前走的，主要是史珂。很难用一句话概括他，像这个时代的许多事物不能概括一样。对这个时代很难评价，我对这个人物的情感也很复杂。我觉得很能理解他，有好多方面我们能够心灵沟通。也可能是我的年龄稍微大了点，自己也有一点“目击者”和“多余人”交替的感觉。但我们——我和他，可不一样。

被社会放逐的异类/现代社会与隐士

史珂与隐士完全不一样，他选择这种生活，不完全是退却。有时生活方式和生活内容，他内心里的好多东西，看上去并不完全一致。他大概觉得某个时期住在某个地方，可以活得更好、更有作为吧。

对当下社会的认识和软弱

一方面他软弱，一方面他愤怒地批判，同时他也敢肯定一些东西。这些部分在小说里，你会发现是敞开的。史珂这个人物有他自己的价值观念，有他自己经受的、长期在历史中、在社会中形成的一些固定看法。他常常持怀疑态度，这很正常。他对这个非常复杂的社会，有的肯定，有的不能够肯定。很多时候他是有作为的，不光是无可奈何。我觉得史珂更可贵的，是要在这个世界里重新把握自己的过去，把握眼前流动的生活。对史珂这种知识教养阅历、这种思想能力的人来说，他的行为让我感动。

是否有道德批判的成分

大概没一个作家能回避这些。问题是它在书中呈现什么状态。《外省书》固然涉及道德的尺度，可还有许多其他尺度，未知的、现代主义的、理性的，这个社会本来就是各种思想思潮的混合体。但是，一个人，一个社会，并非因为混合就没有标准。史珂有时是斩钉截铁的，可是在一些大的问题上，社会的走向，还有对科技的态度，伦理问题，人的尴尬，等等，史珂或肯定或质疑。这都是他的权利。我在书中尽可能不去干涉他的权利。

结构与一般不同/人性深处的弱点与枷锁

《外省书》的结构借鉴了《汉书》《北齐书》等。有许多卷，让我写作中非常动感情——包括回头反复改动的时候。一般情况反复改动之后，作者就不太感动了，因为它在心里煮得很熟。但有时候就不同了，有时候每一次改到一个地方我都非常感动。永恒的痛苦和隔阂——人与人之间永恒的痛苦，加上一个特定时期既定的社会内容交汇出来的那种痛苦，令我无法忍受。不知道该由谁来负责、谁来回答。人性固有的弱点？社会？都不太够了。

与年轻人的交流/老年人的个性魅力

我和年轻人交流很多，可是真正容易和我心灵沟通的，是上年纪的人。我还发现，年轻人，他们往往是和年长的人摩擦，发生各种联系的时候，才能够非常有力地展现年轻人的特点——老年人在这个时候也更能表达他们自己，更多地显现个性的魅力。

对现实有许多发言/书斋之外

我在书斋里的时间少了一些，而更多在所谓的“现实生活”里摩擦，对农村、城市环境等等具体的数字，我比较感兴趣，比较注意。我收集了很多资料。

小说里的植物学知识非常丰富

那可能是花架子。我自修过植物学地理学的之类，但未必实用。但我对很多具体的很结实的材料很重视，像数字、收入、农田水利破坏状况、村落城镇的人事、粮食产量、污染，都是我比较重视的。这些在小说里不能直接表达，但可能影响文章的品质。文章的品质不能从虚到虚，一味靠二手货传来传去，那样读者接受的就是水货。我个人的认识，这个时代的作家不一定跟上别人热闹。写作如果更多的从书本上来，转换，交替，最后大家都一样。有时候打开书和杂志，会觉得写得不错，同时又觉得口吻、各个方面，都似曾相识。不光书本，影视，网络，各方面形成一种非常综合非常可怕的二手货三手货的文字氛围。这些东西会把我们给害了。

人到中年审美趣味肯定发生变化

很可能是这样。有时候不自觉地、隐隐约约地为自己担心。这种担心现在强烈起来。过去描写景物风物很多，现在一般意义上的景物描写几乎没兴趣了。所谓干的东西增加了。再就是，在阅读中更向往秦代以前的文章了，大量读诸子散文，屈原的作品。读了很多古书，恨不得一步跑回去，回到中国文学的起点。

传统和现代[*]

中国作家兼写散文诗歌小说的传统

在中国，大约明朝清朝之后，许多诗人也可以是小说家和散文家。因为这以后，特别是清代的长篇小说《红楼梦》产生之后，长篇小说就变得比较高雅了，在地位上可以和诗与散文相比了。这些小说的诗性很强，与诗人的志趣情怀相一致，所以诗人也写小说。至于说散文家，基本上历来都是诗人。

我由于不写通俗小说，所以一直努力将诗性贯穿在我的所有创作中。这样，文学的不同品种，对我只有形式上的不同而已。当然，这也是中国传统文学的道路。传统文学的主要部分并不是为了娱乐，它不太具有这种功用。至于通俗文学，如言情和武侠小说，在中国的传统中一般不作为文学看待，而是看作“话本”（曲艺类）。在今天，这种看法也大致

* 此文为答法文译者 Chantal Chen-Andro。

没变，文学的主要意义和功用并不在于娱乐；而言情和武侠小说基本上仍然属于曲艺的大类，是真正的娱乐品。

在巨变中接受哪些激励

中国自八十年代对外开放以来，西方文化的影响加大了。就文学而言，拉美文学对中国作家的影响也很大。这对中国作家增加自己的艺术表现力是至关重要的。这当然是好事。我是这个时期西方文化和艺术的受惠者。

但是，后来我发现中国的传统文化在中国新时期文学中被丢弃了许多，这又从根本上影响了中国文学的进一步发展。出于这种担心，我开始了对中国古典文学的潜心学习。这对我的文学道路产生了明显的好处，有纠正作用。

北方派和南方派/自己属于哪一派

我出生并一直生活在北方，所以我的作品的风格特征大概是属于北方的吧。

一般都认为南方的柔细，北方的粗豪，但是每个个体会有差异。我出生和生活的地方是中国的胶东（在山东半岛的最东边），它在文化上又与一般的北方不太一样，它可能多少有点南方情调吧。但总的来看还是属于北方，只不过与中国的大西北和东北地区不一样罢了。

当代作家的敏感/表达方式

中国的每个时期，各方面的创作，如小说、戏剧、诗、散文等的发展并不平衡。有时候会有某一个品种的兴旺。比如唐代的诗，宋代的词，元代的戏剧，就十分发达。

在当代，中国作家的全部创作中，好像在小说方面更兴旺一点。

而对于某一位作家，他又可能会有自己创作的重点。比如当代中国小说的繁荣，并没有妨碍这里同时也出现一些很优秀的诗人。

中国是一个传统意识很强的国家，在这里，一般认为就文学形式本身而言，也是有高贵低下之分的。在中国古代，文人们长期以来认为诗才是最高贵的，散文在其次，其他更次之。

不过，在今天，由于高雅的长篇小说、现代小说，在很大程度上包容了诗和散文甚至戏剧，所以也就多少缓解和打破了原来的那种格局，当然也就在一定程度上改变了那种认识。

对现代性有什么看法

我认为“现代性”不应有固定的标准和内容。因为每个时期都有它的“现代性”。所以，在不同的时期，不同的民族内部，一部分人会有他们自己对于“现代性”的理解。比如，现在的所谓的西方现代思维的组成部分，它的强烈的商业主义，在中国文化中就是原始的，野蛮的，因而也就谈不上是“现代”的。这里有个文化差异问题。

文学的“现代性”讲不清楚。它是指内容还是指形式？还是二者都有？文学中，“现代性”的本质是什么？这些都需要许多思考研究。

电脑对中国作家会有什么影响

大家好像都在用电脑。电脑仅是一种工具，一般来说不会有什么大的影响。可能只是更省力了，写得更快了。

我在写自己特别看重的作品时，尽量不使用电脑。因为我还是怕“影响”，哪怕它只是很微小的一点。

在中国当代文学界组织或参加什么活动

我是专业作家，日常工作是写作。我去年编了一本纯文学杂志《唯美》。参加讨论会的时间很少，基本上是不参加。

读者见面会一类，我一般也不参加。

在中国，畅销书作家参加见面会可能要多一些。记者采访，回答问题，我在可能的情况下是接受的，因为我认为这只是作家创作活动的一部分，是另一种表达方式，等于是写散文。这与“见面会”之类的活动是完全不同的。

网络的飞跃发展会不会使中国文学被重估

网络对当代文学会有一定的影响。这主要是它的传播方式决定的。网上各种风格和内容的创作都有，发表者几乎没有忌讳。但一般来说网上的文学作品比较简单和幼稚，还有，不可避免地夹杂了许多文字垃圾。不过它们总是十分大胆，这就冲破了一些旧观念旧格局，对于整体文学的发展会有好处，比如说起个“激活”的作用。

网上文学不会成为文学的主流。文学好像天生是属于纸张的，这一点如果有了根本的改变，文学也就从根本上改变了。

从某种意义上说，文学是有赖于人们对于传统阅读和写作方式的维护而得以存在和发展的。这一点信念，我，相信还有许多作家，大概一时还难以动摇。

2001 年 4 月 25 日

纸与笔的温情[*]

尽管最早的文学不是写在纸上的，但用纸和笔成就文学却是很早以前的事情了。它简直是很古老的事情了。更早是用竹简木片、兽皮锦帛加刀锥羽毛之类，用这些记录语言和心思，传达各种各样的快乐和智慧。后来有了纸，也有了很好的笔，如钢笔。这就让文学作家更加方便了，快乐了。

他们有可能因此写得更多了吗？当然是这样。但是并不能保证写得更好。

纸与笔使作家写得更快了一些，特别是钢笔，内有水胆，不用蘸墨水了，所以中国人一直叫它为“自来水笔”。墨水自来，多么方便，那么写作者在写作时，等待的永远只是脑子里的东西了。而在古老的时期就不是这样，古老的时期，人想好了一句话，要费许多力气才能记下来。

现在我们不得不正视这样一个问题：是谁处在等待的地位？是工具还是思想？这可能是不一样的。这在写作中也许是一个不小的问题。

---

* 本文为在法国里昂第三大学的演讲，2001 年 12 月 12 日。

有人以为工具的问题只是一个可以忽略不计的小小的问题,我不那样看。特别在今天的作家那里,总愿意证明电脑打字机的诸多好处,证明它的有益无害。也许真的是这样。不过另有一些人心里装着的却是一个反证明,他们很想证明它对写作是有害的,只苦于无法像数学家物理学家一样得出求证罢了。

在缺纸少笔的时代,在竹简时代,人们为了记录的方便,就尽可能把句子弄得精短,非常非常精短。读中国古文的人都有个体会,那时的文字简洁凝练到了极点,大多数的词只有一个字。现代汉语的词则要由两个字或更多的字组成。把一段古文翻译成现代语文,一般要增加两到三倍的长度。

中国古典文学的美,美到了无与伦比,难以取代。有人说中国现当代文学的美也是不能取代的——那也许,那是因为它就这样了,它已经无法变成另外一种模样了。但是起码现在的人普遍认为,中国文学的最高峰仍然在古代。为什么?理由很多了,我看其中的一个理由大概是不能忽视的,那就是因为书写工具的变化,是它的缘故。

西方的文学是不是与中国文学走了同样的轨迹,我手里没有更多的资料,还说不准。

总之从古到今可以这样概括:工具变得越来越巧妙越来越灵便,文学作品的数量也随之增多,品质也在改变,但却不是越变越好了。其实文学写作无非是这样:用文字组成意趣,它一句话的巧妙,思想的深邃,着一字而牵连大局——这一切都得慢慢来才行,要一直想好了,再记下来。这个过程太快了不行。工具本身既然有速度的区别,那么速度快到了一定的程度,就要催促和破坏思想了。这是个简单的原理。

显而易见,现代写作工具的速度在催逼艺术,催逼它走向自己的反面,走向粗糙的艺术。实际上,许多古老的艺术门类就是这样,它一旦离开了对原有的生产方式的维护，背弃了这种方式，也就开始踏上了死亡的道路。它会慢慢消失。文学似乎仅仅是一种写在纸（竹简、帛）上的、一种语言的艺术，这个事实是有目共睹的。现在越来越多的人发出惊呼，说文学阅读正在被其他的方式所取代。他们这是在悲叹文学的命运，它极有可能迎来的最终的消亡。

如果这种恐惧有一定的真实依据的话，那么我认为它其中的一个原因不是别的，正是因为今天的文学大多已不是写在纸上的东西了。这一来它就与其他的视听产品，与其他的娱乐方式没有什么根本的区别了。它们的品质大同小异。

现在的文字通过键盘，以数字方式输入，闪现在荧屏上。阅读和传递也是以数字方式实现的。我们都知道，现在还有个要命的网络。当然，现在主要的文学作品最终也要印在纸上，但那只是以数字方式输出来的东西，是一种数字转化而已。就在这种转化当中，有一些最重要的特质被滤掉了。这种特质是什么，我们暂时还不能准确地知道，但我们大致可以明白，那是诗性——文学中最为核心的东西。

数字的传播和输入方式影响了思维，改变了文学作品的质地和气味，这已经不难察觉。作为时代性的转变，渐渐蔚成风气，终于使各种文学写作发生了流变，甚至也波及传统的写作：那些仍然使用纸和笔的人，也在自觉不自觉地跟进，无形中模糊了与数字输入品的界限。

我们都知道，中国汉语使用一种象形文字，那么写字就等于是对物体形状的一次次描摹。当然了，文字进入记录功能愈久，这种描摹的意识就会大大减弱以至于没有。但它的确是有这种功能的，它在人的意识中潜得再深，也还是有的。它也许藏到了人的意识的最深处，藏到了潜意识之中。所以说，从本质上来看，写字是很诗意的一种事情。所以中国有书法艺术，而其他国家的拼音文字就难以做成这一艺术。

以数码形式输入的文字仅仅是一种代码，它的过程取消了描摹的诗意。而人在纸上无数次的描摹所引起的生命冲动，它的快感，它不断重复的联想功能，也都一并取消了。从这个角度看问题，看待写作工具的变化，就不仅仅是个速度催逼思想的问题了。

文学在很大程度上是一种描摹，文字的书写，也是一种描摹。可见它们同质同源。

所以，真正意义上的文学作品，读者首先看到的总是“文字”，而不是“代码”。这里所说的“文字”不是一般的文字，而是具有强烈“文字感”的文字。而现在的许多作品正好相反，我们在阅读中首先感到的不是文字，而是一些符号在眼前匆忙掠过，它们只是充任了符号的功能，相当急促地、直接地表达了一种意思或故事。没有了文字感，当然也就没有了传统意义上的语言。而文学是一种语言的艺术——没有了语言，也就没有了文学。所以，人们痛感文学在消亡，这原来是有道理的。

现代传媒中出现的文字、它所运用的语言，一般来说只具有符号和代码意义。作为一种代码，它需要简便快捷，因而突出的也只能是文字的符号功能。

最终，如果文学作品的阅读过程中没有了文字和语言的深刻感受，没有了关于它的快感，文字和语言就真的只能成为一种代码和符号，它在使用中也就与一般的现代传媒没有了根本的区别。既然没有区别了，文学又如何能够存在、如何具有存在的必要呢？既然从文学作品中读到的东西，所要取得的一切信息，如阅读的快感，种种的期待，几乎从其他的艺术门类、从其他的传播媒介中也能够获得，甚至更为强烈和方便——读者为什么还需要文学作品呢？

由此可见，文学赖以生存的基础就这样给抽掉了，如此下去的消亡也就是必然的了。

在当代，恰恰是文学写作者自己，而绝非其他任何人，造成了文学的危机。有人说现代传播手段的发展促成了文学的萎缩，挤掉了它应有的空间——这是一种似是而非的说法，是一种夸大其辞。因为艺术本来就有各自不同的功能与空间，文学，诗意，它的创作与接受本是一种生命现象，源于生命的本质需求，说白了就是——只要有人就会有文学。如果有人想在这个越来越缺少诗意的世界上彻底消灭诗，那么至少也得先在这个世界上消灭人类自己。

可见只要人类存在一天，诗也就会存在一天，这是毋须怀疑的。这不是关于诗的什么大话，而不过是一些实在话罢了。

文学既要存在，就要独立，独立于其他的传播方式和表达方式。而现在许多人做的正好相反：不是强化这种区别，而是淡化这种区别。具体到文字，就是漠视和削弱文字感——不是在写作中走进语言的艺术，而是逐步取消语言的艺术。从文学写作发生发展的历史，从它的现状来看，可以说从来没有过的大浮躁弥漫过来了，写作活动变得急切而匆忙。它像数字时代一样追求速度，当然不会有好结果。

其实文学应该做的恰恰是要慢下来，越来越慢。这就是文学与时代的对应。笔和纸当然是这个时代的宝贵之物，它们比起冷漠的荧屏来，当是很温情的东西。写作与纸笔为友，互为襄助，这才是天经地义的事情。依我看，纸与笔较有可能让现代写作者耐住心性，并且在其中再次找到文字的那种非同一般的特异感受。

感性一点讲，真正的文学语言不是呈现颗粒状的，而是一股浓浓的热流，是非常黏稠的。文字首先要不是冰冷的颗粒，词也不要是。它们本身是有生命的，有毛茸茸的感性，有令人难以忽略的个性。只有这样的文字流，才谈得上是语言，才谈得上语言的魅力，也才谈得上文学。

作家脱离了纸与笔的温情，总是令人惋惜的。脱离了，就不能谈文学了，这样说有点耸人听闻；可是我们知道，文学这个古老的东西，最初是一个人在寂寞空间里展开的手工，这恐怕是不能否认的。

说到文学的现代性，会产生出许多伟言要义。不过再大的要义，也要首先考虑文学的生存。现代化的、数码时代的文学，要生存就要回到自己的本质。于是，对于其他艺术门类，对于一般的传播和表达方式，文学当然不是去靠近，而是要疏离。文学与它们的区别越大越好。

纸和笔比起数码输入器具，更像是文学的绿色生产方式。古老的艺术魅力无穷，比如文学。其实这不是因为别的，而仅仅因为人是魅力无穷的。

中年的阅读

我们以前不太知道年龄与阅读的关系。比如不到中年，就不知道中年人读什么。当然，有各种各样的中年，各种各样的兴趣。这里只是说了一种。

随着年龄的增长，书会像潮水一样涌来。不能随便歌颂书了，书往往是一些垃圾。清除垃圾很难，但起码可以绕开，绕得越远越好。当然有时候对于某些书的疏离，不只是书本身的问题，而主要是人的问题：作为一个读者，他的心情变了。

人们之间议论起读书，常常只关心读什么，而很少注意到不读什么。从来不读，连眼睛也不转过去的是哪一类书？这种阅读的边界可能更重要一点。

让青少年兴奋的书，中老年不一定看。人一到了中年，心情就多多少少变得苍凉了。中年人的情感既结实又朴素，这就影响到书的选择。有阅读能力和阅读习惯的中年人是很多的，而且他们因为知识和经验的积累，其判断力更加让人重视。他们有可能在深层上左右着阅读的方向和趣味。中年人更愿意看真实事件和场景的记录，比如一些重要人物的传记，一些游历笔记，回忆录和目击记，地理勘察录，探险记等等。在这种阅读中有一些特别的快感，那是因为整个过程始终伴随了这样的提醒：这些文字是真实的。

作伪的"实录"也有很多，但它们仍然是以标举真实为前提的。真实的，曾经发生过的，也就具有了极大的参考性，而且比较起来更能刺激联想。人一过中年就越发讨厌杜撰，十分警惕虚构的文字。所以，中年人一般来说对小说和诗之类，是非常挑剔的。如果一本书的前提是虚构，那么它在中年人的面前将接受非常严格的考验。虚构即编造，这很容易变得轻浮和廉价。一篇写得疙疙瘩瘩的实录文字，也远比一篇浮华的小说更能吸引人。中年人关心的是：在异地他乡，在另一个时空里，到底实实在在发生过什么？

比较起已经发生的事实，他们不太重视各种各样的假设，哪怕这种假设十分巧妙。

一个从事虚构文字的作者面对了一位中年人，往往是很尴尬的。这对创作者甚至显得残酷了一些。虚构一事，很容易变成低一等的工作——这往往也是已届中年的写作者迟来的觉悟。自古以来，文字最重要的价值即是将发生的一切记下来，忠实，无欺。文字在诞生之初确是担负了忠实记录的职责的，而且毫不含糊。谁如果歪曲了事实，那就等于是对文字本身的侮辱。

对于中年人来说，读与写几乎是同一码事，有相似的意义。中年人对文字的心情比年轻人朴素多了，他们不再有过多的奢求。但是中年人的好奇心不是减少和蜕化了，而是变得更加深入了。从这个意义上说，有阅历的读者并不会一味排斥创作，不会一概拒绝虚构。问题是虚构作品怎样抵御其他文字坚实而强大的魅力，这才值得好好探究。

让虚构不那么拙劣，这对于写作者将是很难的一件事。因为想象往往比现实更窘迫，想象的园地比起真实的土壤总是显得过分逼仄了。在科技信息时代，人类某些机能的蜕化是很快的，比如想象力。现代的想象空间经过了一再压缩，却在这种羸顿局促之地拥挤和簇生了一种叫作“小说”的攀援植物。于是，相互投影，因袭，一而再再而三的复制，极为无聊的敷衍，也就成为常态。虚构作品要么足以吸引一个阅历深长的人，满足他们的好奇心，要么就甘心退出这些人的视野。他们所面对的文字，要营造出童话般的神奇，能够撩拨味蕾、牵引思维的触角。他们经验的世界要求射进炫目的灵光，而且还要足够锋利。

语言艺术的冶炼者要有超凡脱俗的趣味，银匠般的耐心，打造极其微妙的细部，以及拥有最为重要的——超人的想象力。他们具备自然而怪异的品质，刺目的个性，柔弱或激烈的情怀。总之要有一个独特的、陌生的、自给自足的精神世界，这个世界即便让心灰意冷的男人也驻足不前，流连忘返。这时，虚构作品就会成为纪实文字不能取代之物，它们将使人的灵魂欣悦。

现代的中年经过了五千年的文明沤制，再加上声光电子的风皲日晒，面部的突出特征是：冷漠。苍老积蓄在内部，难得真正一展笑颜。谁想向他们一示新鲜，那将是难而又难的一件事。一部书，一段文字，只要打上了“虚构”的印记，也就难逃严苛的质检。这大概是许多文字的玩弄者所始料不及的。

一个人在心理上脱离了童稚阶段，在精神追求方面就会转向一些更便捷更实在的方式。他们除了对“真实”产生兴趣，或许还会从文字本身索取快感。但这时的文字必须是真正令人陶醉的，必须确定无疑地升华为“语言艺术”。一种常人所没有的语感，一种被质朴稍稍遮罩了的精到与刻意，一种令人痛快击节的简洁，都能使一个老到的读者为之一振。

从阅读和接受的意义上谈论中年，当然主要是针对了一种心灵指标。毋庸讳言，有人常常要让肤浅和粗陋陪伴一生，他们或许永远也走不到“中年”这条线上。这就是另一种阅读了。谁也无法阻拦一个人去咀嚼破破烂烂的故事，或者紧盯着屏幕上摇摇晃晃的大头。这自然不在讨论之列。

简单一点概括，可以说匆忙的现代并没有排斥阅读，冷漠的心情也不可能完全摒弃文字；只不过读者进一步分化了，其中有一部分极为重要的读者正在作出这样的抉择：或者是真实的记载，或者是绝妙的虚构。对他们来说，时下那些如潮似涌的印刷品，那些一般意义上的文字，都将被搁置，或交给另一些人。

2002 年 2 月 2 日

筑万松浦记

我一直想找一个很好的地方，在那里做一点极有意义的事情。是什么事情还不知道，但我想它要能足以引起自己的长久兴趣。当然，它对许多人来说都应该是极有意义的。它的整个过程还应该是朴素的、积极的。它要具有相当长的生命力，并且在未来让人高兴。它还需要由许多人以各种方式去参与，而不是被许多的人去索取一空。它从一开始就将拒绝那些只想到索取的人。

小岛对面

在龙口市的北部，渤海湾里有两个小岛，桑岛和依岛。桑岛上有八百多户人家，有松树和槐树林，有灯塔和礁石。这是个很美的岛，关于它的传说很多。其中有一个传说与它的命名有关，说的是秦代的智慧人物徐市（福）被秦始皇遣去东瀛寻找长生不老药，行前曾在岛上种植桑树，养蚕织造。徐市后来带走了很多人，包括史书上记载的三千童男童女、五谷百工，当然也少不了各类智慧人物。他这一去发现了日本列岛，高高兴兴过起了独立王国的日子，再也不回来了。这就是所谓的“止王不归”：整个的事件记录在中国的信史《史记》中，可见已不是传说了。

桑岛之名的由来倒是个传说。不过如今岛上已没有大片桑树，也没有纺织业，只有其他林木，有发达的渔业。从南岸去岛上有十几分钟的水路，这是指现代客轮的速度。我在中学时坐了木制机动船去过一次海岛，大约花了二十分钟。那一次我在岛上待了一个多星期，住在同学家里，尽享岛上新奇。进岛前站在南岸看一片海雾中的葱绿，如同仙境；进了岛，则不停地往南边的大陆遥望了，望到的是一片无边的林木，林木前镶了一道金边，那就是海滩了。

当年桑岛上的房子都是一种黑色岛石垒起的，屋顶覆以海草。岛的四周永远有鸥鸟环绕，正像岛的四周永远有扑扑的水浪和细细的沙岸一样。它的西北方，仅仅二三华里远的地方就是那个依岛了。如果把我们脚踏的这个岛比作地球，那么依岛就是月亮，不过它不会绕桑岛运行罢了。我们当年极想去依岛上看看，可是没有船。因为小小的依岛上面没有人烟，而且与桑岛之间隔开了一道湍急的暗流，据说除非有第一流的驾船技术才能渡过。渔民介绍说，依岛上过去只有一幢小小的茅屋，那是为躲避风浪的渔人准备的。一旦来了大风不能及时赶回，捕鱼的人可以就近靠岸，并在小屋中歇息下来，里面总是有常备的水米。如今岛上空空荡荡，一派灌木白沙，风景秀丽。一大群野猫成了这里的实际主人，据见过的人说它们靠吃随浪涨上来的小鱼小虾之类，个个长得干净强壮。

今天，这两个岛对于城市人来说已是旅游观光的最好去处。但要在岛上长期生活下去，要做一点想做的事情，似乎还缺少点什么。我去了岛上，像过去那样向对岸的陆地遥望，再次惊讶地盯视那片无边的葱绿。我的心头涌起了一阵感动。正对着这个小岛的是绵长的沙滩，茂密的树林。

那里与人口繁密的小城相距二十分钟的车程。

港栾河

有许多天，我一直在小岛对面的那片海滩上徘徊。这是一片真正迷人的沙岸，洁白到了无一丝粗粝和污迹；碧蓝的海水，退潮时露出五十多米的浅滩。这里没有鲨鱼出没，是天然的优良海水浴场。更为可贵的是它背靠了一大片松林，大得足可以藏禽隐兽，一眼望不到边，只听到鸟声不断，与近海翩飞的海鸥遥相呼应。与海岸交成直角的是一条古河道，叫港栾河。河的上游源自南部山区，很早以前与曲折密集的山下水网相连，接受丰富的山落水，水流量终年很大，这由古河道的宽大壮观可以看出。河的入海口有古港遗址，而今的小旅游码头就建在遗址右侧。

像许多古河道一样，如今的港栾河也在时间里萎缩了，充其量只能算是一条中小河流。但好在它还有辉煌的历史可以留恋。它的下游建有不止一个村庄，可以说它们都拥有得天独厚的地理条件。河中有鱼蟹，它有别于海鱼海蟹。入海口有洄游产卵的鱼类，所以每到了四月春阳照耀时，浅海里到处都是捕捞鲈鱼苗的男男女女，他们将把一个春季的收获卖给淡水养殖场。河道里有茂密的蒲苇，河堤上有高大的槐柳。由于古河道淤积土深厚肥沃，所以河两岸的树木比其他处茁壮得多，夏秋里看去真是冠盖相连，如雾如峦。槐柳与成片的松树相依衬，形成了另一种风韵。槐柳的碧嫩与松树的墨绿相间，层次错落；冬天和秋末松树浓绿依旧，槐柳则剩下了裸枝。槐的苍枝和柳的红条在绿色中闪烁，该是画家们的向往之地。

走在河岸上，就会把海浪的噗噗声遗忘，耳郭与视野全是淙淙水流。青蛙和鲫鱼在水中窥视，它们以漂亮的翻跃引人注目。有咕咕声响在密集的荻草中，不是水鸟就是穴中动物。这条河的珍贵在于它在许多时候为林中的鸟兽提供足够的淡水，如今堤岸下到处可见一溜溜小兽蹄印，可以分辨的有兔子、刺猬和獾之类。也仅仅是十几年前，河两岸还有狐狸出没。

人们的传统居住理想，就是尽可能在河边筑屋，做所谓的“河畔人家”。而眼前的情与境何等诱人：海岸林中河边，三位一体。更为难能可贵的是，这里离那个去海岛的小码头仅有一华里之遥，安静便利，却没有喧闹。除此之外这里还有历史掌故，有传奇，有静下来即可听到的古河的哗哗之声。

万亩松林

最为诱人的还是这片无边的松林。准确讲它有两万六千亩，主要是黑松。据说这种松不易见到一万亩以上的面积，所以说眼下的规模实在可叹。它的形成是漫长的，除了原生树木，再就是依靠了人工种植。大约四十年前有一场浩大的造林活动，出动了万人营造沿海防风林，是这样的日积月累才产生了如此伟大的造就。苍茫海滩上的原生树种有小量黑松，其余就是一些灌木；乔木类有白杨、槐树、榆树、小叶杨、橡树和柳树。当人工松林于四十年后蔚然壮观之时，原有的大树就显得苍老豪迈了。它们间杂在一片林海中，是树木的尊长，是自然的智星。

有了不同的树种，有了偌大的面积，也就有了丰富的大自然的内容。我们今天的人对于大自然的蕴含越来越陌生了，简直是十分隔膜。关于一些动物的故事，我们仅仅是从书中，特别是从动画片上获得。我们还不习惯于发生在眼前的、身边的动物故事。我们知道动物的故事通常主要是发生在大面积的林子中，它们比起家里和动物园中的动物，会是完全不同的。

我走进这片松林，愈走愈深，竟有两次迷失了方向。从河的左岸向西向南，会走向它不测的纵深。林深处一片呜呜响起，这就是无时不在的松涛了。只要稍有一点风，就有这低沉浑厚的声音；但是如果有大风吹起，林中又是最好的避风之地。

随着往前，林中空地上出现了小动物的劫痕：散羽和断蹄，凌乱的兽毛。这里有隐下的猛禽，也有食肉四蹄动物。抬头寻觅，最常见的是红足隼和雀鹰。我们马上想到的是厮杀，是弱肉强食。在无声的嘶嚎中，在一时安静得出奇的林莽间，一低头就是零散的羽毛；再就是黄色的小花，是小蓟与荠菜，还有草丛树下探出的蘑菇圆顶。在林中行走随手采下蘑菇是一件快事，那是毫不费力的收获。这里最多的当然是松蘑，还有杨树蘑和柳树蘑，都是最受人们青睐的美味。如果在春天，林中的松脂气味正浓得化不开；更有槐花的清香、满林满地杂花野草的薰蒸，人走在里面真像一场特别的沐浴。我与朋友在林中仅仅走了半个小时，鞋子就被花粉全部染成了黄绿色。那时各种不知名的飞禽成群掠过，云雀在高空欢唱，野鸡在深处鸣叫。我们惊扰最多的是野兔，它们有许多次被我们同时惊跑了三两只。鸟窝遍藏在深草中、树丫上，有时一不小心就会惊起正在孵蛋的鸟儿。

无论是雨天雪天，进入这片林海常常都会有一种享受。林雨淅淅好，大雨怒吼也好——它别有一种气势，让你在稍稍惊异中领略许多。你会看到各种动物在雨中的姿态，树与草在洗涤中的欢快。脚下是刚刚润湿的沙土，是一簇簇顶着满身珍珠的绿叶。当然最好还是淅淅小雨，那时会有一种绵绵不绝的低语伴随着你的行走和深思。不过大雨滂沱是骤然而至的，这时我们就再也不会忘记闪电的颜色，记住在万木丛中急速穿行的风雨之声。在冬天，当踏着雪后的林地，会惊讶这里奇特的安静和干净。只要走动，脚下就响起无法形容的雪的声音；此时围拢在四周的全是清冽的脂香。林子在冬天变得幽深和优雅，树隙的天空闪烁新的瓦蓝。积雪在这里会存留一个冬天，或者再加上一个初春。雪后只需多半天，地上就是叠起的一个个小兽蹄印了，是它们留下的一些巧妙的图案。走在林中雪地辨认兽蹄是一种乐趣，有经验的林中老人能一口气认出二十多种。

走在林中，难免想象做一个林中人的幸福。可是这种打算太奢侈了。这种奢侈不可以留给自己，而应该留给更多的人。

人　缘

一个情境在心中渐渐完成，这就是在栾河边、万亩松林的空地上盖一处书院。是“书院”而不是别的什么，是因为这两个字所包含的“内美”。

中国古代有著名的三大书院，如今除了岳麓，其余学术不兴。书院是高级形态的私学，起于唐，盛于宋，是中国大学的源头。现代书院该是怎样的姿容，倒也颇费猜想。静下思之，它起码应该是收敛了的热烈，是喧闹一侧的安谧和肃穆。热闹易，安稳难。在记忆里我们从来都是热闹的，不同的时期有不同的热闹。可是一些深邃的思想和悠远的情怀，自古以来都成就在有所回避之地。它的确需要退开一些，退回到一个角落里。

于是就想到找一处角落、一个地方。龙口地处半岛上的一个小小犄角，深入渤海，像是茫茫中的倾听或等待，更像是沉思。更好在它还是那个秦代大传奇的主角——徐市（福）的原籍，是他传奇人生的启航之地。港栾河入海口处的古港也曾被认为是他远涉日本的船队泊地，当然更多的人认为是离它不远的黄河营古港:东去三华里,二者遥相呼应。一个更迷人的故事就发生在脚下:战国末期,强秦凌弱,只有最东方的齐国接收了海内最著名的流亡学士,创立了名噪天下的稷下学派。“百花齐放百家争鸣”就源于稷下。随着暴秦东进,焚书坑儒和齐的最后灭亡,这批伟大的思想家就不得不继续向东跋涉,来到地处边陲的半岛犄角“徐乡县”。这里由是成为新的“百花齐放之城”。而今天的港栾河入海口离徐乡县古城遗址仅有十华里,正是它当年的出海口。

可以想见,秦代一统海内最初几年,徐乡城称得上天下的文心。

十余年来龙口人越来越多地迷于“徐市研究”,而且声动南北,呼应京津,大约几十位教授发起成立了“徐市(福)国际文化交流协会”。不说它的学术,只说这种追忆和缅怀所蕴含的一种地方自豪感,也许还有他们未及领会的另一些东西的珍贵。思想需要一种连绵性,传统也可以在追溯中慢慢建立。这个艰苦的过程已经开始并且不能停止,于是就给了我许多启发。多少年来,当地有多少热衷于文事、具有文化眼光的境界高远之士,在此不再一一列举。那将是令人感动的一长串名字。没有他们的热烈倡议和实实在在的支持,书院择址海滨河畔的意念就不会生成,更不可能坚定。

在那些令人难忘的日子里,不止一位朋友与我一起实地勘察,迈步丈量穿林过河。往往是多半天过去,面无倦容手持野花而归,谈吐间全是书院遐想。朋友即便身负重任,日理万机,也未曾把一件浪漫的设想掷于脑后;那种于俗务操劳中顽强存留的超拔的精神,实在令人钦佩和铭记。好像从来如此,一种信念和决意必须在人缘里生成,没有帮衬就不可能成功。

后来又有远城友人、海外文士抵达这个犄角。我们仿佛一起倾听了当年的琅琅书声和稷下辩论,激动不已。至此,对我来说,书院还未破土心中先自有了梁木。它是众手举力搭建的。

读书处

十余年来我一直寻找和迷恋这样一个读书处：沉着安静、风清树绿；一片自然生机，会助长人的思维，增加心灵的蕴含；这里没有纠缠的纷争，没有轰轰市声，也没有热心于全球化的现代先生。在这里可以赏图阅画，可以清诵古典，也可以打开崭新的书简。可惜这在以前仅仅是耽于幻想，而在我徘徊林中河畔之时，这样的机会总算实现了。只要带上书，携一个水瓶来到林间空地，坐上干艾草或一段朽木，背倚大树即可有一日好读。来时天气晴好，心情自然。若风雨袭来时则可奔海边渔铺，太阳热烈时会有枝桠遮护。远近是鸟鸣兽语，海浪扑扑；仰向高空，或可见一只盘旋的苍鹰。

我相信有一些好书必需自然的润释，不然字迹就会模糊不清。记得以前苦读中尚不能明了之处，一旦坐上林中空地则一概清明、进而着迷。特别是中国的典籍，那简直是由花草林木汇成的芬芳精华，除非远离现代装饰的房间而不能弥散。我与三两好友入林读书，一天下来不觉得疲累，也不感到漫长，而是于陶醉中享用了宝贵的时间，有一种最大的休憩和充实的快乐。

我不知道古代的稷下先生们踏上这里是怎样的情景，此地又做了什么用场。但我相信这里绝不会是林荒。因为它离一个繁荣的古港只有短短一华里，想必会有不薄的文明。时越两千余年，它的斯文不灭，仅仅是沉淀到土层而已，化为一片繁茂的绿色生长出来。我甚至想象那些稷下先生就站在此地辩理说难，手掌翻飞，一个个美目修眉，仙风道骨。总之沧桑巨变，隔海听音，丛林守护的大半是永恒的精神。

林中阅读的间隙少不了神飞天外，幻想起浪漫的远古。我想象那些远涉大洋的探访，琢磨《史记》上记载的那段惊心动魄的大迁徙，心中怦然。这段史实比哥伦布发现新大陆还要遥远和惊险。不知有多少次了，我与朋友在这里流连，时有讨论。有一次当我们安静下来，甚至发现了一只专注倾听的大鸟，它隐在枝叶间一动不动。这或许是两千年前的一个灵魂，是它们飞越时空的化身。我记得朋友先是一怔，接着响起喃喃诗声，连接了草木的一片悉索。

在这样的时刻我们不能不又一次意识到，这种情与境在全球化的喧嚣中已近梦幻，它真的是太奢侈了。这种奢侈实在不可以独有。一种分享和转告的念头滋长起来，并在心底发出催促。我们知道，应该脚踏实地做点什么了。那种长期以来的理想和期盼正与此时心境暗合如一，让人把一个深长的激动悄悄隐藏下来。

多么静谧的林子，海浪都不忍打扰它了。

开筑了

修筑一座现代书院的心愿渐渐化为一张蓝图。书院不是研究所，也不是一般的学校。“书院”这两个字所包孕的精神和内容，或许只可意会。它在今天将是什么形象和气质，真得一个独自守持的人才能把握。当然，它不能奢华也不得张扬，只应安卧一角倾听天籁，与周边天色融为一体。静下时不由得问一句：自宋代风行的书院体制缘何由兴到衰，它宝贵的流脉直到今天不绝，其缘由又在哪里？

我知道，在一个角逐急遽同时又是极尽虚荣的时光，筹集巨资团结商贾筑起皇皇楼堂已不是难事。难的是始终敛住精神，收住心性。今天做事未必秘而不宣，却难得坦然自为。一切不仅是为了结自己的梦想，而是接续那个千年的梦想。一条栾河波浪不宽，如何载得起这么多沉重，可见须得一点一点经营，一抔一抔堆积。首先学会拒绝，然后才有接纳。砖石事小，人脉为大，有一些质朴的精神，有一点求实的作为，这样才能有一个起码的开端。

我让善绘者一遍遍描叙轮廓，让专门家细心制定结构，又经历三番改动五次争论，终于有了个主意。我甚至想象，它该是顺河而下的船夫登岸歇息处，是造访林莽的远足借宿地，是深处的幽藏和远方的消息，是沉寂无言者的一方居所。朴素是不必说了，但要坚固得像个堡垒。古代书院并不高大，今天的书院也不应太豪华。它要隐在林中空地上，伏下来静听河水和海声；每天到了午夜，它会有一个深长的呼吸与林海河流相通。不言而喻，它的身边还应有古树老藤，就是说它连系着原野上的一草一木。我对施工的人说：在这儿人是第一宝贵，树是第二宝贵。

开筑了，最初的日子颇为顺利，但地基深挖下去就遇到了古河淤泥，这就需要清泥填沙，需要打进粗长的水泥桩。还有尽力躲避空地林木的问题，因为一不小心就会碰折一棵树木。事至半截有野夫纠集一起，有零零散散的阻拦，这些当不出预料。有人出面化解鼎力相助，更是感激在心。总之同志们未敢懈怠，只盼早日成就起来才好。整个过程都有赖地方，他们守土有责，爱惜文物，拳拳之心令人铭记。七月大雨，冬月霜冻，施工者辛苦劳作，操持者多有勉励。

一砖一瓦都取舍再三，权衡难定。最后采用了京西山地层石做了瓦顶，南国粗砖做了围墙。一时见仁见智，褒贬纷纷。

筑起了

不管怎么说石瓦砖墙在绿树下闪闪烁烁，再加上地场开阔，真是令人目光一亮。它绝不似拟古之物，又不像摩登馆所，只与林河海野两相厮守。砖石事毕，剩下的事就是把周边整饬一番，把内里稍加装修。这一切当然还是力求朴素，以功能为先，要让人既安居又心定，于是尽可能放弃眩目扰神的饰物。现代的时髦累赘务必去掉，一味仿古的不伦不类也当力戒。总而言之有适当之形式，有合理之心情，能居能为，可迎可送，如此这般也就可以了。它绝不该是声名远播的辉煌庙堂之类，也不会有高僧在这里日夜诵经。这只是当今的人和事，是现代的一处藏书访学和研修之地。

古书院素有三大要务：一是讲学，二是积书，三是接待游学。今天三大要务需一一承续，但又不可强为，不可一味拘泥；一切或可量力而行，所谓的随缘成事；既有所发挥，又能够坚守根本。现代书院既未有先例，也就多了许多尝试的功夫。这一点我和朋友认识同一，只想从头做起。凡事不求广大，不追虚名，不恋热闹，不借威严。有三四同道即可，有远方讯息则安。爱书籍爱思想爱自然，勤奋劳动，不打扰乡邻不增添俗腻，始终如一地做下去就好。

我和朋友一起制定了个公约：书院选址在此，就要爱惜此地自然，绝不能损伤一点动物林草；所有在书院做事营生者，都要做个体力劳动与脑力劳动相结合者，不得终日室内攻读或消闲懒散，而要每天于野外做工，所有劳务凡能自己动手绝不找别人帮助；最好每人学一份手艺，农事、木工、园林、装裱、陶艺，所学必得应用，并在应用中日见精密；无论做学问做日常功夫，都不必受时尚驱使；要心安勿躁，勤勉认真，崇尚真理。

书院建于此，不仅因为自然之诱惑，还借助人事之祥和。所以要人人自珍。书院大门上左书“和蔼”，右书“安静”；进入大厅右折进入接待室，则可见内悬匾额——“这里人人皆诗人”——由最初的平静温煦入门，待登堂入室，再感受一种热烈和浪漫。书院的最终、她的本质，仍还是一种执着求索的情怀。能够保护和持守这一情怀的，当然首先还是一种自主自为的精神环境，一种与喧嚣稍有隔离的自然环境。这也许是现代生活中最为宝贵的。

终于说到她的命名了——“万松浦书院”。其中的“万松”不难理解，因为地处两万亩松林；“浦”，是河的入海口。

中国历史上有许多书院。其中成名并流传的有三大书院，至今仍然运行的仅余一二。书院废弃的原因各种各样，比如人们马上会想到的兵火战乱之类。但细究起来还是人们面对野蛮，特别是面对庸常时渐渐失去了坚持力。因为直接被大火烧掉或失于兵匪的，毕竟还是少数。而在绝望的岁月中慢慢坍塌冷落拆毁的，恐怕要占十之八九。

万松浦书院立起易，千百年后仍立则大不易。

2002 年 12 月

世界与你的角落

——在苏州大学的演讲*

三次到美丽的苏州，前两次是十几年前，都没能到这个学校。这么漂亮的一个校园，在这里做学问、读书会是非常幸福的。

写作者愿意把自己放在文字后面，这样交流起来更方便。他们有一支笔一张纸，通过它，彼此可以不太失望。瞬间吐出的一些文字反而不太可靠。讲来讲去，重复过去的思想和语言，有时候会引起自己的厌烦。

这个题目很大，但可以把它分割得很小。今天用三种人称来说，就是“我、你、他”。三种人称交替，再分几个小题，就方便了。

写作工具

写作要有工具，比如很早以前的作家，要写作是很费力气的。那是因为工具不行。当时要刻在竹简上，写在动物毛皮上，用锥子或刀来刻记自己的思想。后来才发明了各种各样的工具，钢笔、圆珠笔，直到

---

* 本文为2002年3月8日在苏州大学的演讲，小标题为整理时所加。

电脑。

现在作家的写作工具主要就是电脑。我现在用钢笔和稿纸，而且有点挑剔。我觉得自己在用心写一个东西时，就开始挑选稿纸。这也是个安静的过程。我总想找一种不那么滑爽的纸，选择的钢笔也不要过分流畅。稍微写得快一点就可能把纸划破。这样一笔一笔，将思想和情感慢慢落到实处来。

我对纸的苛求，可能只是源于一种习惯。

六十年代没有纸，或者很少能得到一张像样的纸。你在那样的一个时代里热望写作，可就是找不到纸。连学校的课本都是乌黑的粗纸印的。当时有一个地方可以搞到纸，那是一个国营园艺场。出口苹果包装程序严格，每个苹果都要用一种彩纸包起来，淡绿的、浅黄的、草莓红的，还裁成了四四方方。我设法搞到了这些纸，很幸福。

抚摩它，感觉若有若无的香气，上面一层淡淡的荧粉一样的东西。我用这种纸写出了第一批作品。

直到现在，我对纸的敏感和贪婪也没有多少改变。写作时面对了一叠纸，感到欣喜和安定，也有信心。

我对电脑则有一种不信任感。我一九八七年就对电脑好奇，至今也只能用它写一些简单的文字，比如记录什么、修改和储存等。我用笔来写。从写作工具上看，我既是一个保守的人，又是一个受惠者。

我们现在打开好多刊物报纸，包括书本，常有一种不满足感。这是因为我们看到的不是文字，不是词汇，更不是语言。它好像在对我们诉说，实际上却没有口气，没有呵气声，只有满纸代码。文字，一粒一粒的活的生命，我们感觉不到；文字原来的存在方式，它的意义，都一块儿消失了。

我们面对的再不是过去的阅读。纸页差不多就像荧屏一样，一些符号在上面快速掠过。我们不得不一再提醒自己是在看书——竭力排除并不存在的声音和图像，要从文字、从语言上去把握和感受。但是不行，就像网络的流速、影视的闪烁一样，这儿也没有什么例外。好像就因为到了数字时代，所有讯息都是数字变成的，只有代码，没有语言。语言所独有的美，这里找不到了。

我们现在常常感叹，说文学正在死亡。是的，它是从一个字一个字开始死亡的。

作家们没有在今天这个数码海洋里，把迅速下沉的文字抓住——从语言艺术的本质去抓住它。在日常的写作——工作中，我们会自觉不自觉地把自己的语言等同于电视或网络的语言、新闻媒体的语言。我们所用的词汇、所做的表达都差不多。我们落下的文字没有自己的特质，没有自己的语感。

其实这种变化的发生，从写作工具的变化上就开始了。我们已经没法好好地、缓慢沉着地记录自己了，思维被工具驱赶着，越来越数字化了。

文学要生存，大概首先是要想法区别于其他。回到源头上，就是回到一种古老的生产方式上去。手写的东西和电脑输入的东西当然是不一样的。你如果不得不用电脑来做，那就得为保留强烈的文字感而付出极大努力。文字，让它出场，让它直接诉说。现在的阅读之所以不必，也不能耐着性子一个字一个字地读，是因为它一开始就不是以文字为单位出现的。是电脉冲，是数字流。你感觉不到字的存在。你甚至不能一个词一个词去读，因为它在产生之初也不是以词为单位出现的。所以你不会被语言所感动。

这儿只有数字，只有信息，只有快速的传递。

你只能用飞速的，和记录时的状态一样，让目光迅速掠过。电流的速度，光的速度，一切正是这样契合。

文学作品是这样领受的吗？文学是这样产生的吗？当然不是。

我们一再说，文学是一种语言的艺术。作者对于语言，对于词和字，要有极度的敏感、极为苛刻的要求。字是一笔一笔写出来的，那是象形字。

今天被数字化的文学，与影视小报、其他各种各样的传媒所传播的情绪、意绪和意境究竟有什么区别？没有。它们都是一个味儿的，仅仅是质料和装订不一样。

既然如此，那为什么还要文学？所以有人说，现在不必读小说了。为什么？因为现在从报纸上电视上看到的东西，远远超过小说提供的信息——小说中的故事和事件，远远没有生活中发生得更生动更刺激，“我为什么还要读小说？”

所言甚是。因为依据正是时下的文学作品。但是这种见解显然有问题：我们期待文学的不应该是简单的、一般意义上的信息和事件，而是特别的愉悦和感动——这些只有文学才能提供。有这种东西吗？当然。你应该从语言艺术本身，从文字本身，去寻找你生命里所需要的那一份感动。那是一种纯粹的阅读快感，是语言和词汇给你的，是另一个生命在调动文字时，与思想高度合作的结果。这儿有强烈的个性，而不是一般的个性；这里有非常的敏感，而不是一般的敏感；其讲故事的方式，语言的兴奋点，智性，都是极为特别的——你是在寻找这些东西——离开了文学作品，从哪里才能获得？没有，没有这种可能。

所以说文学是永存的。这种刺激、这种快感、这种欢乐、这种领悟，是生命里的需要。这种需要同时属于表达和接受两个方面。如果我们作为一个写作者不能珍惜这种需要，将自己的表达和铺天盖地的现代传媒混为一谈，文学就会死亡。

为什么要讲写作工具？因为我们要从它的演进开始，进入对文学的理解；从写作工具变化的历史，去寻找文学退化的根源；同时也要从写作工具发展的历史上，去寻找文学永远存在的信心和希望。

一百多年前有人问雨果，说我们的文学、戏剧和诗很快就要死亡了——当年也有很多新东西构成了极大的吸引力，比如更通俗更便当的那些读物、那些表演——雨果说你不要担心这个，如果连文学都要死亡，那就等于说情人之间不再相爱，比利牛斯山就要倒塌，母亲不要他的孩子，也没有阳光了。

一百多年过去，我们的文学时而高潮时而低谷，但有一点是可以肯定的，它没有死亡。非但没有死亡，而且单从印刷量上，已经比雨果时代增加了百倍。

关于写作工具，一个朋友与我辩论，他认为用什么东西写对文学品质没有影响。电脑只是一个工具，它可以更便当、更迅速地工作罢了——怎么与之争论？这仅仅是一种感受，一种猜悟，就像“兴趣不争辩”一样，要分辨就得使用成吨的语言，直到最后也说不清。正好到了中午，我们一块儿到饭馆去吃饭，他一坐下就对服务员说：我要手擀面。我问：你为什么要手擀面，不要机制面？他说手擀面才最好吃。

是的，写作用纸和笔，就相当于制作“手擀面”。这是文学的绿色生产方式，虽然缓慢费力，但是好吃。

脑体结合

写作的人，闷在书斋里的人，必须有相应的体力活动。经常到野外去，让其成为对照自己思想的地方。思想的一部分是在外面完成的，而不是在屋子里。有人说这是一个工作方法问题，是关于休息的问题。是的，不过它更可能是一个艺术品质问题。

现在的许多作品面目相似，感觉都差不多，使用的语言和表述的方法也大同小异。造成这个的重要原因，就是写作者没有办法摧毁陈旧的思路。他们长期以来从书本到书本，从书斋到书斋，从笔到纸再到电脑，形成了一种思维的循环。这种循环是非常可怕的。刚才说过，思想需要到野外去对照，许多思想就是在这种对照中完成的。尤其是真正的创见、原发性的思想，往往是这样形成的。

“文革”时期提倡“脑力劳动和体力劳动相结合”，科学而美妙，但把它作为一种对知识分子强制劳动的借口，又是另一回事。从历史的观点看一下就会发现，由于社会的发展，分工越来越细，专门的文字工作者多了。可是这种专门化并没有保证我们的想象力越来越强，相反倒是萎缩了、陈旧了。为什么？就是因为脑与体的使用也趋向了专门化——这两个部分本来有不同的思悟能力，后来却分开了，不能交融，更不能相互支持了。

有一个日本朋友说，他每天要骑自行车走一百多里，让自己有一段时间大汗淋漓。为什么要这样？回答是为了有新的思路。

他这里所说的是原创式的、真正的新思想，而不是将别人的思想来一次新的、巧妙别致的组合。这两种思想是不一样的。我们现在就没有学会区别不同的思想：新的思想和组合起来的“思想”。要知道，无论怎样奇巧的组合，也仍然不是创造，不是发现。思想是这样，艺术也是这样。新的艺术，创造性的艺术，非同一般的大悟想，必定要历经身体的劳碌，要有它的参与。

人的阅读不能只是文字制成品。因为久而久之，所有的文字迟早都会在脑子里重叠起来，乱成了一团。研究学问，有时就是从这乱成一团的东西里设法揪出一个线头来。这当然也有意义，比如某些“大学者”。

不过这一类工作的意义往往被夸大了许多倍。其实真正的大思想是诗意的，是从大地上产生的，而绝不会是从书斋里抄来的。

思想需要用汗水洗涤一新，因为思想不仅产生于脑，而且还产生于体。

现代人的一个重要事情，就是设法经常跟大地、跟大地上的植物动物相处，经历山河，风吹日晒。人的视野囊括它们，肉体接触它们，才能滋生深刻的痕迹，想象就会打开。仅仅是从翻译的作品、他人的文字、流行的读物，从这些地方寻找智慧，那很容易就会枯干。只有自己的肉体去亲自感受的，比如两脚踢踏之地、两手抓握之物，才是丰实的。这样我们再分辨纸上的东西来自哪里，也就容易了。坚实的思维可以生发无数的角度、繁衍无数的空间。这的确事关我们写作和思想的品质。

还是那个日本朋友告诉，我们读过的很多日本作品都不是最好的作家所写。通常的情形是，最好的作家外界根本就不知道，作品一篇也没有翻译。比如说有一个人原来是很有钱的，后来选择了文学道路，并慢慢意识到了工作的严肃性。这个人住到了山里，那里没有电视，也没有报纸。他种了一点地，同时刻苦写作。原来的工作停止了，钱也就变得非常少。几年后钱更少了，作品还没写完。他就把仅有的一点钱分成了一小堆一小堆，按月按日来分。他要把生活之需限定在最低点，算出每天做多少工作，出产多少东西，写作时间又是多少——就这样，他把自己的收入和劳动量化，分割使用，维持写作，维持强大的思维力。这个人的作品是无与伦比的。

他认为这个作家是日本最重要的作家之一：内容生鲜，思想独到，想象奇特。

我听后有了异样的感动。我在想中国是否也有这样的作家，是否也拥有这样的意志力。我知道这不可能仅仅是一种生活方式，而且极有可能根本不是。他为什么要这样做？大概身体接受磨损之时，也正是思想忍受砥砺之日。

现在我们大量的时间是在大城市，而没有留给偏僻的小地方。那样做不是养生，也不是方式和兴趣，而是为了生命的感动，为了思想的收益。人的所作所为成为所思的基础，这才有可能写出与众不同的东西。世界上的文字很多，想法很多，故事很多，大家是这样容易互相投影和抄袭——一种隐性的抄袭。

为了避免这些，避免书本和知识对人的伤害，人要尽可能地退回寂寞。世界之大，今天的人竟弄到无处可退的地步。人如果不能争取每天有一个独立守持的空间，心上就会紊乱一片。有一个相对安静的空间来沉默自己，因为沉默过的人，与没有沉默过的人是不一样的。嘴沉默了，心却没有沉默；而要让心沉默，就要进行体力劳动。边缘和角落，泥土和沙子，找和挖，这样的方法便是产生脑力的方法。我们在提倡体力劳动和脑力劳动相结合，也是力戒庸俗的方法。知识人进入这个状态，必会改变自己的品质，与这个世界构成一些崭新的关系。

看老书

我们接触到大量的人，也包括自己，某一个阶段会发觉阅读有问题，如读时髦的书太多，读流行读物，甚至是看电视杂志小报太多。我们因为这样的阅读而变得心里没底。还有，一种烦和腻，一种对自己的不信任感，都一块儿出现了。

总之对自己，对自己的阅读，有点看不起。

相对来说，我们忽略了一些老书。老书其实也是当家的书，比如中国古典和外国古典、一些名著。我们还记得以前读它们时曾被怎样打动。那时我们把大量的时间花在读老书上。这些书，不夸张地说，是时间留下来的金块。

新的读物没有接受时间的检验，像沙一样。人人都有一个体会：年轻的时候读新书比较多；一到了中年，就像喜欢老朋友一样喜欢老书了。他们对新书越来越不信任，越来越挑剔。还有，他们对一般的虚构性作品也失去了兴趣。

如果人到中年还不停地追逐时髦，大概也就没什么指望了。

我有一次在海边林子里发现了一个书虫。这个人真是读了很多书，因为他有这样的机会——右派，看仓库，孩子又是搞文字工作的。他们常拿大量的书报纸杂志给他，只怕老人寂寞。结果他只看一些像《阿蒙森探险记》一类的东西，还看《贝克尔船长日记》，看达尔文和唐诗，又不止十次地读了鲁迅。屈原也是他的所爱，还有《古文观止》《史记》，反复地读。他把老书读得纸角都翘了，一本本弄得油渍渍的。

我问这么多新书不读，为什么总是读老书呢？他说：你们太年轻了，到了我们这把年纪，就不愿读那些新书了。我们的时间不多了，抓一把都该是最好的。还有，经历了许多事情，一般的经验写进书里，我们看不到眼里去。虚构的东西就是编的，编出来的，你读他做什么？我们尽可能读真东西，像《二十四史》《戴高乐传》《拿破仑传》《托尔斯泰传》，这一类东西读了，就知道实实在在发生过什么，有大启发。

我琢磨他的话，若有所悟。回忆了一下，什么书曾深深地打动过我们？再一次找来读，书未变，可是我们的年龄变了。我们从书中又找到新的感动。我们并不深沉，可是大量的新书比我们还要轻浮十倍，作者哆哆嗦嗦的，这对我们不是一种伤害吗？老书一般都是老成持重的，它们正是因为自己的自尊，才没有被岁月淘汰。

轻浮的书是漂在岁月之河上的油污、泡沫，万无存在下去的道理。

当年读像托尔斯泰的《复活》，感动非常，记忆里总是特别新鲜，不能消失。里面的忏悔啊，辩论啊，聂赫留朵夫在河边草垛与青年人的追逐——月光下坚冰咔嚓咔嚓的响声，这些至今簇簇如新，直到现在想起来，似乎还能看到和闻到那个冬天月夜的气味和颜色。现在读许多新书，没有这种感觉了——没有特别让人留恋的东西了。而过去阅读中的新奇感，是倚仗自己的年轻、敏感的捕捉力，还是其他，已经不得而知。后来又找《复活》读，仍然有那样新奇的发现。结果我每年读一两次，让它的力量左右我一下，以防精神的不测。

我发现真正了不起的书，它们总有一些共同特点。一般来说，它们在精神上非常自尊，没有那么廉价。与现在的大多数书不同的是，它们没有廉价的情感，没有廉价的故事。所以有时它们并不好读，故事也嫌简单。大多数时候，它们的故事既不玄妙也不离奇，有时甚至是"微不足道"的。就是说，用现代人的眼光来看，它净写了一些"无所谓"的事情。正因为现代人胆子大极了，什么都不怕，什么都不畏惧，所以现代人才没有什么希望。我们当代有多少人会因为名著中的那种种事件，负疚忏悔到那个地步呢？看看《复活》的主人公，看看他为什么痛不欲生吧。原来伟大灵魂的痛苦，他不能原谅自己的方面，正是我们现代人以为的"小事情"、微不足道的事情。

我们现代人不能引起警觉和震惊的那一部分，伟大的灵魂却往往会感到震惊。这就是他们与我们的区别。

读一些老书，我们常常会想：他们这些书中人物，怎么会为这么小的事件、这一类问题去痛苦呢？这值得吗？也恰恰在这声声疑问之间，灵魂的差距就出来了。我们今天已经没有深刻忏悔的能力，精神的世界一天天堕落，越滑越远。现在的书比起过去，一个普遍的情形是精神上没有高度了，也没有要求了。没有要求的书，往往是不能传之久远的书，也成不了我们所说的“老书”。

这儿的意思是，人到了中年以后在阅读方面要求高了。比如愿意读真实的故事，那是因为岁月给人很多经验和痛苦之后，对一般的虚构作品不再觉得有意思了。《复活》是虚构作品，为什么还能强烈地吸引读者？鲁迅的书也是人们百读不厌的，他的小说也是虚构的。由此我们又会得出一个结论：要么就读真的，要么就读非同一般的虚构作品：灵魂裸露，个性逼人，从语言到思想，不同凡响。

人的一生太短暂，而作家的出现是时代的事情，以时代作为考量单位，问题也就清楚了：我们身处时间的局部，当然会对作家有极大的不满足。四十年五十年，不会有那么多优秀作家出现。作家是非常少的，我们现在说“作家”如何如何，那是一种客套，是对人对劳动的一种尊敬。

作家是一个非常高的指标，像军事家、思想家、哲学家等一样。他要达到那种指标，是有相当难度的。作家不是一般的有个性，不是一般的有魅力，不是一般的语言造诣；相对于自己的时代而言，他们也不该是一般的有见解。有时候他们跟时代的距离非常近，有时候又非常遥远——他们简直不是这个时代里的人，但又在这个时代里行走。他们好像是不知从何而来的使者，尽管满身都挂带着这个星球的尘埃。这就是作家。

他们在梦想和幻想中、在智慧的陶醉中所获得的那种快感，跟世俗之乐差距巨大。显而易见的是，真正意义上的作家不会太多。所以这才让我们一生追求不已。阅读是一种追求，是对作家和思想的追求、对个性的追求。正因为这种种追求常常落空，我们才去读老书——老书保险一些。

当然，这仅仅是谈了问题的一个方面。还需同时指出的是，这样讲并不是让大家排斥当代作品。这儿仅仅是说：因为时间的关系，鉴别当代的思想与艺术是困难的。当你有一天非常自信地找到了自己喜爱的当代作家，那么你就是幸运的，你该一直读下去。

再了不起的老书，再了不起的古代作家、外国作家，也取代不了当代的思想，取代不了当代的智慧。

背诵和朗读

现在是一个网络时代，信息像潮水一样涌来，我们难得像过去一样耐心地阅读。这是一个迅速的，并且是一再提速度的时代。许多东西正在泡沫化，像泡沫那样飞扬，转瞬即逝。在这个时代里，一个人要记住什么，比如牢牢记住有意义的东西，将是十分困难的。

所以，一些很优秀的人就走在相反的道路上：回到一些古老的阅读与记忆的方法上来。比如读书，不光是看，还要朗读。古文，好的小说，诗，应该朗读。这是个美好的过程，这个过程会引起进一步的感动、联想和回忆。对理想的追求，对境界的领会，都在同一时间里得到加强。字里行间有一种鼓舞的力量，需要声音去传递和强化。

再就是抄写了。好的文章要一笔一笔抄下来，以体味从字到文的过程，感受文字的意义。古文要抄下来，诗要抄下来。这些办法好像太笨太慢，但有以一当十之功。时代强加给我们的精神疾患，比如浮躁、恍惚，不求甚解，被我们用抄写——这个古老而简单的方法给遏制了。时代越快，我们就越慢。当我们进入了一个缓慢的系统之后，时代的流行病毒对我们也就无可奈何了。

回想一下，现在人们朗读的兴趣和欲望是大大降低了。记得在二三十年前，那时候的人是很愿意朗读的。古今中外，我们身边，都有一些朗读的好例子。你会记得中学时代，那时候写出一篇东西来会有怎样的冲动——远方总是有一个朋友，总是有一个知音，总是有一个文学的耳朵；

而你总是恨不能立刻把一切呈现到他的面前——不是从视觉上，而是从听觉上，越快越好。

我们是否拥有这样的记忆：天正下雨，你把刚刚写好的东西用塑料布包好，走几十里路，只为了去找一个人——为了说不清的热爱，为了赢回那一小会儿的骄傲和陶醉。如果我们发现了一本好书，也会带上它走很远的路，翻山过河——只因为山的那一边有一个人，只为了让他与自己一起感动。

可见，谁发现了一本好书，这本书首先感动了谁，都会成为一桩可资记忆的快事。

传递好书可能是人的一种义务。那些真正优秀的人，往往一生都保持了这种对艺术和思想奔走相告的劲头。

现在我们偶尔还能遇到这种人：他们时刻准备着去朗读，以分享幸福——可是当这个人正处于激动不已的时刻，山那边还会有一个倾听者吗？

山那边的人正转向了其他的兴趣，在看电视连续剧，在酒吧里，在网上。人们变得口味粗疏。结果这个人再也找不到一个喜欢倾听朗读的人。

你可以找到一本好书，由于它好得不得了，忍不住就要找人共享——四下里遥望，到处都没有你所要找的人。于是你就像站在了漠漠荒野里一样。

这个时代是朗读的荒野。

有人写了一个得意的片断，很想像当年那样用塑料纸包好，冒着雨雪翻山越岭、过河，去读给一个人听。很可惜，山与河俱在，听他朗读的人却没有了。虽然这个时代的文学人士比过去翻了几倍，可是他们都不愿朗读了，也不愿听别人朗读。

那个寻找朗读的人可能心怀了一种古老的情绪。情绪也可以古老，这在我们年轻的时候是无论如何也没有听说的，但这是真的。

朗读，这不仅是一种对待文字和语言的形式，不仅是一种状态，而是蕴含了一种生命的质量。

有人仍然具有当年的那种热情，但是大大降低了。一个人成熟了，老练了世故了，就懂得隐蔽自己：什么都隐蔽，从情感到激动。有人连友谊也要隐蔽起来。所以说这是一种遮遮掩掩的生命，是生活品质的降低。

记得这样一个真实的故事：有两个天资非常好的文学少年，当年一个十七一个十九，天各一方，谁也不知道谁。其中的一个由于偶然的机会看到了另一个的作品，感动不已，马上远远赶来。他们的相见对于彼此都是一件大事。后来几十年过去了，一个仍然在写，另一个却转而经商，并成了大老板——他对文学的信念完全丧失了。偶尔大老板还是要想起少年时代，想起与那个伙伴在一起的场景，他们那时急急相约，就为了心中那团火。那时他们一夜一夜不睡，激动得奔走不停，吸烟，一个听另一个滔滔不绝地朗读。就是这样的一种气氛和感觉，他们本来可以如此一生——可是时代把他们分开了，分得越来越远。大老板有一天又想起了往昔的伙伴，心里一热，就从很远的南方赶到了北方。

他们在深夜两点见面。一个见了另一个，竟然马上想到的是为对方读新写的作品。

大老板在听，一直听到了黎明。他一声不吭，迎着曙色吸烟。后来他回过头，让人发现了满眼的泪水；半晌，他小声说了一句："原来文学在默默前进……"

大老板是一个绝顶聪明的人。他十几岁时可以一口气背两个小时的唐诗。他一直着迷于朗读，愿意背诵。

回头再说那个大老板的朋友——深夜朗读的人。这个人在十七岁的时候，由于各种原因，背着写下的一大包东西和喜欢的几本书，到南边大山里流浪去了。他一边打工做活，一边到处寻找喜欢朗读和写作的那种人。七八年的时间里他只找到了两三个：有两个像他一样既能写又能读；有一个女的，她喜欢写，一边写一边哭，但她不太喜欢听别人读。

父辈的视角

我们的记忆中，对老一代的见解大多数时间是排斥的。这种排斥不仅是源于情绪，而且还来自理性。他们太老了，而且出生在一个愚笨的时代。他们令人同情。出自他们的见解总是这么偏狭保守，这么荒谬。他们知道的东西少而又少，简直可怜。虽然我们那时不愿意说，但我们心里明白，自己是厌恶他们的。

我们会把这种厌恶稍稍遮掩一下，让其变成厌烦：对整整一个时代的厌烦。

随着年龄的增长，人生过半，再回忆当年见闻，回忆从老一代听到的很多东西，竟然十分惊讶地发现：它们大多都是对的。老一代对于事物的判断，今天看来大致都是对的，都非常中肯。

我们当年最受不了的是一些传统的价值观念。世界发生了什么，发展到了哪里，他们好像一无所知。他们竟然还在这样看问题。我们与他们简直无法争论，因为面对着的是愚不可及。

是的，世界变了，电子、纳米技术、克隆，世界正一日千里。可是道德伦理范畴的东西，这些支撑我们活下去的规则，这些世界上最基本的东西，并没有随着瞬息万变的当代生活而发生根本改变。它们没有随着流行的时尚大幅度摇摆，顶多只有稍许的调整；甚至其中的绝大部分压根就没变。原来它们比我们想象的要坚硬得多,像是化不开的顽石。

直到今天,比如说对于偷盗,对于一些伦理禁忌,还有许多职业方面的褒贬,几十年几百年下来看法未变。有人试图改变对它们的部分看法,结果一无所成。

父辈的视角其实仅仅是一种生存的视角。

我们要生存,就不得不回到那样的视角。我们发现这个世界上改变的只是皮毛,而不是根本。比如现在许多青年染了头发,打了耳环,甚至连鼻子上、脐与唇,也学外国人打了环;穿的鞋子一只绿一只红;裤子膝盖那儿搞破,做成了乞丐裤。这一切都让人惊呼,说世界变成了什么!吸毒、公然纵欲、暴露癖、抢掠和战争,所有这些加在一块儿让人瞠目,以为世界一下跌进了完全陌生的内部规则。

其实这仅是事物的表层。一个民族的内部,它的文化内核,总有非常坚硬的东西。这一部分要变也难,可以说几百年下来所变甚小。

我们看了很多时尚之书,接受了很多全新的思想,有时候是冲击者,有时候是被冲击者。许多时候我们很乐意做个冲击者,一路上不断地呼喊:解构解构解构;我们对世界的回答是耳熟能详的四个字——"我不相信"。但是后来,随着年龄的增长,生活的教训,你会发现自己越来越"相信"了。

父辈的视角令人不快,却非常珍贵。可惜当我们意识到这一点的时候已经非常晚了。

比如说,老人常常流露出对一些职业的看法,时有鄙夷。他们有自己的标准。在他们眼里,各种职业的道德基础是不一样的。"行行出奖元"的说法,与职业具有不同的道德基础的理解并不矛盾。我们会认为这里面保留了很多封建和传统的偏见,可是并不妨碍我们在这种"误解"和"偏见"里找到它的真理性,找到它必然包含的伦理依据。

古往今来,人们对于教师和医生、思想家、诗人和作家、宗教家,都是非常尊敬和仰慕的。人们总是严格地区别科学家与技术员、艺术家与艺人。人们宁可从心里爱戴极普通的劳动者,比如辛勤一生的农民。这是一种人类生存的伦理尺度,是智慧的道德或道德的智慧。

工作不分贵贱这种思想是对的,因为我们无法用一种职业概念替代具体的人。商人与商人不同,艺人与艺人不同。这是后话。我们今天对于许多门类一般而言是惧怕的。比如有人每年要把最浅薄无聊的东西组合到一起,耗费了大量纳税人的钱,结果搞出了那么多庸俗下流。这一部分人哪里有什么判断力,哪里谈得上责任心,只要给钱就可以为任何人去做。依此推理,你可以发现许多类似性质的工作,即各种抽掉伦理内容的"卖"。

人有了相当的阅历,思维走入了严整,就会采取看似保守的父辈视角。这时候我们就会发现,人不能以新潮欺世,更不能以时髦欺祖。

有一个作家住在一个很大的城市里。这个人的作品拍电影、拍电视,免不了要跟导演和影星们在一起,偶尔还出国讲学,在北京上海这样的大码头谈论后现代、解构和建构——尽管如此,到了割麦子的时候还是要回老家。因为他父亲做不动了。一到了农忙他就得回去。他父亲是个瘦弱的人,没有文化。他割麦子,脑子一走神,把垄里的玉米苗弄折了。他父亲喊一声就追过去,他拔腿就跑。父亲穷追不舍,他索性站下来等父亲。气喘吁吁的父亲一把抓住他——抓住他的头发一下扯倒在地,然后用脚踩住,脱下鞋子硬揍了他一顿。他一点也没有反抗,只是呜呜大哭。

我明白这是怎么一回事。我跟另一个朋友说:你看吧,这个作家还要进步,还能写出非常好的东西。因为我知道,一个能在夏天的麦地里被父亲打得哇哇大哭的作家,一定会更上层楼。

因为他那会儿流露了不曾掺假的一份淳朴。这是对父辈的一种认同,是在自觉接受父辈的裁决。其中包含的内容也许更多更丰富。他真不错,总还算能够将城里的时髦,与土地的真实加以区分。实际上他懂得用后者去否定前者。骨子里,他是嘲笑城里时髦的。他在城里与之周旋,一半是出于无奈,一半是因为软弱。他在内心深处是信任父亲的。

相信文学

这似乎不能作为一个问题。这样提出来,是因为它出了问题。我们或者已经发现,今天的一些人,甚至是“作家”也未必相信文学。文学这玩意儿作为谋生的手段尚可,但要真的相信它,在心里保持它的尊严和地位,他们是不干的。

对于许多从事文学的人而言,他们也许从来都没有爱过文学。

能够像古典作家那样相信文学,相信它的高贵,它与日月同辉的那种永恒,已经成了古典情怀。不相信文学才是“现代”,不相信一切精神的价值才够得上“现代”。然而这样的“现代”是可怕的。

回头看,越是大艺术家,越是对诗有永远没法摆脱的敬畏。直到二十年前,我所认识的一个人,他每次走近书桌的时候,都要把手洗干净,一点也不允许自己邋邋遢遢的。他写作时常要找一朵花插在瓶里。他的周边全是洁净、敬畏和肃穆。而现在我们看到的某些作品,从语流、质感,包括内容,都让人想到这是在一种肮脏的环境里炮制的。

相信文学的人,不会以其作为达到某种世俗目标的工具。真正的爱总有些无缘无故。人的名利之心会随着他的道路变得越来越淡:淡到若有若无,最后淡成一个非常好的老人,既随和又偏激,质朴极了也激烈极了,极为出世又极为入世。

我们发现如今甚至出现了对于所谓文学的没落、文学的死亡的快意。有一种不可理喻的、不可解的，对于文学和诗的败落表现出幸灾乐祸的心情。说白了这不过是一种垂死的恐惧，一种情绪。众所周知，人的绝望很容易转化为对生命的憎恨。生命的活力，它的创造性，在很大程度上就是表现为对于艺术、诗，对于完美的不屈追求。一个人是这样，一个民族也是这样——出现过许多艺术巨匠的民族一般来说是强盛的，最终难以被征服。

文学是一个民族生命力的表征。它们从来属于整个民族，而不会作为一种职业专属于某一类人。

最近有一篇文章用嘲笑的口气介绍说，法国有五千多万人口，竟然有二百多万人立志要当作家——结果连最有名的某位大作家都饿死了。看来今天所有热爱艺术、钟情于诗的人都要感谢这篇文章的提醒、感谢它送来的情报了。不过大家知道，法国的艺术并没有那么可怜。至于说到死亡，人世间各种千奇百怪的职业和死亡方式很多——一个作家饿死了不等于法兰西文学饿死了，就是如此简单的道理。还有，难道有二百多万人立志要当作家，这会是法兰西的耻辱吗？这只能让我们更加明白，为什么会有个不朽的世界艺术之都，它的名字叫巴黎。到了巴黎，气粗如牛的人可能只是一个乡巴佬。文明的水流日夜不停地在巴黎奔涌。举世闻名的先贤祠门楣上写有一排金字——“祖国感谢伟人”。这里面安息的主要是作家和诗人，还有哲学家和科学家。

相信文学的民族是伟大的民族。因为文学不是专属于某一部分人的，不是一种职业，而是蕴含在所有生命中的——闪电。

正是基于这样的理解，我从来觉得文学不是一个爱好与否的问题，也不是一个选择与否的问题。我不赞成作家的职业化写作。“生命的闪电”能是职业吗？所有职业化的写作都在从根本上背离文学。作家的一生都应该抗拒职业化写作造成的损害。

说好作家是“大匠”，那是指他拥有和超过一般匠人的功力。但他毕竟不是匠人。

属于灵魂里的东西怎么传授？怎么教导？怎么量化？所以文学命定了不是一种职业。

世界观

“世界观”的话题显得生僻、老旧。因为我们又想起了许多年前的“改造世界观”之类。所以后来都不再谈了。

这就让人觉得它是可有可无的。我们现在对自己常有一种不满足，就是时常发现心灵上的轻飘、闪烁和恍惚——它带给我们的不安。作为一个写作者，我们对这个世界还缺乏大的想法。

对生活意义不懈探究的决心，一般的人可以没有，一个作家或一个进入而立之年的人应该有。现在的写作聪明机巧，很流行也很时尚，但是从文字背后感觉不到对这个世界有什么热情，感觉不到一种关怀力。人对生活的探究是相对持续的，人就不可能完全没有固定的看法。如果是一个瞬息万变的人，那肯定是可怕的。

即便到了“后现代”也仍然需要认真生活，需要留意我们这个世界上发生了什么。我们接触的一些年纪在二三十岁的人，他们没有经历“文革”，对此一无所知……

令人痛惜，现在好多三十岁左右的人谈到“文革”，不知道也不想知道。他们的情感疏离得很，连一点点了解的愿望都没有。

一个人的思想要参与历史和事件。连带了多少大问题，它需要耗费我们的许多思想，它在等待我们的见解。如果自己没有见解，就要接受别人的见解，就要放弃思考的权利——世界上再也没有比放弃思考的权利再窝囊的事情了。可是这样的事情天天都在发生。

……

我们需要的只是人的思想与艺术。排除了历史感，也必定抽掉了现实感。对世界没有大的想法，小的想法也就可疑。他根本不可能告诉我们什么。

小聪明可以风行一时，但是无济于事。如果一个作家认为自己可以游戏这个世界，那是可悲的。

人的内心应该燃烧着辩论的热情。这种热情可以是写作，也可以是直接的交流。我见过一些极愿意跟人辩论的朋友。那是一段特殊的时期——这个时期已经过去了——那时中国人十分认真。这一伙朋友每天都在城市南郊的山下讨论，一开始只有十几个，后来越辩越多，简直成群结队。因为参加进来的人太多，他们不得不往山上走。随着辩论的深入，他们越登越高，跟上去的人也越来越少。最后辩论者由三十多人减到了十几个人——每往山上移动一个高度，跟上去的人就要少一两个。那些在辩论中承认失败的人就下山去了。一场大辩论进行了两个半月，人也登到了山顶，这时只剩下了三五个人。这几个人的见解是最深刻的。

我们或许会认为这个方式太古罗马了，太稷下学派了，而且稍有一点戏剧性。但他们的认真执着却是不容怀疑的。

人要尽可能拥有一种大关怀大视野，这显然是一个好作家必备的条件。在一个文学的小时代，肯定会以大关怀为耻辱的。从关心小世界到只关心我们自己，人变得越来越自私、越来越不求甚解，最后对这个世界连一点把握的欲望和能力都没有了。当历史进入大时代的时候，其首要指标就是人民的思考力强大，关心问题，并相应地产生出一些思想者。

我们历史上有过非常有名的稷下学派——从暴秦、从各地汇到齐国的学士。齐国喜欢思想，它就在山东临淄。这是世界历史上了不起的一个事件。稷下学派每天都有各种思想的交锋。一个叫田巴的人，记载上说他“日服千人”——一天可以辩倒一千人，可见思想的力量。

商业时代用金钱把一切都销蚀掉。商业扩张主义盛行的时期往往有这样几个特征：官场上的贪污腐败，科学上的技术主义，文学上的武侠小说——它们三位一体，同时出现。

上山下乡

我们说的“上山下乡”当然不同于“文革”时期的内容。我们在说今天的知识人物，怎样经常走入底层。

一个不做农村研究、不表达农村的人，也有上山下乡的必要。

中国知识界的问题在于，有写作能力的人，有话语权的人，大多都集中在城里。这恐怕是个弊端。他们的结论是以城市，甚至是以区区斗室为依据的。而且这种方式正进一步因袭，使人误解为城里产生思想，城里产生艺术。

果然也就谬种流传。城里产生了很多时尚，但真正的思想却不尽源于这里；而且极有可能是，真正的思想和生命的发源如出一辙，从根本上讲是来自山川大地。思想和艺术离开了更广大的参照就会苍白无力。中国具有自己的特殊性：农民和农村占绝对多数。中国的很多奥秘都潜在大山里，藏在贫穷的乡野沟壑里。你如果对农村的艰难曲折有了一点体验，对联合国、对现代主义和印象派后期，理解起来都会容易得多。

所以必须上山下乡。现在有人对具体的底层资料不屑一顾，只做书斋游戏，从学者到学者、从书本到书本。研究一棵树不能只观树梢，还应该研究树的根部和土壤。如果对广袤农村没有情感，只热衷城市的灯红酒绿，怎么会不浅薄。因为城市再大，也仅仅是大地上派生出来的一些小物件，是一些小摆设。

我们当然可以生活在城市，但生活的兴趣不可为它禁锢。生活的重点和思考的重点，思想的艰辛长征，人生的长征，起点和终点也不见得要在这里。有的知识分子见了大城市就慌，什么高楼大道，一看就慌了。其实我们这样的大国，把钱集中起来盖房子并不难。每个农民拿出一百块钱，集中起来是多少个亿，会改造和新建多少大楼。所以见了城市不必慌。见了什么要慌？见了一片片不毛之地、一座连一座的秃山，见了一群群的贫民、失去教育的儿童，我们要慌。不仅是慌，还有痛。

一个国家的强盛，在于人民的知书达理，在于人的文明素质。

一个人在基层久了就会注意最基本的东西。比如大多数人的生活状况、人的教育、身体素质，还有农田整治、水土流失、沙漠治理、灌溉能力，是这一类东西。有真实的感性才能研究问题，才能对全局稍微有点把握。我们现在不关心这些，哪里会有生活的热情，哪里会有思想。一个艺术家对生活失去了热情，就是衰败的开始。

环境污染到一定程度，再高的经济增长也不可弥补。还有全社会的道德素质——过去自行车放在街上一个月都不会丢，现在防盗窗都安到了五楼。要改变这些需要多少时间！人变得没有义愤，没有正常判断，为数不少的人竟为滔天大恶欢呼，甚至连高等学府里也有人幸灾乐祸。这不能不让我们恐惧。有知识的聪明孩子从来不缺，有是非感责任感的孩子倒是非常珍贵。恻隐之心人皆有之，我们中国人的传统是这样的。我们如果怂恿了一批缺少同情心的孩子，将是我们这个时代的最大污点。

有一个从国外留学回来的人，他患了一种病，常常出血不止。可他多年来还是带上一点止血药到处走，三五年内走了大量的艰苦之地，连最偏僻的山区都留下了足迹。他记了大量笔记，跟他交谈，只觉得羞愧。农田建设情况、贫困人口、入学率，这些具体数字他能脱口而出。

还有一个学者眼睛都快失明了，还是常年坚持搞农村调查。他的每一篇文章都来自底层的判断——严谨的学术再加上悲悯之情，这是一切好学者的特征。

前些年我结识了一拨不平凡的青年。他们有的马上就大学毕业了，有的在做非常好的工作。但他们不能忍受眼下的境况，为自己痛惜。他们觉得简单的人生经历限制了理解，视野狭窄。他们要离开原来的生活轨道，来一个改变。他们在为一次迁居做准备。弄简易帐篷，自己做睡袋，因为这等于自我流放。他们认为人的出生不能选择，但道路可以选择。最后成行的只有六人。这些人失去了工作，丢了学籍，到最艰苦的地方打工多年，付出的艰辛不可言说。有人还落下了残疾。

他们说不亲临其境，就不知道什么叫贫穷。一个深山小村到了冬天没有柴火，结果锅里煮的是地瓜干，灶膛里烧的也是地瓜干——老乡拉着风箱烧着珍贵的地瓜干，你想想泪水不是流在心里吗？很多农民就是这样生活的，有时一个村子二十多户，只有四五户有木头做的东西。一进门全是土坯家具、土坯床、土坯柜子，红薯和土豆就堆在屋里。小孩与羊和鸡都在屋里。

什么是知识人立论的基础，需要思考了。任何东西都要有个基础，不然就要倒塌。

自由地命名

三十年前有这样一个小村，它让人记忆深刻：小村里的很多孩子都有古怪有趣的名字。比如说有一家生了一个女孩,伸手揪一揪皮肤很紧,就取名为"紧皮儿";还有一家生了个男孩,脸膛窄窄的,笑起来嘎嘎响,家里人就给他取了个名字叫"嘎嘎";另有一家的孩子眼很大,而且眼角吊着,就被唤作"老虎眼"。小村西北角的一对夫妇比较矮,他们希望自己的孩子能高一些,就给他取名"爱长"。

三十年后的小村怎样了?不出所料,电视之类一应俱全,无一例外地热闹起来了。满街的孩子找不到一个古怪有趣的名字——所有名字都差不多。好像取名时相互都商量过了,本村和邻村都有重名的:如果一个名字好听,别人很快也会取一个类似的。不仅这样,当年的"紧皮""爱长""嘎嘎""老虎眼"们,他们自己也不喜欢别人叫原来的名字。显然他们认为那是一种羞愧。

这就是网络时代。世界变小且空前拥挤——每个人都失去了自己的角落。原来属于个人的空间给填平了,大家的创造力和想象力被扼杀了,以至于失去了自由命名的能力——不仅是对自己的孩子,对于世界上的任何事物也都一样:没有这个能力了。

他们过去有更多的想象自由,能够从爱好和心情出发,叫出一串"紧皮""嘎嘎"之类。这个能力既自然又强大,这种能力正是小村给他们的。当时他们可以依照自己的主意去行动和思想。现在则不同,他们不得不与各种思想达成妥协。想想看,每天有多少信息、观念,伴着港台音乐和俗艳的形象往小村人的脑子里硬灌——他们有什么办法保护自己?

小村人是这样,我们大家又比小村人高明到哪里?

于是最后只有极少数人留住了自己的一点能力——为这个世界命名的能力。其奥秘在哪?无非就是竭力为自己保留一个角落。过去讲一个人要拥有一片土地,现在不行了,现代人不可以有这么大的奢望——现代人能拥有一个角落就很不错了。

实际上我们在现代世界里的退避才刚刚开始。这是不可逆转的趋势。且回到自己的角落罢,无论它多么窄小。

但人毕竟是强大的,人哪怕只拥有一个小小的地方,就有可能展开自己的想象,有可能恢复一种能力。这个角落既是实指又是虚指:人的精神要有一个角落,我们要在那里安息。的确,一个人要想稍稍像样地度过一生,就得这样。许多人就是因为没有一个空间来安静自己,结果失败了。

有一个了不起的学者,一个基督徒,说过的一句话真是好极了。这句话非常朴素,但是会让我们一生受用。他说:“我每一次到人多的地方去,回来以后,都觉得自己大不如从前了。”

想想看我们这些年里凑了多少热闹,周旋于多少场合——回忆一下归来时的心情,真的很糟。喧嚣之声让我们如此紊乱,状态极差——我们常常需要一个星期的安静,才能稍稍恢复到出门之前的样子。

人这一生除了迁就庸常,古往今来最易犯的一个毛病,就是趋炎附势。作家也不例外。但对于作家而言,这就是致命伤了。所以作家一生都要像警惕肝炎一样,警惕自己趋炎附势的毛病。

我经常在海边走,那里最多的是海鸥,它们一群群喧闹鸣叫。海鸥千里跋涉、海阔天空,飞得很高,有时又能一个猛子扎到水里。海边林子里还有另一种动物,这就是刺猬。我经常看到刺猬,它们走得很慢,想躲都躲不掉。它一挪一挪地走,你走近一碰它就球了起来。我常常想:作家们大致也可以分成海鸥或刺猬这两种类型。我们会做哪一种?刺猬比较安静,活动半径小,而且始终有自己的一个角落,在那儿一挪一挪地走,只吃很少一点食物。它所需甚少。

有一类作家真的就像刺猬,一生都在安静的、偏僻的角落里,活动范围并不大。他们也是所需甚少。一般而言刺猬并没有什么侵犯性,有什么碰了它惹了它,也不过就是蜷成一个刺球而已。可刺猬惟独怕一种东西,那就是黄鼠狼。近来由于生态失衡,林子里的黄鼠狼多了一些。黄鼠狼常常释放一种恶臭的气体——这让刺猬最不能忍受,于是它就要厌恶地走开——它展开刺球时柔软的腹部就要露出,这容易受到伤害。

所以说,在一个角落里刺猬是自由的;它所要提防的只是黄鼠狼,黄鼠狼会释放恶臭的气体。

精神的地平线*

深入生活

最近讨论最多的就是“深入生活”，这又一次成了一个热门话题。一些人从专业的角度、从个人的文学经历，提出了很多疑虑。他们担心过分的提倡和号召，走向表面化和形式主义。其实这些忧虑是不必要的。

文学组织不会鼓励把作家关在斗室里。一般不会这样。事实是，经历了几十年的文学历练，突破形式上的局限和负面，是每一个作家起码的能力。个人的文学思悟、文学理想总不至于被某种广泛的形式所局限。同样是“深入生活”，同样是到一个地方，不同的作家结出的文学之果完全不同。所以最终还是要看一个人的生命质地。

一般意义上的“采风”“深入生活”都是好事。问题要看谁去做，怎么做，怎么对待。实际上即便不去“深入生活”，也存在怎么消化现实生活和个人心灵世界对接这个问题。它是一个复杂的转化过程，横亘在每一

---

* 2015 年 3 月，河北文学院演讲，根据录音订正，题目后加。

个写作者面前。如果不是一个文学中人，就很容易简单地认同和追逐现实。如果是一个真正的作家诗人，就会不停地在心里酿造个人和个性，进行这样的一种艺术和思想。

这个过程，人和人都不一样。它是由先天的因素、后天的学识、群体的影响、时代的蕴化等等复杂的综合，在一个文学人的内心起到的不可预测、难以感知的作用，是相当晦涩的一个过程。

一些具体的操作会采取一个平均数、一些相当通俗的做法，作家可以将其纳入自己全部创造的良性循环当中去。

但是这种“深入”如果不能跟个人的阅读结合起来，那也会是很糟糕的。这种外部的热闹，必要和安静的阅读结合一体，要把那种激烈的动感和室内的闲静搭配起来。两方面的比重一旦发生变化就会出麻烦。说到室内的安静，一个人，特别是一个作家，独处的能力很重要。看一个人，一个群体，要看他能不能很好地独处。一个人在一个地方能不能待得住，能不能享受一个人的沉静，这往往是判断和衡量其价值的一个方法。平庸总是从喧闹开始的。

在发达文明的地区，很多地方大街上的人很少，除非在商业街、在非常热闹的场所。在落后粗陋的地方，哪怕是一个小镇子，街上的人都乌泱乌泱的。文化素质比较低的群体，人的独处能力一般是比较差的。人文素质较高的地区，大量的人业余时间在做什么？在自己的空间里享受个人的时间、个人的思悟、个人的寂寞，以及他喜欢的艺术。他们做得最多的一件事就是阅读。

发达地区普通国民能够做到的事情，有的“作家”却做不到。人缺乏一颗这样的安静心、独处力，怎么能奢望写出独到的、令人耳目一新的、不重复别人语调的、杰出的文学作品？现在打开一个文学刊物，不要仔细看，不要看它的故事和人物、主题和思想，就是简单地看它的语言层面，就会感到语调都是相似的。连自己的说话方式都没有，个人的语言气质都没有，怎么会是像样的文学作品？无非是从众、盲目、简单的沿袭。他们忙着追逐一个时期的说话方式，连这个层面都打不破。

每个时期都有自己的语言方式，语言的气息。比如说"文革"时期，到图书馆把那时的文集刊物翻开，那种语言的气息扑面而来。八十年代是一种语调，九十年代、现在，不同时代都各有自己的主语调，还有副语调。一个作家要写出较好的作品，起码要摆脱一个时期的主语调，继而再摆脱一个时期的副语调。主副语调，都与这个时代的文化气质、精神气质合榫配套。

我们每天忙忙碌碌，有多少时间被浪费掉？有多少时间完全可以用来阅读、听音乐，用来感受这个世界上曾经发生过的伟大思想和艺术？没有，时间很少。我们每天匆匆忙忙，不过是做一些看起来很必要，实际上不做也完全可以的事情。看手机、电视、网络、微信、小报，是这些琐琐碎碎的东西。把时间都浪费在这些方面，非常可惜。

有人谈深入生活的经验，讲自己跟那个地方的人是多么熟悉，自己已经多么平民化，化到了当地人的生活细节里。谈多了就了无新意，好像这是一个太空人一样，第一次接触乡村和某个地方。实际上哪有这么复杂，大家都是半城半乡，生活环境中都是差不多的文化构成。过分强调对生活的熟悉，对现实生活的投入，没有多少意义。相反的却没有谈在这个相对局限的当下生活中，他对迥然不同的奇特之物的感悟和见地。因为他的"深入"是局部的，没有同时展开广泛的阅读和个人极度寂寞的平衡。

人只有在阅读中才能打开精神的地平线。越来越封闭于一个生活的角落，越来越封闭甚至拘禁到一种平凡的见识中去。实际上还有更宽阔的原野，但这需要精神的登高才能看到。所以"深入"和阅读、独处，都是为了站在高处，能够极目远望，为了获得开阔的、辽远的气象。

康德著名的一句话包含了全部的文学奥秘——我这一生有两个敬畏，一是天上的星空，二是心中的道德律。天上的星空是什么意思？是他似乎感到的宇宙间的秩序和规律，那个无所不在的规定的力量。这个力量有强大的创造性和不可预测性。人天生就有一种良知良能，这就是心中的道德"规"律，实际上也是星空的一部分。所以这两句话实际上在讲同一个问题，一是抬头仰望，二是低头自省，在俯仰间感知伟大的规律和法则。

如果现实生活把人导向一个更表面、更狭窄、更简单、更苍白的所谓文学层面，脱离个性的、生命思悟的层面，还有什么意义？

也说价值观

谈到作品的价值观，不仅是老生常谈，还会让人蹙眉。因为我们从记事的时候就常说"改造世界观"了。不过这真的是个大任务，是一辈子的事情。听多了以后，就把这句话的内涵、它的深刻性、它对人构成的警醒的深度给忽略了。实际上一个人真是面临着改造世界观的繁重任务。一个人天生具有良知良能，另外还掺杂着很多人性的杂质，有贪欲，有"丛林"思想，有很多极坏的东西。

一些历史人物对人性有重要论述。一个是孟子，他说"人之初性本善"，鉴定人性的原初是善的。荀子讲人性是恶的。他们各自举出了很多例子。孔子那句著名的话是这样说的——性相近，习相远。他说人性都是接近的，无论是今天的人还是古代的人，无论是外地的人还是本地的人，不过后来形成的那些习气是相距很远的。孔子没有简单地鉴定人性的善恶，他只说"相近"。他之深刻，在于超越了善恶，因为人性太复杂了，太难以言说了。

人的价值观、世界观，除了先天注定的那一部分不同，另一部分就是通过学习，通过生活，通过不同的阅历来养成。一个人如果从事文学创作，价值观当然要决定作品的意义。

很多文学作品，艺术品，不要讲艺术层面技术层面了，单就价值观来看也有许多问题。作者歌颂的东西，努力表达的意愿，其价值指向有些是有悖于人类生存的基本规则的，缺乏基本的善意。有些被众人推崇的作品，价值观是卑俗低下的，可见阅读群体的水准并不高。国民如果丧失了起码的教育，对精神的创造物就会失去起码的鉴别力。

比如写个人奋斗，古今中外太多了。人在苦难生活里挣扎，求得一个更好的未来和明天，无可非议。这是一个生命现象，通过描写这个现象解释人性的复杂，展现生活的苦难、光明和温暖。一个作品的价值和高度，最终那种打动人心的力量、强大的不可抗拒的、传之久远的那种力量来自哪里？当然要倚赖作家心灵的品质，要有更好更高的价值取向。

常常不自觉地把个人奋斗写成了强者为王，能拼才能赢，得胜就是一切，可以不择手段。哪怕稍稍流露出一点如上的倾向，都是可鄙的。跟这样强烈的欲望者、个人奋斗的“英雄”生活在一起是多么可怕。人人都做这样的奋斗者，世间一定是冷酷可怖的。人在奋斗中、做“强者”的过程中，叙述者的自我批判与敬畏之心，不该埋没，读者当会感受的。

我们可以思索一下读过的中外经典名著，会发现它除了艺术、技术层面的高超，作家在价值观方面绝不是一个平庸之徒，他作为生活的参与者和认识者，记录与创造的一堆文字，实在来自一颗常人难以企及的崇高的灵魂。

说到“崇高”，有的词汇也需要解释，比如“理想主义”。“理想”是好的，这是对完美和至善的一种向往，有了这种向往，一个人才能严格要求自己，形成自我牵引和矫正的力量。但是“理想主义”就不同了，认为“理想”可以解决一切问题，成为所有事物的依赖，它一旦凝固成几条标准或一个概念，也会相当简单或粗暴的。它和物质主义一样，有时也会成为极端化的破坏力量。所以对“理想主义”是值得警醒的。“理想”和“理想主义”是两个不同的概念。人若没有“理想”是非常可惜的，但是认同了“理想主义”，则会是可怕的。道德也是如此，一个人当然要讲道德，因为这是维系文明的基础；但一旦形成了“道德主义”，却将是非常刻板与冥顽不化的，那样就会丧失自我批判的能力，并天真地相信“道德”是一切的标准，它可以评判一切裁决一切，将复杂的问题简单化了。

有的作家在很年轻时候写出的作品，有一部分价值观今天令其不能认同，但大部分还是认同。一些淳朴的向善和觉悟，是人天生就有的。因为生命是从虚无和混沌中产生的，人的才华、感悟力、敏感度、善与恶、语言表达力等先天的元素，是各不相同的。所以我们在生活中看到人与人差别那么大。人和人之间的差异虽然并不完全是后天的经历造成的，但后天的修养和改造却是非常重要的。学习和现实阅历所得，可以与先天形成对接，没有这种对接就不能具备强大的创造力。

后天的培育跟先天的良性对接，前后打通一致，力量就会焕发出来。相反的是，如果后天的经历和训练跟先天的良性部分断裂了，人就没有了创造力。学习为了弥补，为了千方百计地让后天所得的一切，对接生命诞生之初的良知良能。这两种力量一旦对接，无论做什么，都会是极有力量的。

人在价值观的形成方面，就尤其如此。

审美和创造力

思想与艺术的巨人不是指生理层面的，而是指精神和思想，指创造力的层面。巴尔扎克个子较矮，却写出了浩荡的著作。巴尔扎克的雕塑者罗丹没有见过对方，有人就跟他讲，说巴尔扎克就跟街角那个屠夫长得差不多，照着他做雕塑就可以了。罗丹就按那个人的脸和体魄塑出了巴尔扎克。后来人人都说既像又传神。这是法国的传说，但据说是真实的。巴尔扎克精神上的强悍难道有点像屠夫？不知道。

巨人之所以具有不可思议的力量，就来自先天和后天形成的全部综合。这种综合使这个生命形貌的内部，包裹起一股不可预测的、莫名其妙的能力。精神的巨人不可以用常人的尺度去度量。

精神和艺术的标高难以度量，因为它不像体育指标那样容易确定。艺术完全依赖于个体的感悟力和认知力，即审美能力。所以艺术上的指鹿为马是最容易发生的，因为人间缺乏那种一是一二是二的清晰明确的刻度。而审美力的缺失，无论多少后天的知识都不可弥补。所以人不能津津乐道于自己的学历，不可由此替代审美能力。博士、博士后、留洋，都不能说明和预示审美的水平。

一个刚刚初中毕业的小孩子很可能对文学艺术的感悟力超过一个博士后，超过一个名牌大学出来的人。教育传授的是通识、知识，是基础和治学的步骤，解决不了审美力。有的人说它解决不了，但总能够稍微弥补一下。也不可能。它或许可以弥补一个人审美过程的表述力，有助于这个说明的环节，却增加不了对美的知悟力。

所以出现了一些所谓的评论家，他们把文学知识当成了审美能力，将二者画了等号。真正杰出的评论家一定是具有特别感悟力的人，这些人如果经过了后天的良好教育，将使用知识做出更条理更概括、更清晰的表述。但如果只会组织词汇，这种批评也就没有了价值，甚至还会起到相反的混淆作用。

我们当代的写作者往往受制于一些能够组织词汇、擅长使用词汇的一部分文章，这是很大的干扰。要透过现象看本质，看其对一部作品看得准不准、对不对，能不能揭示作品好之为好的敏感与关键之所在。这绝不在于看其能否组织出一串漂亮的段落，新鲜的词汇，巧妙的结构，这些是不中用的。

海明威当年极其惋惜一位作家朋友，认为他的半生都被那些蹩脚的评论所误。有的评论家文章好像口吃，并不漂亮，却能把作品好之为好说透。比起真正的见解和感悟之言，仅仅擅长组织词汇是廉价的。用词汇组合文章，认识几千个汉字就可以了，外国的方法也容易学，几年大学即解决问题，但是审美力的丧失却实在不好办。

前几天看到一个消息，说国内要出版歌德的全集。歌德写了多少？一个贵族后裔，后来当了宫廷高官，一辈子生活得相当复杂。他坐下来专业写作的时间好像不多，没有当一天专业作家。看他生活的细节，他的传记，会发现是一个生活不太安定，充满了波折与繁琐的人，被各种恩怨与冲动所纠缠折磨的一个人。这样的人怎么有时间写很多的东西？但歌德写了多少字？折合汉字大概接近三千万字。

巨人是不可思议的。看一个人的创造力、想象力和发现力，不要为外在的形貌所惶惑。后天的全部学习，阅读与生活历练，和先天的良性能力形成了对接，就会很了不起。这就像核物质积累到一定的当量会发生裂变，产生不可思议的力量一个道理。生命本也如此。

写作者应该学习陶渊明，更早地面对真实，面对淳朴的泥土。这需要勇气。如果有了这样的勇气，即觉得表演的名利的种种纠缠和琐屑都变得非常肤浅了。一个写作者尤其要早早回到真实的土地上，走向质朴。离开了这个基础，就没法谈深刻了。

西双版纳笔记

西双版纳就像一个梦幻，自小就在脑海里萦绕。已看过她太多的图片和文字，只不知道真的走近会是怎样的情形。在我们的经验中，许多美丽是经不起就近打量的，那只会让人失望和后悔。可是西双版纳，我们不可违拒地走进了你的秘境。

佛　寺

只要是大一点的傣族村寨都有一个佛寺，这是精神与信仰的象征，是身心向往之地……

傣族人家，许多男子在七岁左右必要剃度出家几年，住到佛寺里。虽然他们将来大半还是要做世俗营生，但这种少年经历是极端重要的。这是早早开始的心灵洗涤。

傣族人的佛事活动频繁，无一例外是为了心灵的洗涤。一个人和一个民族，时常经历心灵的洗涤，实在远比身体的洗涤更为重要。我们知道，在内地的广大农村和城镇，过去由于生活条件所限，做到每周或每天都能进行身体洗涤也是很难的。现在许多人都有了洗浴的条件，可是心灵的洗涤一年里会有多少次？一次？两次？如果连一次都没有，这种生活就有些危险了。

从这里讲，傣族兄弟真是令人羡慕。

这一天又遇到了盛大的佛事活动。那是在景洪的总佛寺。身着鲜丽服饰的队伍绕寺行进，伴着节奏分明的音乐。队伍最前面是几排僧人，后边是手捧棉帛锦缎的男女老幼，再就是边走边舞的美丽少女：舞姿简洁典雅，只有手和两臂在重复同一种动作。她们身着盛装，右鬓佩戴一串鲜花。

我们久久地站立一旁。我们知道这不是表演，而是传统的延续，是从久远的时代开始的一个仪式。

醉　绿

人如果享受到过多的氧气会发生“醉氧”，而从北方来到西双版纳的人，会有一种“醉绿”。因为这不是一般的绿，而是人间大绿，是置身热带雨林之间。到处都是蓊郁，是浓荫匝地，是让人惶惑的青翠欲滴。百鸟喧腾，异兽长啼，显然来到了另一个世界。这世界对我们有些突兀，得让人好好适应一番才好。

如果长期生活在这里，我们将如何消受这大绿簇拥的日子？有点难以想象。比起这里，北方的干燥，裸露的石土，还有无法告别的阴霾，几乎已经让人习以为常了。而这里的绿色又太多太盛，空气太过洁净。一切都得从头领略，从头开始，面对一场人生的惊喜。

祖辈在西双版纳山林中过活的傣族、哈尼族、基洛族，他们是怎样认识这满眼绿色的？他们常说的话是：“没有森林就没有水，没有水就没有粮食,没有粮食就没有生活。”

原来他们将绿色看成了生活的源头。

这是对林木植被最为深刻的一种认识,也是最为朴素的一种认识。其实远在拉美的古印第安人早就知道森林与水的关系:为了享受充沛的雨水,总是小心翼翼地维护着林木,视毁林者为大仇。

雨水量的分布虽受天然地理板块的制约,但人也并非毫无作为,也就是说只要尽了人事,气候条件仍然可以逆转。比如记忆中的山东半岛北部沿海地区,在五六十年代之初就是绿色葱茏的,雨水也大。而在老人们的记忆里,更早的时候林子更密雨水更盛。

人间没有了绿色,苦难也就离我们不远了;没有了大绿,也就失掉了幸福。生活在苍白的土地上,首先是疾病的来袭,进而是人心的焦枯。在尘土飞扬寸草不生的地方过日子,其实只是一种煎熬。

大　象

在西双版纳可以看到大象。在全世界,除了非洲和东南亚某些地区,这种动物都罕得一见。其实大象比人们珍惜的熊猫更需要爱护和保养才好,因为熊猫食量并不大,它们的食物不过是竹子。大象则不然,一头大象每天不知需要多少植物的茎叶才能填饱肚子。

能够有一群大象自由自在游荡的地方,必有不可想象的密林绿地。所以在云南,在西双版纳这样的大绿之地才能养活得起它们。它们去了北方会是怎样?我们知道,那不过是在动物园里饲喂几头供孩子们看,让他们伸着小手点画:“这是大象。”

如果我们北方游动着一群大象,气候是否适合先不说,仅以吃食论,那么不须太久的时间,本来就少得可怜的一点绿色都得被它们打扫得干干净净。我们真的没有供养它们的本钱,我们的绿色太薄。

西双版纳人当然以大象为傲,在城区,街头路口都有大象的雕塑。而我们知道,通常的城市里一般要给英雄人物才塑起雕像的。这里的大象就是活生生的大英雄。

我曾参加了当地的一次泼水活动。虽然不是泼水节,但总有机会让外地人感受水的恩惠和吉祥。同样是盛装的少男少女,他们手持水盆顷水泼洒,呼号祝福,还牵出了一头大象。

大象通人语,能交流,一根长鼻子擅取物,并不时地高举过顶向人致礼。它体大雄健,步伐沉稳,一双眼睛留意四周,憨态可掬。奇怪的是在它的面前,我们这些自以为聪明的“万物的灵长”,常常会有莫名其妙的羞愧感。

我们平时对那些能做大工、拥有大力的人给予赞美,称他们为“大象”。大动物与小动物在姿态上有一个最大的不同,就是拥有一副特别稳重的外表。小动物如黄鼬之类,总是活泼机灵的。

据专家们研究,大象是动物中唯一能够追思亡故的一类:它们行走在野地里,如果遇到先辈的遗骨,一定要停下来整理归拢,久久地伫立悲悼。

大象是最配享有阔大绿色的生命。

老　茶

人们熟知的有云南普洱茶,一度价昂逼人。人们还知道有一条古老的茶马古道,更早的人以牛马驮运茶叶运到西部边陲。这条茶马古道今天还在,已成为当今的一条追怀之路,散发着永久不息的茶香。

西双版纳的老茶树王绝不罕见。古老的茶林留下来,在新的时代吐放新芽，供人们品尝时光之味。好大的叶子，好苦好香，经过了特别的工艺更变得醇厚，可以冲泡出琥珀金色。

在丛丛密林间散着一间间普洱茶作坊，游人喜去，循香而至。这在外地人看来是多少有些神秘的地方，因为裹在山内，小鸟敛声，真好比古代道家的丹砂之地，不可轻易示人。不过好客的现代普洱人会引游客从路口进入，然后坐在草寮里，聊聊茶事，小口品一下他们的酿制。

我们相信，如果没有原始雨林，没有南国湿气的日夜蒸润，就不会有这种特异的老茶滋味。龙井属于西湖，那是另一片水土的精致。普洱出于大山，正得力于苍苍茫茫。杯茗与浑茫共生，才滋养出一派厚重的气象。这片大林莽中常有高达八九十米的望天树，还有繁衍成一大片的独木林。大鸟衔籽，巨鳗化龙，花腰傣歌声袅袅。

真正的普洱茶是深蕴万物的综合滋味。我们啜饮品茗，须得静下心来，让胸怀与远山一统。

有一位蓝布裹头的老婆婆，她毫不费力地攀上一棵古树，采下一兜乌叶，准备了特别的礼物。她算好了将有一群年过花甲的男人从远城来，这些人最记得当年滋味。原来他们是四十年前的支边青年，曾在此地披星戴月干了十年。这些人后来终得回城，有了儿孙，如今算是旧地重游。

老茶树王，你是深山的见证，雨林的芬芳。

2013 年 11 月 17 日

未能终结的人文之辩

是的，许多人还记得那场“人文精神大讨论”，一切仿佛就在眼前。可是屈指算来那已经是一九九三年的事情了，也就是说，过去了整整二十年。时间过得真快，网络时代的光阴一转眼就溜走了。

今天回看那场讨论，有人会觉得言不及义、浮光掠影甚至空泛喧嚣。可是我却觉得那是一个刚刚开启的话题，保持了感性的活鲜和切近现实的温暖。它也许不是学术的和理论的，而是现场的和直觉的，是当代生存的深忧化成的一片吁喊和渐渐深入人心的自省。它是摆在每一个人面前的询问和探究：如何应对汹涌而至的物质主义潮水？由于这涉及心灵和行为的双重检视，我们不得不一次次将自己逼到穷于应付的墙角，又会在即问即答的匆促间疾走。

文学写作成为一个标本和话题，被频繁地考察和质问。于是那一场讨论更加有了质感也更加疏于学术。谁来发问？谁来倾听？这永远都是一个问题。

二十年过去了，我们真的远远地告别了那场讨论，心安理得地忘却了吗？或者说一切早就不言自明，所有问题都在现实主义的隆隆行进中得到了解决、碾碎铺路了吗？恐怕绝非那么简单。当年的讨论自有其复杂的时代背景，而今这个背景却变得更为复杂了。人是有自省力的，所有连结着现世生存的隐忧和不安，都必然要时时泛起在心中，于午夜滋滋作响。然而今天我们重拾这个话题，就不得不对“人文精神”这个概念做一番简约的梳理。

人文精神产生和发展的过程是曲折多变的，不同时代当有不同的内涵，没有确切不变的定义，每个时代的人文主义者都根据所处的历史氛围和自己的认知，做出不尽相同的回答。它应该是一个时代无所不在的文化风尚，像空气一样吹拂，以至于无所不在。

人文主义强调理性。理性是人类所独有的，是与直觉的欲望和兽性相对立的，人类要通过正确方式合理地实现欲望，保证自己和他人的权利共同实现。缺乏理性的放纵和泛欲，个性的绝对自由和扩张，以及仅仅按照内心冲动去行动的不负责任，只能走向反文明。

人类拥有自己的伦理道德生活，激发出更好的人性，由同情心和悲悯所激励，由经验感受所预示，促进我们完完全全地生活。责任和义务是自由人性的基础，对价值观和理想之重要性的理解，会随着人们知识和理解力的增进而不断地发生变化。

强调个体的内在价值和尊严，以及人的潜能的自由发展，对自己的生活赋予意义，把人类所处环境、人类的利益和幸福当成基础，并认为这种价值、尊严和发展是与相应的责任相一致的。个体在参与社会的同时，须保持怀疑和批判精神，尤其要对与理想相关联的事物保持审慎和清晰的判断力。

健康与成熟的个体生命，要以充分和完全的计划、深刻的决心和意义来激励自己和他人的生命，在生存的快乐、美丽、挑战、悲剧甚至是死亡的必然定局中，发现奇迹和敬畏。人文主义是积极的、入世的，既不采纳实用主义方法论，也不做狭窄的学究，而是有着坚定渴求的信仰者。他们渴望一个彼此关爱的世界，以合作而不是暴力的方式去解决问题，使个体幸福最大化，使不公正和苦难最小化，把人从仅仅为了生存而奋斗的野蛮状态中解放出来。

进入网络数字时代，全方位的机器至上、技术主义以及由此导致的功利主义已经是愈演愈烈。现代人面临的一个巨大责任，就是怎样把自然科学从实用主义中解救出来。我们必须强调对完整的、具体的、鲜活的、实际经验的人类世界的理解，反对结构和解构。这时候经典文学作品更加显示了固有的审美强度和道德价值的深刻性，帮助我们在困乏的时代提供慰藉，在充裕的时代提供激励。

什么是经典文学作品？它应该指那些有力量逃脱时间的巨大湮没，从而得以幸存的作品，包含了被所有民族所有时代珍视的人性里的勇气、怜悯、牺牲、同情、忍耐和崇高，那些使人类得以存在下去的品质。这种阅读其实是人类进行的一种自我教育，它与社会现实和人的物质生存似乎无关，却关乎其内在的成长和完善，关乎每一个人如何在时间里独处和面对死亡，以及怎样理解这个世界的永恒性。

当年梁启超并非过高地预估了文学的作用，曾有"一国兴必先兴其小说"之言，与孔子的诗教观是一致的，即看到了文学对国民风俗和思想的润化作用。这种作用和后果是不可取代甚至短时间难以逆转的。纵观今日文事，或许已不可收拾，其精神沦丧与欲望满涨的物质贪婪互为表里。乌合之众围观声色犬马蔚然成风，众口铄金，君子潜行。

消费时代的媚俗，毫无底线地追求卖相已走入最下端，学术和艺术完全可以不要，良知完全可以不要。一种文化和文明必须保持的清贵、核心和高端品质，已经荡然无存。一个时代可能拥有的哪怕是极少数人的勇气、保守主义精神、怀念和巩固的力量，正在最后地涣散和消解。文明总要由一些人来解释，溶化坚硬的内核，让其渐渐消融到大众当中去。这个过程不可以逆向，不可能从下往上。物质欲望时代的犬儒主义将一切统统搞反：高的服从中的，中的服从低的，低的服从恶俗。只要乌合之众认可，就一定成为文化的胜者。

我们自己对堕落的快感并不陌生。在风中竞相吹拂欲望和诱惑的时刻，奢谈人文精神会令人侧目。我至今记得一次阅读——陆建德先生在为库切新书《凶年纪事》中文版序言中有过一段议论，说的是书中主人公在现世“凶年”的困厄中，不停地阅读托尔斯泰和陀思妥耶夫斯基等，深感当下作为一个人，一个知识分子，其道德感已经变得可怕的低下了。这个人感到了深深的无奈和恐惧，不安和痛苦。

我之所以不能忘记这议论，是因为它触动了某个敏感而痛楚的部位。我们处于什么时期？我们有过这种阅读和痛苦吗？我们为什么丧失了这种机会和可能？我们为什么不敢做出设问？我们甚至自觉地拒绝了这种阅读和稍稍接近的可能与意愿，因为这会伤害和妨碍自身堕落的快感——那种阅读中产生的自我苛刻哪怕有一丝丝现实的真实，也会让我们产生愧不为人的自卑感。这种感受真的难以招架。我们不仅不愿接近和仰望，而且至少还要向这种情形时不时地蹭一下（不是正面冲撞），来表达自己可怜的勇气，掩饰自己的绝望和自卑。

具体谈论一己的写作，那些顺从纵欲之潮的血腥、阴暗、肮脏与下流，仅用艺术的全部复杂性和曲折性、现代主义的说辞来辩解已经苍白，多元和宽容的套话也不再适用。因为这须在某一个大前提下才能成立。任何人都会诘问你的立场，都有反抗和拒绝这一切的权利——在恶与黑暗的总量中添加了你的一份，你间接地伤害了我，你参与制造了我此刻正在经历的苦难。

说到这里该问一句了：一九九三年的那场讨论终结了吗？当然没

有。我们这里没有，其他地方也没有。只要是有人类有生活的地方，就必有这样的讨论，并将一直进行下去，或隐或显地进行下去，永远没有终结的一天。

2013 年 9 月 6 日